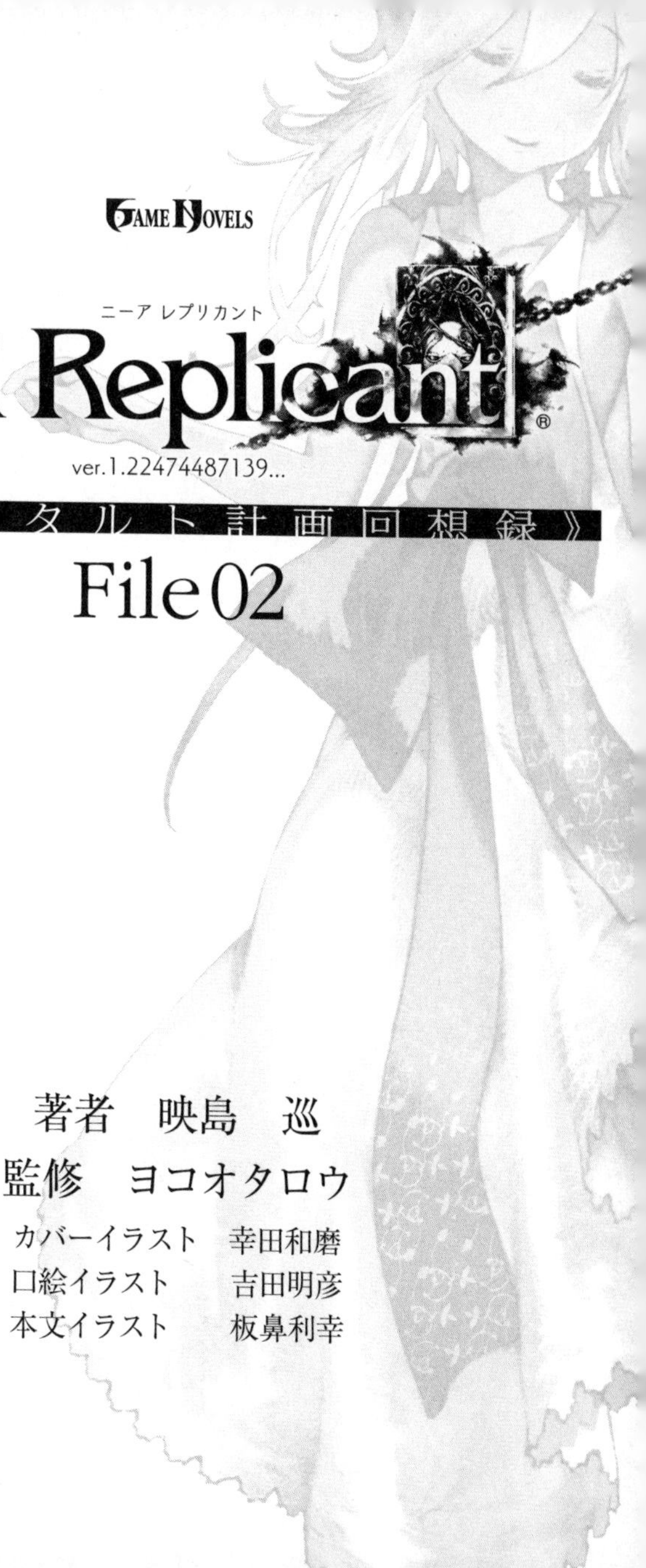

GAME NOVELS

NieR Replicant《ニーア レプリカント》®

ver.1.22474487139...

《ゲシュタルト計画回想録》

File 02

著者　映島　巡
監修　ヨコオタロウ
カバーイラスト　幸田和磨
口絵イラスト　吉田明彦
本文イラスト　板鼻利幸

カバー・本文・表紙デザイン　井尻幸恵

CONTENTS

[報告書 09]
5
◆
青年ノ章 2
7
◆
[報告書 10]
41
◆
青年ノ章 3
43
◆
[報告書 11]
63
◆
青年ノ章 4
65
◆
[報告書 12]
81
◆
青年ノ章 5
83
◆
[報告書 13]
113
◆
青年ノ章 6
115
◆
[報告書 14]
163
◆
青年ノ章 7
165
◆
[報告書 15]
195
◆
双子ノ章
197
◆
[報告書 15-2]
209
◆
青年ノ章 8
211
◆
解放ノ章
281
◆
[報告書 xx1]
287
◆
再生ノ章
289

本書は2017年発刊の
『NieR RepliCant Recollection
《ゲシュタルト計画回想録》』を
大幅な加筆・修正の上、2倍のボリュームに
ヴァージョンアップしたものです。

本書は
『ニーア レプリカント ver.1.22...
ザ・コンプリートガイド＋設定資料集
GRIMOIRE NieR: Revised Edition』収録の短編と
若干重複する内容があります。

[報告書09]

想定外の事態が立て続けに発生し、その対応に追われている。中でも頭が痛いのは、実験兵器7号とマモノ憑《つ》きの女の処遇を巡って、ニーアと対立した事だ。

村を守る者としては、揉《も》め事の芽は早々に摘み取っておかねばならない。ヒトの恐怖の対象は、常に「異質」と「未知」なのだから。そして、ヒトの恐怖は往々にして殺意や暴力へと変わる。それも容易《たやす》く。だから、7号とマモノ憑きが村に出入りするのを禁じた。その判断は間違っていなかったと思う。

ただ、ニーアがあれほど激高するとは思わなかった。何がニーアをそうさせたのか、私は今も理解できずにいる。長い間、私達とニーアの関係は良好だった。私達のやり方に、ニーアが面と向かって異を唱えた事など一度もなかった。今回も、いつものように受け入れるとばかり思っていたのに。

幸い、7号とマモノ憑きの女は自分達の立場をよく弁《わきま》えていた。二人が村に出入りしないと言ってくれたおかげで、その場は収まった。ニーアはまだ怒っていたようだが、当事者がいいと言っているのだから、それ以上は何も言えなくなったのだろう。不機嫌な表情を顔に貼り付けたまま、帰宅していった。

間の悪い事に、その直前に、長らく足取りが摑《つか》めずにいた魔王の居所が判明していた。この五年間、魔王はほんの目と鼻の先に潜伏していたのだ（灯台もと暗し、という古《いにしえ》からの喩《たと》えを思い出した）。本当は、すぐにでもニーアにこの情報を伝えたかったのだが……その前に揉める事になろうとは。

四、五日くらい様子を見た上で、改めてニーアと話をするとしよう。私達に対する怒りが冷めずとも、「魔王の居所」と言われれば、ニーアは話だけでも聞こうという気になる筈だ。最愛の妹ヨナを取り返す為なのだから。

今回はさほど長くならずに済んだところで、近況報告を終わる。以上。

（記録者・デボル）

追記：翌日、ニーアのほうから私達に和解を申し入れてきた。おかげで、ポポルは当初の予定どおり、魔王の城の情報を伝える事ができた。ただ、私達に対する不信感であるが、そちらのほうは完全に払拭されたとは言い難い。ニーアのそうした態度は、これまでに見られなかったものだけに、些《いささ》か不安である。

NieR Replicant

ver.1.22474487139...

《ゲシュタルト計画回想録》

File02

青年ノ章2

1

ポポルから魔王の居所がわかったと聞かされても、俄《にわか》には信じられなかった。何かの間違いではないのかと疑わずにいられなかった。

五年である。何の手がかりもないまま、焦りと苛立《いらだ》ちに灼《や》かれ続けた歳月は。しかも、ポポルはさらに意外な言葉を口にした。石の神殿、と。

「我《われ》の居たところだな？」

白の書の言葉に、ポポルがうなずいた。

「魔王の居場所は、そことつながっているらしいの」

「はっ。灯台もと暗し、か」

そう言われて、ようやくポポルの言葉が真実味を帯びてきた。確かに、自分達は遠くばかりを捜してきた。村の周辺を捜そうとは思わなかった。空の彼方《かなた》へと飛び去っていく姿が強烈に目に焼き付いていたから、魔王は遠方に去ったのだと勝手に決めつけていた。

捜しても見つからなかった筈だ。石の神殿には近づきもしていない。

「でも、神殿への橋は通れなくなってるんじゃ？」

石の神殿を探索しなかったのは、単なる思い込みだけではない。そもそも神殿に入る道が断たれていたのだ。しかし、ポポルはその解決策も用意していた。

「船で行けばいいわ」

「え？　船？」

「水路の整備が終わったのよ。ずいぶん遅れてしまったけれど」

交易用の水路と言われて思い出した。交易用の水路を整備する計画は、ずっと前からあった。それを聞かされたのは……五年前だ。

「石の神殿の裏側の道にも、船を出すように頼んでおいたわ。船頭さんに言えば、無料で使わせてくれる筈《はず》よ」

これで街の間の移動も楽になると思うんだけど、とポポルが付け加えた。五年前に話を聞いて以来、進捗状況が話題に上る事はなかったが、それは工事が完了するまでニーアをぬか喜びさせてはならないというポポルの配慮だったのかもしれない。

ありがとうございます、とニーアは頭を下げた。

「ポポルさんには、お世話になりっぱなしだよ。本当に、感謝してる」

結局のところ、デボルとポポルの手助けがなければ、自分には何もできない。何も、というのは言いすぎにしても、今よりも状況はずっと悪化していて、進む道は困難を極めていたに違いない。それだけは確かだった。

さっそく村の船着き場に足を運んでみると、そこには意外な人物が待ち受けていた。

「やあ。久しぶりだね。僕の事、覚えてるかな？」

正直なところ、顔はほとんど忘れてしまっていた。が、身につけている赤いカバンを見れば、彼が誰なのかは一目瞭然《いちもくりょうぜん》だった。

「海岸の街の……」

「覚えてくれたんだ。嬉《うれ》しいな」

喧嘩《けんか》夫婦、という言葉はさすがに口に出さずにおいた。しかし、そんなニーアの配慮を白の書はあっさりと無にしてくれた。

「喧嘩夫婦の片割れか。なぜ、おぬしがここに?」

「あれから、ずっと水路の整備をしていたんだけどね、仕事を認められて、船頭を任せてもらったのさ」

「すごいじゃないか。おめでとう」

「ありがとう」

そういえば、この五年の間、海岸の街で赤いカバンの男を見かける事はなかった。なるほど、水路の整備で街の外に出かけていたからかと納得した。

「まあ、忙しくなった分、妻との喧嘩は絶えないけどね……」

喧嘩夫婦は五年経《た》っても喧嘩夫婦で居続けているらしい。

「さあ、乗った乗った。行きたい場所を言ってくれれば、そこまで連れて行くよ」

「石の神殿に行きたいんだ。水路で行けるって聞いたんだけど」

「ああ。神殿の裏手に船を着ける場所があるからね」

船端《ふなばた》に足を掛ける時には些《いささ》か緊張した。物心ついた時から、大人達に「水路に落ちないように」

と繰り返し言われていたせいだろう。船そのものは、仮面の街で砂舟《すなぶね》に乗って慣れていたのだが、やはり水の上とは揺れ方が違う。

ニーアが腰を下ろすと、船が動き出した。赤いカバンの船頭は慣れた様子で櫂《かい》を操っている。海岸の街の住人だけあって、水の上はお手の物なのだろう。

「村の外へ出たら、船を止めてもらえないか」

「忘れ物でもしたのかい?」

「仲間と合流したいんだ。いいかな?」

「もちろん」

話を持ちかける際、昨夜のデボルとポポルとのやり取りが脳裏をよぎった。カイネとエミールに村への出入りを控えてほしいと言われて、ニーアは激怒した。

五年前、カイネが自ら石になるという選択をしなければ、村は壊滅していた。きっと誰一人、生き残れなかった。自分も、デボルとポポルも、村の人々も、カイネの犠牲とエミールの石化能力に救われたのだ。その恩人に対して、今になって出て行けというのは身勝手が過ぎる。

『わかってちょうだい。揉《も》め事が起きて危害が及ぶのは、あなた達自身なのよ』

人ならぬ姿の者と、人ならぬ存在を身に宿した者。ただそれだけの理由で、二人を恐れる村人は少なくないのだ、と。これもまた勝手な理屈だ。

しかし、その勝手な理屈に理解を示し、激高するニーアを押しとどめたのは、他ならぬエミールだった。

『だって、ぼくら、こんなんだし……みんな怖がりますよね。大丈夫ですよ。ぼくらなら、外で寝ますから』

カイネもまた、『私は外のほうが慣れてる』と答えた。慣れてる、という言葉と『一人のほうが気が楽でいいからな』という言葉が頭の中で重なった。出会った頃からずっと、カイネは村の中へ立ち入ろうとはしなかった。「気が楽」な理由がやっとわかった。

マモノ憑《つ》きであるという、ただそれだけの理由で相手を忌《い》み嫌《きら》う者がいる。カイネはそれを知っていた……。

赤いカバンの船頭もまた、エミールとカイネを恐れ、嫌うのだろうか。だとしたら、どんなに安全であろうと、船を使う事はない。石の神殿への移動も、別の方法を考えなければならなくなるだろう。

そう思って身構えていたが、赤いカバンの船頭は騒ぎ立てる事もなければ、怯《おび》える事もなかった。ただ、エミールの姿を見た瞬間、わずかに目を大きくしただけだ。ニーアが「仲間だ」と紹介した時にはもう、いつもの表情に戻っていた。

エミールが「よろしくお願いします」と頭を下げた時など、「こちらこそ」と言って、手を差し出しさえした。むしろ、エミールのほうが戸惑い気味の様子で、その手を握り返していた。

やはり、揉め事になるからという言い分は間違っていた。誰もが異質なものや未知のものを忌み嫌う訳ではないのだ。最初は驚きや戸惑いを覚えたとしても、受け入れようと努める人々は必ずいる。ただ、そうした人々が自分の村には少ない、というだけで。

船は水路を滑るように進み続けた。風もなく、よく晴れた天気で、移動は快適そのものだった。マモノに襲われる事もなければ、野生動物に気を配る必要もなかった。やがて、船頭は洞窟の手前にある船着き場に船を着けた。

降り立ってみると、どこか見覚えのある風景だった。辺りを見回し、岩山の形を見て、北平原の外れだと気づいた。この川には何度か魚を釣りに来た事があるのだ。ただ、橋が架かっている訳でもなかったから、対岸に渡ってみようと考えた事は一度もなかった。

「この洞窟《どうくつ》の先に、石の神殿があるよ」

「そして、その先に魔王の城……か」

わざわざ口に出してみないと実感できないほど、辺りの景色は長閑《のどか》なものだった。そうだったな、と思い出す。対岸には頻繁にマモノが出たが、それさえ根こそぎ退治してしまえば、羊や山羊が出る事もなかった。ここでの釣りは、良い気晴らしだったのだ。

「気をつけて」

赤いカバンの船頭に見送られて、洞窟へと足を踏み入れた。たいして長くもない洞窟を出ると、目の前に石の神殿が聳《そび》え立《た》っていた。神殿の周囲は堀で囲まれている為、長い木橋が渡してある。今では使う者もいないからか、木橋はあちこちが傷んでいた。

その木橋を渡った先は神殿の外壁で、木橋と同じくらい古い梯子《はしご》が掛かっていた。うんざりするほど長い梯子を上ると、ようやく外付け通路だった。これもまた古い。踏み抜かないように用心して歩くニーアを後目《しりめ》に、カイネがすたすたと歩いていってしまう。

「カイネさん！　一人だけ先に行っちゃだめですよ！」

あーあ、行っちゃった、とエミールがため息をついた。カイネは気が短い。一人でどんどん先へ進んでしまったり、はぐれたりするのは、よくある事だった。ただ、エミールが同行するようになってからは、勝手な行動は減った……と思う。気のせいだろうか。

「あっ、いた！　カイネさん！」

気のせいではなかった。通路の少し先にカイネが立ち止まっていた。ニーア達が追いつくのを待っていたのだろう。白の書と並んで浮かんでいたエミールが、空中を滑るようにしてカイネのほうへと進んでいく。

エミールにはちゃんと足があるのだが、移動は白の書と同じく空中だった。あの姿になってから、歩いているのを見た事がない。空中に浮かんでいる間は、ずっと魔力を使っている訳だから、疲れるのではないかと訊《き》いてみた。以前、白の書が「浮かんでいるのも疲れるのだぞ」と言っていたのを思い出したのだ。

ところが、エミールに言わせれば、自分の足で歩くほうが疲れるという。何より、高いところにいたほうが周りがよく見えるから、いち早く危険を察知できて安心なのだとエミールは説明した。

少しでも、みなさんが危ない目に遭わないようにできればって思うんです、という言葉を聞いた時、こちらのほうが本当の理由だろうと思った。疲れる疲れないではなく、仲間を守りたいという気持ちのほうが。

先に進んでは立ち止まって待っているカイネに、高い場所から周囲を見渡すエミール。どちらも、心優しい仲間だ。なのに……。

「カイネ。エミール。俺も今夜から野宿するよ」

「なぜ……ですか？」

「おまえらだけ村に入れないなんて、やっぱり、どう考えてもおかしい。不自然だ」

赤いカバンの船頭がごく普通にカイネとエミールに接するのを見て、ますますそう感じた。彼が海岸の街の住人で、新しいものや変わったものに触れる事に慣れているからだと言えば、確かにそのとおりだ。だが、その逆、新しいものや変わったものと接する機会が少ないからといって、それらを排斥《はいせき》していいとはならない。

「抗議運動、という訳ですね」

なるほどという口調のエミールに対して、カイネのほうは「やめておけ」と、にべもなかった。

「けど、このままじゃ、俺の気持ちが……」

「では、そのお気持ちだけ、ありがたくいただいておきます」

エミールに言われて、はっとした。自分こそ身勝手な事を言っているのではないか？　収まらないのは「俺の」気持ちであって、エミールとカイネの気持ちではない……。

「慣れない野宿で体調を崩したりしたら大変ですから」

諭《さと》すようにエミールが「この大事な時期に」と付け加える。やっと魔王の居所が判明した矢先に、と言いたいのだ。

この五年間、ニーアが血眼《ちまなこ》になって魔王を捜し続けてきた事をエミールは知っている。それだけでなく、五年前にヨナが拉致される現場に居合わせたのだから、魔王や黒の書がどれほど手強《てごわ》いかを理解している。

ぱっと行って、さっと倒して帰ってこられるような生易しい相手ではない。一度や二度は撤退を余儀なくされるであろうし、武器を強化したり、装備品を一新したりといった面倒な手順を踏まなければならなくなるかもしれない。たかが風邪ひとつでも命取りになりかねない事を、エミールは思い出させてくれた。

ニーアが黙り込んでしまった事に気づいたのか、エミールが明るく「それに」と続けた。

「ぼく、カイネさんと二人きりでする野宿、わりと気に入ってるんです」

「そういう事だ。邪魔するな」

二人の言葉からは、「だから気にしなくていい」という気遣いが感じられた。仲間を思いやっているつもりが、自分のほうが仲間に気遣ってもらっていたのだ。それがわからないほど子供ではなかった。

2

「心当たりがあるのか？　魔王の城の入り口に」

そんな問いを投げかけてみたのは、ニーアも白の書も、目的地がわかっている歩き方をしていたからだ。神殿内は壁や階段が崩れていた事もあって、かなりややこしい構造だった。カイネは途中からどこをどう歩いているのか、わからなくなってしまった。ニーアは五年前に一度訪れているとはいえ、それでも足取りに迷いがなさすぎる。

「シロが眠ってた部屋だよ。怪しいのは、そこしかない」

屋上には、意味ありげな祭壇を設《しつら》えた部屋があり、二体の大型マモノが白の書を守るかのように配置されていたのだという。

「あのマモノが守っていたのは、シロだけじゃなかったんじゃないかって気がしてきたんだ。あのときは、ヨナを連れて帰るのが目的だったから、祭壇の周りなんて、ろくに調べもしなかったんだけど」

「我に匹敵するほどの価値を有するモノがあるとすれば、魔王の城の入り口をおいて他にあるまい」

白の書の意見はさておくとして、祭壇というのは確かに意味ありげではある。しかも、祭壇への侵入を阻む結界もあったらしい。

「五年前より、雑魚《ざこ》が増えたな」

マモノを斬《き》り捨てながら、ニーアがつぶやいた。狭い室内を、小型のマモノが埋め尽くし、ひしめき合っていた。

『ようやく血を浴びれるな！　嬉《うれ》しいだろ？　なあ、カイネ！』

テュランが早口で言うたびに、左半身に不快な感触が走った。長らく石化していた為に、暴れたくて仕方がないのだろう。うるさい、と内心で一喝して、カイネは雑魚マモノの群れを蹴散《けち》らした。

ただ、蹴散らしても、斬り飛ばしても、マモノ達は起き上がっては向かってきた。カエレ、カエレ、と叫んでいるが、それだけだ。力も弱く、たいした攻撃もできはしない。歩行すらおぼつかない。殺される為だけに向かってくるようなものだった。

カエレという言葉を発する知能はあるのだから、こちらに近づけば為《な》す術《すべ》もなく殺される事くらい理解しているだろう。なのに、なぜ、逃げようともしないのか。

「何か通常のマモノと動きが違うようだが」

白の書もまた、カイネと同じ疑問を抱いたようだ。それに答えるつもりだった訳でもないだろうが、テュランが思い出したようにつぶやいた。

『そういえば、聞いた事があるな。不完全体のマモノが集まっている場所があるって』

不完全体？　身体の機能が完璧ではない者達が集まっている場所？　それがここだというのか。いったいなぜ、そんな場所があるのだろう？

『さあな。知ったこっちゃねえ。殺して殺して殺し尽くせりゃあ、それでいい』

こいつに訊くだけ無駄だった。いや、訊いた自分が間違っていたのだと思う。殺意と悪意を撒《ま》き散らすしか能がないヤツから何を訊き出すというのか。

カエレ、カエレ、ダメ、ダメ、と雑魚マモノが喚《わめ》いている。それでなくても、狭い部屋の中で黒い塊がひしめき合っている様は鬱陶《うっとう》しくてならないのに、うるさく騒ぎたてられて、うんざりした。

『だから、殺して殺して殺しまくるんだよ！　静かになるぜ？　そうだろ？』

全く以《もっ》てそのとおりだったが、こいつに同意するのは業腹《ごうはら》だ。テュランを無視して、カイネはただただ剣を振り回した。

上階へ進むにつれて、雑魚共の声が一段と大きくなった。弱いなりに必死に抵抗しているのがわかる。イカセナイ、マモル、ダイジ……そんな音が切れ切れに聞こえてくる。ただの音だ、とカイネは自分に言い聞かせる。あれに意味なんかない。意味を成さないただの音なんだ、と。

とにかく屋上だ。早く屋上へ。陽《ひ》の光が当たる場所なら、マモノは出てこられない。それだけを考えて、梯子をよじ登り、外付け通路を駆け上がった。

だが、屋上にもマモノの群れはいた。物陰や崩れかけた壁の間など、陽が当たらない場所に奴等《やつら》は潜んでいた。中には、笠《かさ》をかぶって陽射しを防ぐマモノもいる。

「蹴散らすぞっ！」

ニーアの後に続いてマモノを斬り払った。やはり、この扉の向こうが目的地だった。ニーアには聞こえていなくても、カイネには聞こえていた。雑魚共が何を守りたがっているか、が。

雑魚を一掃したニーアが扉を押し開ける。カイネにとって、初めての場所だ。思っていたよりも奥行きがあり、天井が高い。

『……いるな』

嬉しそうにテュランが言う。舌なめずりでもしていそうな口調だ。もちろん、テュランに舌などないから、カイネの勝手な想像に過ぎないが。

雑魚とは比べものにならない、強烈なマモノの気配がある。カイネは身構えながら、気配の源を探った。上だ、と気づいたのと同時に、地響きにも似た音が響く。前を歩いていたニーアが足を止め、天井を見上げる。と、その天井が崩れた。巨大な岩が落ちてきたのかと思った。

「こいつは……まだ生きていたのか！」

ニーアと白の書が五年前に倒したという二体のうちの一体。見た目は石像だが、歴《れっき》としたマモノだ。ニーアの話にあったとおり、片腕を無くしている。そして、ニーアは知らないが、名をグレーテルという。雑魚共が垂れ流していた言葉の中に、その名があった。

「今度こそ、仕留めてやる！」

ニーアが剣を抜くなり、雑魚共が湧《わ》いて出てきた。

『そいつらに手を出すな！』

グレーテルがニーアに向かって叫ぶ。もちろん、ニーアには通じない。おそらく、マモノが不快な唸《うな》り声を上げているようにしか聞こえない筈だ。大剣を振るニーアに、躊躇《ちゅうちょ》する様子はない。ダメ、ダメ、と繰り返しながら向かってくる雑魚の群れが、一瞬で塵《ちり》に変わった。だが、雑魚は後から後から湧いてくる。

『やめろ！　おまえ達では歯が立たない！　ここは私が……』

グレーテルの制止を聞かずに、雑魚共はひたすら突進してくる。状況を理解する知能がないのか、理解していてなお、グレーテルを守ろうとしているのか、どちらだろう？

さらに斬り進もうとするニーアを、白の書が止めた。

「マモノは陽の光に弱い！　おびき寄せろ！」

見れば、グレーテルが突き破った天井からは明るい陽射しが降り注いでいた。

『下がれ！　そっちに行くんじゃない！』

狼狽《ろうばい》した様子でグレーテルが叫んでいる。白の書の意図に気づいたらしい。しかし、やはり雑魚共は耳を貸さなかった。黒い身体が次々に陽の光の下へと突き進んでいく。それらは、たちまち溶けるようにして消えていった。石の鎧《よろい》をまとったグレーテルと違って、雑魚は陽光を防ぐ術を持たない。

『だめだ……おまえ達……っ!』

グレーテルが咆哮《ほうこう》する。それでも、雑魚共の突進は止まらない。

「あの石像がボスだ! あれが雑魚を操ってるんだ!」

ニーアの目には、そうとしか映らないのだろう。白の書やエミールの目にも。

『ボスなものか! 頼っているのは、私のほうだ! 助けられたのは、私のほうなんだ!』

カイネは目を見開いた。グレーテルが白の書やニーアの言葉を理解していた。人間はマモノの言葉がわからないのに、マモノは人間の言葉を理解している……。祖母を殺したマモノは確かに、祖母とカイネの会話を聞いて楽しんでいた。あれは、人間の悲痛な表情や苦痛の声を好んでいるのだと思っていたが、会話の意味をも理解していたのだ。

そうだ、人間の言葉を理解していたからこそ、カイネに怪しげな術を掛けて祖母になりすますなどという芸当もできた。アイツは何もかもを理解した上で祖母をなぶり殺しにし、カイネの祖母への思いを弄《もてあそ》んだ。それを考えただけで、はらわたが煮えくり返った。

アイツと、目の前のグレーテルとは同じマモノだ。その事実がどうにも腑《ふ》に落ちない。

『白の書を奪われ、ヘンゼルを殺され、もう私の存在する意味などないと思った……。おまえ達がいたから……おまえ達と語らう事ができたから、私は救われた。おまえ達と共に生き続けようと思えたんだ！』

テュランのけたたましい笑い声がグレーテルの言葉を遮《さえぎ》った。

『泣かせるねえ！　笑わせるねえ！』

耳障りな声に舌打ちしたい気持ちと、グレーテルの言葉を聞かずに済んで安堵《あんど》する気持ちとがカイネの内で交錯《こうさく》する。それをテュランに悟られたくなくて、カイネは力任せに双剣を振った。

「ザコが次から次へと湧き出てきやがって！」

テュランの声も、グレーテルの声も、かき消してしまいたくて、大声を張り上げる。グレーテルがしつこく叫ぶ。

『私の仲間に手を出すな！』

斧《おの》とも槍《やり》ともつかない武器を振り上げたグレーテルを、ニーアの放った魔法の拳が叩《たた》き潰《つぶ》しにかかる。が、グレーテルはそれを弾《はじ》き返した。巨大な武器を振り回せば隙ができる。カイネは刃の下を掻《か》い潜《くぐ》り、一気にグレーテルとの距離を詰めた。

二振りの剣を同時に振り上げる。人の腕力ではない、マモノの力でグレーテルを斬り飛ばす。石の鎧をまとった巨体が宙に浮いた。すかさずニーアが大剣を振り下ろした。グレーテルの巨体が石の床に叩きつけられた。自重と床の硬さによる衝撃が思いのほか堪《こた》えたのか、グレーテルは動かない。

「やったか？」

白の書の言葉を拒むかのように、グレーテルが吼《ほ》えた。

『やめろ……っ！　そいつらは……私の……！』

床に腹這《はらば》いになって藻掻《もが》いていたグレーテルが、武器を杖代わりにして立ち上がった。

『私の、仲間なのだ……っ！』

グレーテルが猛烈な勢いで暴れ始めた。反撃ではない。暴れ回っているだけだ。すでに満身創痍《まんしんそうい》、もはやニーアやカイネがどこにいて、自分がどこを動いているのか、全くわかっていないのだろう。

『しぶといねえ！　あいつも頑張るねえ！』

「くそっ！」

グレーテルに向けて魔法を放つ。動きが速すぎて、剣で仕留めるのは難しい。

「くそっ！　くそっ！　くそっ！」

さっさと仕留めてしまわなければ。これ以上、余計な事を言わせたくない。もうこれ以上は……聞きたくない。

『おい。まさか、あのデカいのに同情してるんじゃないだろうな？』

うるさい！　知るか！

ただただ魔法を撃ち続ける。何も考えないように、テュランに詮索《せんさく》されないように、頭を空っぽにして……。

『俺達はもう、引き返す事なんてできない』

テュランの言葉は、いつになく静かだった。

『血を求めて、殺戮《さつりく》に走るしかない』

そんなの……知ってる。

『俺達には、戦いしかないんだ。そうだろ？』

わかってる。この両手は、マモノを殺す為だけにある。祖母の復讐《ふくしゅう》を果たした後は、ニーアの為にマモノを殺し続ける。そう決めた。決めたのに……。

刃と刃がぶつかる甲高い音を聞いた気がした。カイネ、と叫ぶ声を確かに聞いた。我に返った瞬間、飛んでくる何かが見えた。

「カイネさん！」

何かが激しくぶつかったと思った。

『何やってるんだ！』

テュランの忌々しげな声を聞いて、攻撃を避けきれなかった事を悟った。グレーテルの武器が深々と胸に刺さっている事に気づいた。唐突に視界が傾いた。身体が床に叩きつけられた。次の瞬間、激痛が来た。

息ができない。身体を起こすどころか、指一本動かせなかった。戦いはまだ続いている。立ち上がらなければと焦る気持ちが急速に萎《しぼ》んでいく。

『動け……動け……』

一瞬、自分自身の声かと思ってしまった。霞《かす》む視界の片隅に、グレーテルが見える。ああ、グレーテルの声だったのか、とぼんやりと考える。

『いいから動けよ……この腕がっ！』

倒れたまま、グレーテルが吼え続けている。あれほどの傷を負って、まだ戦意を失っていないらしい。なのに、自分は何をやっているのか。

『不完全な……私達は……仲間がいるから……完全になれる』

アイツは何を言っているんだろう？

『蔑《さげす》まれ、嘲笑《あざわら》われ、踏みつけられても……肩を寄せ合って、補い合って、生きてきた者達だ……』

意味がわからない。言葉は聞こえているのに。

『あいつらが生きるのを……邪魔するな……！』

早く止《とど》めを、とエミールの声が聞こえる。グレーテルが倒れる。いつの間にか、また立ち上がっていたらしい。だが、もう声は聞こえなかった。

「大丈夫か⁉　カイネ！　今、傷の手当てを」

ニーアの声が遠ざかる。視界が暗い。テュランの笑い声だけが聞こえる。まずい。このままでは、テュランに身体を乗っ取られてしまう。殺意の塊のような、このマモノに。

逃げて、と言いたいのに声が出ない。

『カイネ！　おまえも終わりだよ！』

勝ち誇ったテュランの声と共に闇がやって来た。

3

「なんだ、これは⁉」

真っ先に驚きの声を上げたのは、白の書だった。ニーアは、おそらくエミールも、声を上げる事すら忘れていた。それほど目の前の光景は信じ難かった。

カイネの身体に黒い文字が浮かび上がっていた。それは、黒文病《こくもんびょう》を患ったヨナの手足に浮き出た文字とどこか似ていた。似ているが、ヨナの症状は病だから、マモノの気配はない。それが決定的に異なる点だった。

カイネの身体に浮かび上がる文字は、濃厚なマモノの気配を放ちながら蠢《うごめ》き、全身を覆い尽くした。やがて文字は形を失い、単なる黒い霧へと変わる。霧は密度を増していき、カイネを黒く染め上げていく。

途轍《とてつ》もなく強い力を感じた。カイネの胸を貫いていた武器が飴《あめ》のように溶け落ちる。まずい、と思った時には身体が宙に浮いていた。背中と後頭部への衝撃で、吹き飛ばされたのだと知った。起き上がるのに難儀した。頭がふらつく。石の床に叩きつけられたせいだ。

やっとの思いで身体を起こす。まだ目の焦点が定まらない。薄ぼんやりした視野の片隅に、カイネがいた。カイネであった筈のものが。

カイネの輪郭を持ち、カイネの双剣を手にして、カイネのものとは思えない唸り声を上げているマモノがいた。四肢《しし》の関節は不自然な方向に捻れ、両眼が闇の中の獣のように光っていた。赤く、暗い色に。

「カイネさんのマモノが……」

エミールの言葉が途切れた。その先を言いたくなかったのだろう。カイネに憑いていたマモノが暴走し、ついにはカイネを飲み込んでしまった、とは。

好奇の視線に晒《さら》されようとも、非常識と謗《そし》られようとも、カイネが下着姿で生活していたのは、マモノの侵食を食い止める為だった。マモノは陽の光に弱い。その辺にいるマモノであろうと、人に憑いたマモノであろうと、それだけは変わらない。絶えず陽の光が当たっている皮膚の下には、マモノは存在し続けられないのだ。

一方で、カイネは左半身に包帯を巻き、敢《あ》えて陽の光を遮っていた。マモノの侵食は止めたいが、マモノの力は利用したい。桁外《けたはず》れの身体能力を維持していくには、マモノを体内に飼っておく必要があった。

肌の露出を増やしてマモノを抑えつけ、包帯を巻いてマモノの居場所を作る。カイネはそうやって危うい均衡をどうにか維持して、マモノと共存してきた。だが、今、その均衡が破れた。

マモノと化したカイネは、あり得ない高さを跳び、トカゲか何かのように壁に取り付いた。胸に負っていた傷は跡形もなくなっている。カイネとは共に戦っていたし、ある程度は話にも聞いていたが、マモノそのものの運動能力と再生能力は、目の当たりにしてみると凄《すさ》まじい。

「シロ、どうしたら……」

壁に取り付いたカイネは、土砂降り雨のような魔法攻撃を降らせてくる。いつもカイネが使っている魔法ではない。マモノと同じ魔法攻撃だった。

「あの位置では埒《らち》が明かぬ！　まずは叩き落とせ！」

魔力の槍を放つ。が、回避しながらではなかなか狙いが定まらない。

「ぼくがやります！」

エミールが空中を移動しながらカイネへと接近していく。

「カイネさん！　正気に戻ってください！」

エミールの魔法攻撃へとカイネの注意が逸《そ》れた隙に、ニーアは槍を叩き込んだ。カイネが獣じみた声を上げて落下する。

「今だ！　魔法弾で抑え込め！　剣は使うな！」

6号に取り込まれそうになった時のエミールと同じ対処法だ。魔法弾を撃ち込みながら、カイネに近づく。だが、マモノの力はその程度で抑え込めるものではなかった。漆黒の身体が起き上がったと思った時にはもう、跳躍して壁に取り付いていた。

「エミール！　下がれ！　危険だ！」

跳躍の際にカイネが放った魔法からエミールを守りながら、ニーアは叫んだ。

「イヤです！　ぼくにやらせてください！」

いつになくエミールは頑《かたく》なだった。

「大丈夫です。おねえさんの魔力なら、きっと！」

引っ切りなしに魔法攻撃を放ってくるカイネに向かって、エミールが飛んだ。幾らか傷を負っていたのか、カイネの跳躍は前回に比べて低かった。この位置ならぎりぎりで魔法の腕が届く。届かなくても、エミールから注意を逸らす事くらいはできるかもしれない。ニーアは壁のカイネに向かって魔力の拳《こぶし》を叩きつけた。

「イチかバチかです！」

一気に距離を詰めたエミールが杖を振り上げた。カイネの放つ魔法と、エミールの放つ魔法とが激しくぶつかり合う。それは、カイネに憑いているマモノが究極兵器と互角の魔力を備えているという事実を示す光景だった。

「援護だ！」

白の書に言われるまでもなかった。今なら狙いが付けられる。ニーアは魔力の槍を放つ。多少なりともエミールの助けになれれば、と念じながら。

槍がカイネに突き刺さった直後、ようやくエミールの魔法がカイネの魔法を弾《はじ》き飛ばした。カイネが再び落下する。

「カイネさん！　戻ってきてください！」

ありったけの魔法弾を撃って、カイネを抑え込む。エミールが杖を振り上げる。抗ってくる力に向けて、また魔法弾を撃つ。閃光《せんこう》が目を灼《や》き、轟音《ごうおん》が聴覚を奪う。

「……やれやれ」

静寂の後、最初に聞こえたのは、白の書の声だった。

カイネの全身からマモノの色が消え、黒い靄《もや》が再び包帯の下へと戻っていっても、カイネが目を開けるまでに時間を要した。

その間、エミールはずっとカイネの名を呼び続けていた。村の図書館で、カイネの石化が解けた直後と同じ必死さで。その声が届かない筈がない。やがて、カイネが眩《まぶ》しげに目を開けた。

「カイネさん！」

しかし、カイネの表情は暗い。

「私は、力を抑える事ができなかった……」

漆黒のマモノと化している間、カイネに意識があったのかどうか。あったとすれば、それは耐え難いものだったに違いない。いや、あってもなくても、マモノに身体を乗っ取られて仲間を攻撃した。その事実があるだけで、カイネは己を責めずにいられないのだろう。

「もう、おまえ達とは……」

いられない、という言葉をエミールが遮った。

「ずっと一緒にいますよ、ぼくは」

俯《うつむ》くカイネの手を取り、エミールは続けた。

「またマモノ化したら、今みたいに止めます。何度だって何度だって止めます。何度だってカイネさんに戻ってきてもらいます」

反論は許さない、一言だって許さない、そんな口調だった。

「ぼく、カイネさんがいるから、野宿も本当に楽しかったんです。カイネさんが褒めてくれるから、こんな姿でも生きていられるんです。ぼく、本当はとても弱いけど、カイネさんといれば、強くなれるんです。頼ってばかりのぼくだけど、カイネさんの仲間なんです。勝手に去らないでください！」

エミールがぼろぼろと泣き出した。息もつかずに言葉を吐き出したせいで、それ以上は続かなくなったのだろう。エミールは言葉もなく、ただただ、しゃくり上げている。

エミールを見つめるカイネの瞳に、柔らかな色が宿った。

「泣くな、エミール」

カイネの手がエミールの頭を撫《な》でる。

「ありがとう」

もう大丈夫だ、とカイネが身体を起こした。

「む……？」

「シロ？　どうかしたのか？」

ニーアの問いを無視して、白の書が祭壇のほうへと向かう。いつの間にか、祭壇の奥に扉が現れていた。ここへ入った時点では、あんなものはなかった。五年前にもなかった筈だ。おそらく、石像マモノの片割れを倒した際に、何らかの封印が解けたのだろう。

「あれが、魔王の城への入り口か」

「だが、容易には進ませてくれぬようだ」

扉が出現したのと同時に、もうひとつ現れたものがある。

「魔法陣？」

扉への侵入を阻む為のものだ。五年前にも同じような魔法陣があった。あれは、一本角の石像を倒した事で消滅した。二本角のほうは、たった今、倒した。だとしたら、これは何を倒したら消滅するのだろう？

「これは、何やら意味ありげであるな」

白の書が覗《のぞ》き込んでいる場所に近づいてみると、確かに、それはニーアの目にも「意味ありげ」に映った。

魔法陣の前に、五角形の模様が描かれていて、そこに石片が置かれている。落ちているのではない。何者かが目的を持ってそこに置いたのだとわかる。

なぜなら、その石片の輪郭に沿って線が刻まれていたのである。そこが定位置であると示すように。

「なんだろう、これ」

拾い上げてみると、石片には変わった模様が刻まれていた。よく似た形が規則的に現れる事から、文字であるのはわかる。だが、ニーアにわかるのはそれだけだった。

「読めないな。シロは読める？」

「使えぬヤツだ。ポポルにでも訊いてみろ」

自分も読めない事は棚に上げ、白の書は澄ました顔でそう言ったのだった。

4

持ち帰った石片を一目見るなり、ポポルは微《かす》かに眉根を寄せた。

「これは……暗号みたいね」

やはりな、と白の書がつぶやく。白の書にはあの文字が読めなかったのではなく、暗号だから意味がわからなかったらしい。

「何とかなりそうか？」

こめかみに指を当てて考え込んでいたポポルが、ふと顔を上げた。

「五角形の模様が描かれていた……って言っていたわね」

ポポルが手を伸ばしたのは、昔の本が並んでいる書棚だった。暇を見ては傷みが酷い本の補修をしているらしく、ポポルの部屋にはそんな本ばかりが置かれていた。

「ちょっとこれを見てもらえる？」

今にも背表紙が割れてしまいそうなほど、古い本だった。ポポルが注意深く広げたページを覗き込んで、驚いた。そこに描かれていた模様は、祭壇に刻まれていた五角形と寸分違わぬものだった。

「どうして⁉」

「やっぱり。あなた達が見たのは、この五角形なのね。だとしたら、この本に書かれている文字を暗号化したものが……」

「石片に刻まれた文字、という訳だな？」

「ええ。あなた達が持ち帰ったのは、『石の守護神』と書かれた石片。たぶん、五角形の中に引いてある線は、石片の形を表している。つまり、あと四つの石片がある、という事。たとえば、ここが」

ポポルが指さす先にある文字を、白の書が「機械の理《ことわり》」と読み上げる。

「シロ、読めるのか?」

「我を誰だと思うておる。偉大なる白の書であるぞ。書物に記された文字を読めぬ筈がなかろう。その隣が『贄《にえ》』だな?」

ポポルがうなずいた。

「残りは、『記憶する樹』と『忠誠のケルベロス』ね。『石の守護神』が石の神殿で手に入った事を考えると、他の言葉も場所を意味しているのだと思う」

「五つの石片を組み合わせると、五角形になるっていうのはわかったけど、それに何の意味があるんだろう?」

何より、「機械の理」だの「記憶する樹」だのが石片の在処《ありか》を示しているのだとしたら、なぜ、ばらばらにしておく必要があったのか? 五つ全部を揃《そろ》えて祭壇に置いておかなかったのは、なぜなのか?

「魔王の城への封印を解く鍵……ではないかしら」

「なぜ、そう思う?」

白の書が鋭く言った。

「なぜ、この模様と石片を見ただけで、そこまで言い切れる?」

疑わしげな声だった。ポポルの説明を信じていないというより、ポポル自身が怪しいと言わんばかりの。

「シロ。幾らなんでも、ポポルさんを疑うような真似《まね》は……」

「いいのよ。説明の順番を間違えたのは、わたしのほうだから」

ポポルは気分を害した様子もなく、説明を続けた。

「この本に書いてあったの。魔王の城への入り口が石の神殿にあるって」

ポポルから石の神殿の事を教えられた時、情報の出所に疑問を持たないでもなかった。ただ、ポポルは顔が広い。どれほど遠くまで旅をしても、見知らぬ街や村へ行っても、必ずポポルを知る人がいた。だから、その途方もない数の「顔見知り」の誰かに教えてもらったのだろうと思っていた。

だが、情報の出所は図書館の蔵書だった。確かに、顔見知りの数よりも、ここの本の数のほうが遙《はる》かに多いに違いない。

「そういう事なら、納得がいく。ここは図書館なんだし。そうだろう？」

シロ、と振り返ったが、白の書はそれには答えず、ポポルへの詰問を続けた。

「なぜ、その本に魔王の城について書いてあると知っていた？　これほどまでに膨大な蔵書の中から、なぜ、その一冊に目を留めた？」

「それは、わたしじゃないわ。デボルよ。ずっと昔、デボルがこの本を見つけたの。偶然だったそうよ。たまたま手に取った本に、『イニシエの歌』の詩が書かれていた……」

「イニシエの歌？　デボルさんがいつも歌っている、あの歌？」

ポポルはうなずいて、その歌詞を諳《そら》んじた。

「悠久《ゆうきゅう》の彼方、この地に黒き翼あり。その羽の届くところ、すべからく忌まわしき災いが訪れん。挨拶《あいさつ》の余韻を断ち切るは、白き翼ただひとつとなりにけり」

いつかこの世に黒の書が舞い降り、病を撒《ま》き散らす時、それに抗う白の書が現れ、封印されし言葉で黒の書を降《くだ》し、災厄を消し去る……という意味だと、デボルが教えてくれた。五年前の事だ。

この歌があったから、ニーアは白の書と共に「封印されし言葉」を捜したのだ。それを集めて黒の書を倒せば、ヨナの黒文病は治ると信じていた。結果的に、黒の書は倒せず、ヨナは魔王に連れ去られてしまった訳だが。

「たいした意味もない、昔の歌だと思っていたの。でも、白の書は本当にあったし、封印されし言葉も、黒の書も実在した。だとしたら、魔王についての記述があってもおかしくないでしょう？だから、最初から読み返してみたの」

「この本を？」

ヨナのお気に入りの絵本を三、四冊重ねたくらいの厚みがあり、どのページにもぎっしりと細かい文字が詰まっている。これを最初から読み返すとしたら、相当な時間を要するのではないだろうか。

「思っていたよりも難しくて、時間がかかってしまった。もう少し早く、教えてあげられれば良かったのだけれど。わたしの読解力では、これが精一杯だったのよ。ごめんなさい」

「そんな……。謝らないでくれ、ポポルさん」

白の書が決まり悪げに咳払《せきばら》いをした。これで疑いは解けた訳だ。

「この四つの石片だけど」

ポポルは何事もなかったかのように話を戻し、手近な紙に文字を書き込んだ。贄、機械の理、記憶する樹、忠誠のケルベロス。そして、石の守護神。

「このうち、『機械の理』はたぶん、ロボット山を示している」

今でこそ管理する者もなく放置されているが、ロボット山はかつて大規模な軍事施設だったという。何をどう使っていたのか、ニーアには全くわからないが、とにかく機械が山を成している場所だった。

「記憶する樹は、神話の森かしら」

「ああ。言われてみれば」

人を夢の中へと引きずり込む奇病が発生した、神話の森。「封印されし言葉」があったのは、森の中心にある巨木だった。なるほど、あれが「記憶する樹」なのかもしれない。

「あとのふたつは、よくわからないわ」

「『贄』と『忠誠のケルベロス』か」

「ケルベロスだから、犬を指しているのかもしれないけれど。でも、そんな変わった犬なんて見かけた事がないし」

ポポルと白の書が黙り込んだ。これ以上はもうお手上げだ、とでも言いたげに。しかし、ニーアには至極単純な話に思えた。

石の神殿では、大型のマモノが祭壇を守っていた。魔王の城への入り口であり、『石の守護神』の石片が置いてあった祭壇を。この石片を手に入れる為には、あのマモノを倒す必要があった。という事は。

「石片を守っているデカいマモノを倒していけばいいんだろう？　封印されし言葉を集めた時みたいに。単純な話だよ」

「今回も、手当たり次第にマモノを殺していく、と？」

具体的な地名は、ロボット山と神話の森しか判明していないが、大型のマモノとなれば、決してありふれたものではない。場所の特定も、さほど難しくない筈だ。

「でも、危ないわ」

何を今更《いまさら》、と思う。ヨナの薬代を稼ぐ為にマモノ狩りの依頼を受けるようになった。封印されし言葉を集める為に、大型のマモノを何体も狩った。ヨナが拉致された後は、魔王の手がかりを捜してマモノを狩り続けた。危ないも何も、とっくの昔に慣れてしまっている。それに。

「さらわれたヨナのほうが危険だ」

「でも、ヨナちゃんは……」

「生きてる！」

ポポルが目を伏せる。その先は言わせない。

「絶対に生きてる！」

ポポルも白の書も、何も言わなかった。

「とりあえず、ロボット山と神話の森に行ってみます」

わかったわ、と答えるポポルの声は、今にも消え入りそうだった。

「気をつけてね」

いつもと同じ言葉なのに、なぜかポポルは目を伏せたままだった。

［報告書 10］

長らく行方《ゆくえ》をくらましていた「魔王」の潜伏場所が判明した。私達の手で、すぐにでも対処したいところだったが、潜伏場所の入り口を「グレーテル」が守っていた。私達には些《いささ》か手に余る相手である。それで、石の神殿は魔王の居場所に通じていると、ニーアに教えた。

ところが、「魔王」はその入り口に鍵を掛けていた。入り口を守らせるだけではなく、鍵を掛けるようにしたのは、おそらく「黒の書」の発案だと推測される。ゲシュタルト計画の破綻《はたん》を防ぐ為に、私達が「魔王」の許《もと》へ向かう事を予期していたのだろう。

ニーアが情報を持ち帰ってくれたのは僥倖《ぎょうこう》だったが、鍵は暗号化されていた。ただ、「魔王」の配下の者達での情報共有の必要があるだろうから、解読できないような暗号は仕掛けられていないと推測される。速やかに解読作業を進めて、ニーアに鍵を集めさせる予定である。

ただ、白の書が私達に疑いの目を向けてきた。もっともらしい理由で丸め込み、事なきを得たが、対処を間違えれば危険な事態に陥ったかもしれない。今後は気をつけたい。

記憶を失っているから害はないと考えていたが、逆に、記憶を失っているが故に想定外の行動に走る事も考えられる。白の書の動向は、現時点において、最も懸念される事案である。

（記録者・ポポル）

NieR Replicant
ver.1.22474487139...
《ゲシュタルト計画回想録》
File02
青年ノ章3

1

最後にロボット山に足を運んだのは、何年前だったか。改めて数えてみて、驚いた。五年ぶりだ。ヨナを拉致《らち》された直後に、一度だけ、武器を強化する為に訪れたのだが、それきりになっていた。

「変わらないな、ここは」

梯子《はしご》の掛かった鉄橋も、入り口の金網も、そして、同じ金網の扉の店構えも。エミールだけが物珍しそうに、斜めになった櫓《やぐら》の近くまで飛んでみたり、足許《あしもと》を這《は》う鼠《ねずみ》を追いかけてみたりしている。カイネのほうは、とくに興味もないのか、金網にもたれて目を閉じていた。

そのまま二人を外に待たせて、ニーアと白の書は金網の扉を押した。

「やあ、いらっしゃい」

店に立って迎えてくれた兄の姿も、全く変わっていなかった。……いや、違う。兄ではない。

「弟……？　久しぶりだな」

面差しは兄そっくりだったが、目の前にいるのは、弟のほうだった。兄はロボット山に素材でも採りに行っているのだろうか。白の書も同じ事を考えたらしく「兄さんは元気か？」と訊《き》いた。子供に対する口調になってしまうのは、出会った時が幼い姿だったせいだろう。

ところが、弟の答えは思いも掛けないものだった。

「実は、四年前に事故で……」

「そうであったか。悪い事を訊いたな」

五年前、彼らの母親が死んだ。四年前に兄もまた事故死したのだとすれば、この弟は天涯孤独《てんがいこどく》となってしまった、という事だ。

「いいんです。それよりも、本日はどんなご用ですか？ 武器の強化ですか？ それとも？」

四年も経《た》っていれば、弟なりに気持ちの整理はついているのかもしれない。妙に湿っぽくならないように、ニーアも努めて平静を装う。

「今日は、ちょっと訊きたい事があって来たんだ」

「何ですか？」

「この辺りで、マモノの話を聞いた事はないか？ それも、普通の奴じゃなくて、巨大だったり、強力だったりするマモノなんだけど」

「そういうのが出たとは聞いてませんねえ」

ふと違和感を覚えた。弟の声色が妙に明るい。

「僕はロボットを倒す事だけが生き甲斐《がい》ですから」

フフッと笑う顔に、薄ら寒いものを感じた。四年も経って気持ちの整理がついているようだと思ったが、実は全くの逆かもしれない……。

「そうか。なら、いいんだ。邪魔したな」

早々に立ち去ろうとしたニーアを、弟が呼び止めた。

「あっ。ちょっと待ってください」

「なんだ？」

「実は、強力な武器を手に入れたんです。あなたなら扱えると思うんだけど」

壁際に立てかけてある武器を弟が指さした。見るからに重そうな、しかし不自然に寸足らずな大剣だった。

「見たところ、壊れているようだが？」

白の書の言葉どおり、刃の先端が割れていた。刀身が短く見えたのは、そのせいだった。

「直せるのか？」

「はい。素材さえあれば」

「なら、採ってくるよ」

「良かった。捨ててしまうには、もったいなくて」

弟はそう言って、小さな紙切れに何かを書き付けた。その姿は、驚くほど兄に似ている。少し首をすくめるようにして、ペンをきつく握りしめて……。エレベーターのパスコードです、という兄の声が思い出された。

「必要な素材を書いておきました。地下二階の大型の敵からしか採取できないので、気をつけてくださいね。それから、地下二階に行く為のパスコードです。エレベーターで使用してください」

ただ、弟のほうが幾らか早口で、あまりこちらの目を見ようとしない。話してみれば、兄との違いのほうが際立つ気がした。ニーアは弟に礼を言うと、金網の扉を押して外に出た。

その後は、五年前と同じようにロボット山の内部へと進んだ。入り口で待ち受けているロボットも、油臭い臭いも、全く変わっていない。それが当時を思い出させたのか、白の書がいつになく、しんみりした口調になった。

「兄は死んでしまったか……。まだ若かったであろうに」

「事故だったたって言ってたな」

きっと突然の死だったのだろう。兄本人さえ、そこで自らの生が終わるとは全く考えていなかったであろうに」

たに違いない。

「弟の為に自分の楽しみすら後回しにして……兄はそれで幸せだったのか？」

ニーアはうなずいた。もちろん、幸せだったに決まっている。

「弟が笑ってくれたり、喜んでくれたりするだけで幸せなんだ。それが、にいちゃんってやつさ」

唯一、心残りがあるとすれば、弟がひとりぼっちになって寂しい思いをするかもしれない、という事くらいか。ただ、突然の死なら、そんな事に思いを巡らせる暇などなかったに違いない。だから、兄は不幸ではなかった。その筈《はず》だ。

「これからは、もう少しまめに武器を強化したほうがいいかもしれないな……」

「五年分の不義理の埋め合わせか？」

「あ、いや。石片を守っているマモノと戦う事になる訳だから、武器は大事だろ？」

とってつけたような言い訳をしてみたが、白の書には通用しなかった。いや、必要なかった。

「……わかっておる」

五年前、白の書も母を慕って泣く弟の姿を見ている。時折、様子を見に来たほうがいいと考えたのは、白の書も同じに違いなかった。

地下二階の敵は強かったが、さほど手こずる事もなく形状記憶合金を採取できた。剣の腕も上がっていたし、今回はカイネとエミールもいる。行きがけの駄賃に、武器の強化に使えそうな別の素材を採取する余裕もあった。

これが五年の歳月だ。長い時間が経ったのだと、思わずにいられなかった。あの弟にとっても、自分自身にとっても。そう思っていたのだが。

どうも、そうではなかったらしいと気づかされたのは、二度目の来店時だった。

「お二人にお願いがあります」

修理を終えた武器を前に、弟は思い詰めた眼差《まなざ》しで言った。見覚えのある目だった。……そうだ、祖母をマモノに殺されたカイネが、こんな目をしていた。

「兄さんの仇《かたき》を討ってください！」

やはりカイネと同じだと思った。「仇」というのは、殺した相手に対する言葉だ。兄は事故で死んだのではなかった。だから、弟にとって、長い時間など経っていなかったのだ。弟の時間は兄が殺された瞬間に止まった。家族を理不尽に奪われた者は皆、同じ……。

「ずいぶんと物騒な事を思いついたものだな」

白の書の言葉に、弟は強く頭を振った。

「思いつきなんかじゃない！　俺が武器を作ってきたのは、この為なんです！　アイツらを殺せる道具を作りたくてやってきたんです！　金儲《もう》けの為なんかじゃない！」

「アイツら?」

「そうです!　マモノと一緒にいる大きなロボットです!」

「マモノが……いるのか」

そして、自分の時間も止まっている。ヨナを奪われた、その瞬間から。同じだ、自分も。

「お願いします!　兄さんの仇を!　あのロボットを殺してください!」

「ああ。殺《や》ってやる」

ニーアは鈍い光を放つ大剣へと手を伸ばした。

2

全身の毛を逆立てる猫の気持ちがよくわかった。本能が告げる不快感で吐き気がしそうだ。二度目は御免被り《ごめんこうむ》たいと思っていたのに、幾らも経たないうちに、その二度目が来てしまうとは。

「仇討ち……か」

お願いします、兄さんの仇を、という悲鳴にも似た声が外にまで聞こえてきた時、またあの場所へ行くのかと、些《いささ》かうんざりした。ニーアがその申し出を断る筈《はず》がなかった。

だが、気持ちはわかる。わかりすぎるほど。だから、何も言わずにニーアの後に続いた。息苦しいほど狭いエレベーターに乗り、妙な具合に滑る床に舌打ちをし、金属とも油ともつかない悪臭に顔をしかめて歩いた。

それでも、至る所に出現する「ロボット」という機械には、どうにか慣れてきた。開けた場所で、障害物がなければ、距離を保ったまま魔法で倒す。狭かったり、障害物があったりして近接戦闘が避けられない時には、急所と思われる場所を一撃で破壊し、すぐに距離を取る。ニーアに教わった手順だ。

最初、動きを停止した機械が爆発するという事を知らなかったカイネは、うっかり巻き込まれて痛い目に遭《あ》ってしまった。テュランの再生能力がなければ、死んでいたかもしれない。

石の神殿では、もはや自分には制御できないのではないかと危ぶんだ力だが、こうして戦いの真《ま》っ只中《ただなか》にいると、手放せないと痛感する。

「マモノと機械が一緒にいるだなんて、どういう事なんでしょう?」

エミールが不思議そうに首を傾《かし》げた。理由なんてどうでもいい、とニーアが吐き捨てるように言う。

「マモノとその仲間は皆殺しにするだけだ」

「そうだな」

同意を求められた訳でもないのに、答えていた。ニーアの単純明快な言葉が、今は何よりも心強い。自分もそうありたいとさえ思う。

マモノとロボット。どちらも、敵だ。問答無用でこちらを攻撃してくる敵。ただ、カイネにとっては、ロボットのほうが喋《しゃべ》らないだけマシだった。

マモノであっても、単に言葉を並べただけの、意味を持たない声を垂れ流してくる分にはいい。それよりも本当にイヤなのは……。

『私の仲間に手を出すな……だったか?』

テュランの言葉に、カイネは思わず顔をしかめた。テュランはいつもいつも、カイネが不快感を覚えるであろう言葉を、この上なく正確かつ迅速に放ってくる。

『やっぱり、あのデカブツに同情してたのか。泣かせるねえ。笑わせるねえ』

反論はしなかった。すればテュランを喜ばせるだけだとわかっていた。ただ、それでも考えずにいられない。なぜ、マモノの中には高い知能を有する者がいるのだろう、と。なぜ、マモノのくせに仲間の死を悼《いた》むのだろう、と。

人を襲うしか能の無い連中なのだから、頭の出来も虫けら以下なら良かったのに。いや、最初からわかっていた筈だ。狡猾《こうかつ》で品性下劣なテュランだが、知能に関して言えば、明らかに高い。こういうマモノもいるのだ。中には、狡猾でも品性下劣でもなくて、そのくせ知能が高いマモノがいてもおかしくない。

『おいおいおい。品性下劣？　ひでぇ言い様だな。事実だけどな！』

カカカカカッ、と不愉快な笑い声が脳内に響く。

『ここのマモノもお喋りなヤツだったら、どうする？　狡猾でも品性下劣でもなくて、知能が高いヤツだったら？　お涙頂戴《ちょうだい》なお話を、うんとこさ聞かされたら？　なあ？　どうするよ？』

黙れ、と命じる代わりに、カイネは跳んだ。大きな木箱の手前で立ち往生しているロボットに、落下の勢いを乗せて剣を突き立てる。剣を引き抜き、また突き刺す。力任せに、何度も、何度も。

小さな火花が散り、嫌な音がした。カイネはあわてて飛び退《との》く。爆風に煽《あお》られ、尻餅《しりもち》をつく。笑いが漏れた。我ながら無様《ぶざま》だ。

驚いたように近づいてくる二人を手で制して立ち上がる。

「大丈夫か⁉」

「カイネさん！」

「大丈夫だ」

二の腕に突き刺さっていた金属片を引き抜く。血が噴き出したが、すぐに止まった。傷口に肉が盛り上がり、痛みが引いていく。傷を負っても、血が流れても、容易《たやす》く元に戻る。それがマモノの力、人間ではないという事だ。

次の敵が、知能の高いマモノであっても殺すと決めた。たとえ、優しさや思いやりを持つマモノであったとしても、マモノはマモノ。人間ではないのだから。

マモノとその仲間は皆殺しにするだけだ……。

ニーアの言葉をもう一度、噛み締める。そのとおりだと思った。


あの弟が持たせてくれた地図は、正確だったが、配慮というものが凡《およ》そ感じられなかった。エレベーターで地下二階まで降りた後、飛行するロボットがうようよいる中をトロッコで進まなければならなかった。そうやって進んだと思えば、螺旋状《らせんじょう》の長い傾斜を上らされ、またエレベーターで上階へ向かわされた。挙げ句の果てが、目の前の縦穴だった。

「この穴の下が、例のロボットがいる部屋らしいな」

地図を覗《のぞ》き込んでいた白の書が、うんざりしたように言った。この地図にありがちな配慮のなさが遺憾なく発揮されたのだ。梯子もない縦穴は、通路とは呼べないだろう。

「よし。このまま降りるか」

この穴からか？　と白の書が呆《あき》れた声を出す。

「下がどうなっているか、わからんのだぞ？」

白の書とエミールは宙に浮いていられるし、自分はマモノ憑《つ》きだから高所から落下しても、まあ死にはしない。この場合、命の危険があるのはニーアだけだ。

「迂回《うかい》するのも面倒だ。行くぞ」

最も危険に晒《さら》されている本人がそう言うのだから、異を唱える者はいなかった。

「待って。ぼくがまず様子を見てきますから」

「いや、私が行こう」

返事を聞かずに飛び降りた。万が一、穴の下が敵だらけだったら、エミールには危険すぎる。それに、飛行するエミールより落下する自分のほうが速い。

実際、あっという間だった。耳許《みみもと》で風が鳴ったと思ったら、幾らも経たずに足の裏に衝撃が来た。叩《たた》きつけられて血飛沫《ちしぶき》が飛ぶような高さではなかったという事だ。助かった。

敵がいないのを確認して合図を送ろうと思っていたのに、カイネが立ち上がって辺りを見回そうとした時には、すぐ傍《かたわ》らにニーアが着地していた。これじゃあ何の為に先に飛び降りたんだか、とカイネは呆れ返った。

だが、結果的にはそれが正解だった。視線を上げるなり、ロボットが目に入った。確認して合図を送るなどと悠長な事をやっている暇などなかったのだ。配慮のない地図は、正確さという点においては完璧だった。

「あいつか！」

ニーアが身構えると、いつの間にか傍らに降りてきていた白の書が「でかいぞ、気をつけろ！」と言った。確かに、これまでに見たどのロボットよりも大きい。

侵入者発見、と声が聞こえた。ただ、マモノの声ではない。もちろん、人間の声でもない。いったい何の声だろう、とカイネは視線だけを動かして周囲を見る。

『やっつけちゃえ！』

今度は、はっきりマモノとわかる声が聞こえた。カイネは思わず叫んだ。

「マモノがいるぞ！」

巨大なロボットの頭の上に、小さなマモノが乗っている。というよりも、ちょこんと腰を下ろしているように見える。

人を殺すようなロボットと行動を共にしていると聞いて、巨大で獰猛《どうもう》なマモノを思い浮かべていた。石の神殿のグレーテルのような、或《ある》いは、ニーアの村を襲ったデカ頭のような。しかし、今、目の前にいるマモノは、石の神殿の雑魚《ざこ》、不完全体のマモノに近い形状をしている。

戦闘開始を告げるかのように、ロボットの両目が光った。侵入者発見、という声をまた聞いた。それで声の主がわかった。マモノの声でも、人間の声でもないあれは、ロボットの声だったのだ。

『侵入者発見　発見　発見　排除スル！』

ロボットが足を踏み鳴らす。頭上のマモノが両腕を振り上げる。

『ピーちゃん！　負けないで！』

耳を疑った。マモノの言葉とは思えない。さっきの『やっつけちゃえ！』という言葉もそうだったが、まるで人間の子供のような喋り方をする。子供のようなマモノに、喋るロボット。嫌な敵に当たってしまった……。

ロボットが足を踏み鳴らすたびに、床が激しく揺れ、カイネは思わず膝《ひざ》をつく。

「マモノが指示を出しておるのか！」

違う。あれは、「指示」なんかじゃない。

「足を狙って倒しましょう！」

エミールにも聞こえていないのだ。あの小さなマモノとロボットが何を言っているのか。

『ほら、殺せよ！　カイネ、どんなマモノでも殺すんだろ？』

テュランが痛いところを突いてくる。だが、そのとおりだ。マモノは殺す。殺さねばならない。

「マモノを倒せ！」

自らを鼓舞する為に叫んだ。殊更《ことさら》に大声で。そうでもしないと、剣を握っていられない気がした。

ニーアがロボットの足の継ぎ目めがけて剣を突き立て、エミールが魔法を放っている。カイネもそれに倣う。

『排除　スル　排除　スルスルスルスルスル』

双剣で斬《き》りつけると、岩か何かにぶつかったような、鈍い手応えがある。金属と金属のぶつかる耳障りな音が伝わる。また斬りつけると、何かが弾《はじ》け飛んだ。

硬い金属に覆《おお》われたロボットに、剣が通用するのかと思っていたが、継ぎ目の部分は思いのほか弱かった。外側の金属板が剝《は》がれると、その内側はさらに脆弱《ぜいじゃく》だった。

『ピーちゃん！　もうやめて！　もういいよ！　これ以上戦ったら、キミが壊れちゃう！』

小さなマモノが悲鳴のような声を上げる。悲鳴？　違う。悲鳴なんかじゃない。あれは別の声だ。マモノなのだから、悲鳴なんか上げる筈がない……。

「……あれはマモノだ。マモノなんだ……」

ロボットが足を振り上げる。ニーアが転がって回避すると、その隙にエミールが魔法を放った。何かが割れる音がした。見れば、ロボットの足に亀裂が走っている。

『防衛　ワタシ　ノ　職……務』

『やだよ！　キミがいなくなったら、ボクはどうすればいいの？　またひとりぼっちになるよ！寂しいよ！』

『守ル　ワタシ　仕事　仕…ゴト……』

ロボットの音声に雑音が混ざる。息切れを起こしているかのようだ。だが、ニーアにもエミールにも白の書にも、その息づかいは届かない。容赦なく剣と魔法が金属の身体を攻めたてる。そのたびに、ギギ、ギギ、と軋《きし》む音が鳴る。まるで、呻《うめ》き声のように。

テュランが愉快そうに笑っている。殺せ殺せ、と笑いながら叫んでいる。

「くそ……っ！」

目を逸《そ》らしたまま、剣を振った。当たらないだろうと思っていたのに、刃は足に走った亀裂を抉《えぐ》っていた。ぐらり、と巨体が揺らぐ。ロボットが膝をつく。

「今だ、畳みかけろ！」

ニーアの剣がロボットの背中に突き刺さり、エミールの魔法が金属を溶かす。ピーちゃん、とマモノがまた悲鳴を上げる。

『P33　クレオ　守ル』

あのロボットは「P33」で、マモノのほうは「クレオ」という名なのか、と考えた時だった。不意に、周囲に散乱していた金属片や部品が小刻みに震え始めた。それらは音をたてて震えながらP33へと吸い寄せられていく。絶え間ない攻撃で叩き落とされ、削《けず》り取られていたものが、再びロボット本体へと戻っていこうとしている。

『P33　クレオ　守ル！』

吸い寄せられた金属片や部品は、P33の背中へと集まり、大きな翼を形作った。

「変形するのか……」

P33は不格好な翼を広げ、立ち上がった。羽ばたきが突風を巻き起こす。伏せろ、と白の書が叫ぶ。

『ピーちゃん、何するの⁉』

『脱出　脱出　脱出　脱出　脱出』

金属でできた重い身体で飛べる筈がないと思った。浮き上がる事さえ不可能だろう、と。だが、それでも、何も変わらなかった。ずっと、外の世界を見ていた。

凄《すさ》まじい突風と共に巨体が浮いた。

『外ノ　世界　見ル　見ルルルルル』

Ｐ33が高く飛び上がる。いつの間にか、その腕にはクレオを抱えていた。

「逃がすか！」

ニーアとエミールが魔法を放った。撃ち落とすつもりだったのだろうが、できなかった。上から、ばらばらと金属が降ってきたのだ。

「危ない！　避けろ！」

回避しながら見上げると、Ｐ33が天井に体当たりをかけている。降ってきているのは、ロボットの部品か、天井の建材か、或《ある》いはその両方か。

『クレオ　ワタシニ　言葉　タクサン　教エテ　クレタ　知ラナイ世界　教エテ　クレタ』

Ｐ33がまた体当たりをかける。胴体からは黒い煙が上がっているというのに、Ｐ33は体当たりを止《や》めようとしない。金属と共に、聞きたくもない言葉が降ってくる。

『イッショニ　外ノ世界　見ル　ズット　イッショ』

だが、そこまでだった。浮力を維持していられなくなったのだろう、Ｐ33が次第に高度を下げ始めた。小さな火花が散っているのが遠目にもわかる。

「あの翼を狙え！」

白の書の指示で、ニーアとエミールが同時に魔法を放つ。金属の翼が崩れ始める。空中で、Ｐ33の身体が傾く。片方の翼が剝《は》がれ落ちる。もう片方の翼が激しく動いたが、巨体を支えるには至らなかった。

墜落の音が辺りを震わせた。Ｐ33はうつ伏せに倒れたまま、動かない。と、クレオが転がるように飛び出してきた。石の神殿で見た不完全体のマモノ達のような、小さく儚《はかな》げな姿。『やめて！』と叫んで両腕を広げている。

『ピーちゃんはボクの大事なトモダチなんだ！　いじめるな！』

自分以外の誰かを守ろうとするのも、あの不完全体のマモノ達と同じ。そして、守るだけの強さを持たず、ただ溶けて消えるしかない、か弱さも。

あっという間に、黒い影のような身体が切り裂かれた。腕を振り上げて向かってきたのは、わずか数秒間。ニーアの剣が一閃《いっせん》しただけで終わりだった。

『ごめんね、ピーちゃん。ボクって、弱いな……』

小さな身体が、ぱたりと倒れた。

『ずっと……いっしょに、いたかった……のに』

輪郭を失いそうになりながらも、クレオはＰ33のほうへと這っていく。不完全体のマモノ達と異なるのは、最期の瞬間まで「トモダチ」と共に在ろうとした事。

『クレオ　ヤクソク……イッショ　ズット……イッショ……』

Ｐ33の腕が震えている。もはや身動きなど取れないほど損傷していたが、どうしても手を差し伸べてやりたかったのだろう。しかし、その手の先にクレオの姿はなかった。黒い身体はすでに塵《ちり》になっていた。

『クレオ……サビシイ……Pチャン……サビシイ……コワイ……泣……ク……』

P33の両目から光が失われていく。機械の音が止《や》み、ニーアが息を吐く音が聞こえた。ロボットも、マモノも、死んだ。

静けさの中、かたりと音をたてて何かが転がり落ちた。倒れているP33の身体から。

「ニーアさん！　石片です。魔王の城の鍵です！」

そうだった。本当は、「機械の理《ことわり》」という言葉を手がかりにロボット山を訪れた。別に、ロボットを倒すのが目的ではなかった。だが、倒さなければ石片は手に入らなかった。どのみち殺さなければならないロボットだったのだ。殺す理由が見つかって、心のどこかで安堵《あんど》していた。そして、そんな自分を嫌悪した。

「これで間違いないようだな」

白の書が石片を覗き込んだ時だった。唐突に静けさが破られた。床と靴底がぶつかる音が反響し、焦げ臭い空気を震わせた。そこにいたのは、あの弟だった。どうやら、ずっと後をつけてきたらしい。危険なロボットは根こそぎ破壊していたから、たいした武装をしていなくても難なく追ってくる事ができたのだろう。

「こんなっ！　こんな機械にっ！　兄さんは！　母さんは！」

その場に落ちていた棒状の部品を拾い上げると、弟はロボットの残骸《ざんがい》めがけて振り下ろした。ひどく耳障りな、聞くに堪えない音がした。

「おまえさえ、いなければっ！　おまえさえっ！　おまえさえっ！」

彼の母親が機械に殺されたのは事実だ。ロボット山の防衛用の機械にやられたのだろう、と白の書は言っていた。つまり、母親を殺した機械は、このP33ではない。

「こんな機械が……兄さんを！　母さんを！　おまえさえいなければっ！」

本当に、P33が彼の兄を殺したのだろうか。小さなマモノを「クレオ」と呼び、そのクレオからは「ピーちゃん」と呼ばれていた、このロボットが。クレオを守ると言い、一緒にいたいと願い、外の世界を見る事を望んでいた、P33が。死にゆくクレオに手を差し伸べようとしていた……彼が。

「その辺で、もういいだろう？」

ニーアが弟に声をかけた。見るに見かねたのだろう。

「俺はやりましたよ！　ねえ、すごいでしょう？　やりましたよ！　やりましたよ！」

P33を倒したのは自分達であって、この弟ではない。だが、彼にはその区別もついていないらしかった。

「コイツがいなければ、山に入りやすくなる。素材だって取り放題ですよ！　これからは幾らでも強い武器を作れますよ！　機械共をブチ壊す為の武器を幾らでも！　全部全部全部全部壊す為の！　幾らでも！　幾らでも！」

ははは、と笑う声はぞっとする響きがあった。

「任せてくださいっ！　機械をブチ壊す……全部全部全部」

「わかった。わかったから」

宥《なだ》めるようにニーアが肩に手を置いてやっても、弟は笑い続けている。

『いいねえ』

テュランならそう言うだろうと思っていた。どす黒い感情が大好物のこのマモノなら。

『自分の事は棚に上げて、何かのせいにせずにいられない。いいねいいねえ』

何かのせい……。という事は、テュランも彼の兄を殺したのがP33ではないと考えているのだ。

『はあ？　そんなの決まってんだろ。殺された、なんてのは、殺す為の口実が欲しかっただけだろうよ。最初は、アイツだって事故だって言ってたじゃねえか。いや、待てよ？　案外、アイツのせいで起きた事故だったりしてな！』

嫌な想像だ。ただ、人間の醜い部分、残酷な部分が好きでたまらないというテュランは、当然の事ながら、そうした感情には詳しい。強《あなが》ち想像とも言い切れないのではないか。

『いいねえ。人間らしい。実に人間らしい』

人間らしい？　これが？　物言わぬ残骸を何度も何度も叩きながら、憎悪と狂気に満ちた声で笑い続ける事が？

P33が最期に漏らした「サビシイ」という声。「ピーちゃんをいじめるな！」と叫んだクレオの声。どれが本当に人間らしい声なのだろう？

カイネにはわからなかった。

[報告書 11]

報告書が無駄に長いと、ポポルに指摘されてしまった。気づいた事は全て書き留めておきたくなる質《たち》なので、そこは勘弁願いたいところなのだが。

そんな指摘をしてくるだけに、ポポルは仕事が速い。そして、ニーアも負けず劣らず仕事が速い。石の神殿の情報を教えた時もそうだったが、「機械の理《ことわり》」がロボット山を示していると知るや否や、その日のうちに現地にすっ飛んでいった。

ただ、当初は「大型マモノの話は聞いた事がない」と言われて、気落ちして戻ってきていた（その話は、こちらとしても想定外で面食らった。ガセで良かった。詳細後述）。

もちろん、ポポルの仕事に間違いなどある筈《はず》がなく、石片はロボット山にあった。後日、ロボット山に入ったニーアは、ちゃんと「機械の理」と暗号で刻まれた石片を持ち帰った。つまり、間違っていたのは、情報提供者のほうだった訳だ（武器の修理屋をやっている彼は、ロボットしか目に入らないらしい。人は往々にして自分の見たいものだけしか認識しない）。

きっちりと仕事をこなした割に、ロボット山から戻ったニーアはどこか元気がなかった。いや、元気は元気なのだが、どこか影が差しているように見える。気のせいという事で片づけても良かったのだが、少し前に揉《も》めたばかりだし、念の為に白の書に探りを入れてみた（といっても、白の書はいつもニーアにべったりだったから、ニーアが他の村人と話している隙に、二言三言、会話しただけだが）。

結論から言えば、よくわからなかった。白の書曰《いわ》く「憎悪と狂気では、心を癒やす事はできぬ」だそうで、何が言いたいのか、さっぱりわからない。まあ、ロボット山で愉快とは言い難い出来事があったのは確かなようだ。

ともかく、白の書は役に立たないとわかったから、別のルートでの情報収集を検討する。今度、行商人が村にやって来たら、何か用事にかこつけてロボット山の店へ行かせようと思う。あの行商人なら、目端《めはし》が利くし、人当たりも柔らかいから適任だろう。何より、多少の危険地帯であっても平気な顔で歩き回っている辺りが頼もしい。

問題は、彼女がいつ姿を見せるかわからないという事か。できる事なら、ニーアが神話の森から帰る頃には情報を入手しておきたいが……。

という訳で、ポポルに叱《しか》られる前に、近況報告を終わる。以上。

（記録者・デボル）

NieR Replicant
ver.1.22474487139...
《ゲシュタルト計画回想録》
File02
青年ノ章4

1

「また妻と喧嘩《けんか》をしてしまったんだ」

　はあ、と赤いカバンの船頭が大きなため息をつくと、わずかに船が傾《かし》いだ。船で移動するたびに同じ台詞《せりふ》を聞かされるのだから、ニーア達が船に乗らない日も彼らは喧嘩をしているに違いない。喧嘩夫婦と異名がつくだけの事はある。

「妻が言う『やっておいて』は、『すぐやって』の意味らしいんだ。後でやろうと思って置いといたら、怒られちゃったよ」

「あっ。ぼくもおねえさんに、『言われた事はすぐにやらなきゃダメよ』って注意された事があります。『だから、忘れちゃうのよ』って」

「そう言われてもなぁ。こっちだって、他にやる事があったりするんだからさ」

「そうそう。そうなんですよね！」

　赤いカバンの船頭とエミールがそんな部分で意気投合するとは思わなかった。二人の会話が盛り上がるのが面白くて、ニーアは言葉を差し挟まずに聞き役に徹していた。

「……でね、配達員さんに頼んで、各地の切手を仕入れてもらってるんだけど」

「切手収集ですか。いいですね。お花の図案とか、綺麗《きれい》なんですよね」

「だろう？　君もそう思うよね？　けど、妻に言わせると、そういうのって無駄遣いらしいんだ」

「えーっ!?　そんなぁ！」

だよね、と赤いカバンの船頭が嬉《うれ》しそうに言う。カイネがその傍《かたわ》らで寝息をたてている。平穏な時間だな、と思う。……今は。

「気が滅入るのか？」

白の書に顔を覗《のぞ》き込まれる。図星だった。ニーア達は、「記憶する樹」の石片を探して、神話の森へと向かっていた。

「あのやかましい連中の村であるからな」

神話の森の住人達は、誰もが話し好きだった。最初に訪れた時こそ、その多くが「死の夢」という奇病に罹《かか》っていたせいで反応がなかったが、その夢から醒《さ》めた途端《とたん》に彼らは饒舌《じょうぜつ》になった。しかも、話が長い。さらに、オチらしいオチがない。

「手がかりを探すには、話をしない訳にはいかないし」

「早々に切り上げたいものだが……」

「それができれば、苦労しないよ」

何しろ、こちらが口を挟む余地すらないのだ。神話の森の住人達は、会話をするのではなく、どれだけ多くの言葉を並べられるか競っているかのように見える。

「文字だらけの悪夢に引きずり込まれるより、マシかな」

「そう思う他あるまいな」

白の書がげんなりした様子で言ったところで、船頭が船を岸に着けた。北平原の船着き場は、村からさほど離れていない。

「それじゃ、気をつけて」

船頭とすっかり仲良くなったエミールが「ありがとう」と嬉しそうに手を振った。

2

五年前の奇病の一件以来、神話の森を訪れていなかったにも拘《かか》わらず、村長はニーアと白の書を覚えていた。

「その節は、大変お世話になりました。ところで、面白い話があるんですけど……」

「いや、いい。それよりも訊《き》きたい事があるんだ」

あわてて村長を遮《さえぎ》った。ここでは、礼を失するとか、相手が気を悪くするかもしれないとか、考えてはいけない。

「最近、変わった事はないか？　大きなマモノが出るとか。いや、マモノに限らず、何か強くて危険なモノを見たとか」

マモノだけに拘《こだわ》っていると、肝心な情報が抜け落ちかねない。ロボット山での教訓だった。

「変わった事……ですか」

村長は腕組みをして考え込んだ。話を遮《さえぎ》られた事を気にする様子はない。

「そういえば、『神の樹』から変な気配がするんですよね」

「神の樹？」

村の奥にある巨木と言われて思い出した。「封印されし言葉」が眠っていると、言い伝えられてきた樹だ。実際、ニーア達はその樹から「封印されし言葉」を手に入れた。ただ、それも「死の夢」の中の出来事だったから、どんなやり方でそれを手に入れたのかは曖昧《あいまい》で、具体的な事は何ひとつ思い出せなかった。

「その変な気配とやらは調べたのか？」

白の書の問いに、村長は至極《しごく》あっさりと「いいえ」と答えた。それ以外の選択肢などある筈《はず》がない、とでも言いたげな答え方だった。

「何故、調べぬ？」

「近寄ってはいけない事になっているので」

「何故、近寄ってはならぬのだ？」

少しばかり焦《じ》れた様子で白の書が問いを重ねる。だが、村長は「さあ」と首を傾《かし》げるばかりである。

「何故と言われても、よくわかりません。そういう事になっている、としか。とにかく、近寄ってはいけないんです」

妙な話だ、と白の書は言ったが、それが答えだとニーアは思った。自分達は他ならぬ「変わった事」を調べに来たのだから。

「わかったよ。ありがとう」

「くれぐれも、神の樹には近寄らないでくださいよ。頼みますよ」

「ああ」

もちろん、村長の頼みを聞き入れるつもりなど、最初からない。白の書もそれを察したのだろう、無言のままでニーアについてくる。

村長は心配そうに立ち上がっていたが、幸いにも神話の森は薄暗い。しかも、今日は薄く霧も出ている。少し離れてしまえば、姿は見えなくなるだろう。


村の奥にある巨木を初めて見た時は、ただただ大きな木という印象しかなかった。しかし、「神の樹」という呼び名を知って見上げると、それは些《いささ》か変わった。確かに、これは他の樹木とはどこか違う。

これまでに見たどの樹木よりも大きいとか、枝が奇妙な形に絡み合っているとか、そうした形状のせいではない。目に映るものとは無関係に、何かただならぬ気配を纏《まと》っている。近寄ってはならないとされてきたのも、言葉にできないこの気配のせいかもしれない。

一歩、二歩、と踏み出す。見た目は本当に、ただの植物だ。くすんだ茶色の樹皮と、深い緑の葉。足許《あしもと》に伸びている根をまたぎ、さらに近づく。

『我は草であり、我は木であり、我は森である……』

声が聞こえた。白の書と顔を見合わせる。

「こういう手合いが多いのか、最近は」

仰々《ぎょうぎょう》しい言葉に閉口したのだろう。ただ、白の書がそれを言うのが何とも可笑《おか》しい。

「シロも言えた義理じゃないよ」

「む。我はこのような言葉で虚仮威《こけおど》しをするような……」

「待て」

言いかけた白の書を遮《さえぎ》ったのは、まだ続きがある様子だったからだ。聞き漏らさないように、耳を欹《そばだ》てる。

『……は全ての記憶を司る黒き存在。汝《なんじ》の望みし言葉を紡《つむ》がん……』

望んだ事を教えてくれる、という意味だろうか。だとすれば、有り難い話ではあるが、額面通りに受け取っていいものか？　何しろ、ここは「死の夢」という奇病が発生した村である。あの文字だらけの世界の……と考えた時には、手遅れだった。

黒。何もかも塗り潰《つぶ》したような漆黒。
ニーア：またこれか……。
白の書：いや、アレとは些か異なるようにも思えるぞ。
ニーア：そうか？
白の書：文字だらけなのは前回と同じなのだが、今回は雑然としているような……。
そこに言葉が散らばっている。優しい言葉、難しい言葉、甘い言葉。キラキラと光る宝石のように転がっている。
ニーア：言葉？　宝石？　確かに、わかりにくいな。
残された「言葉」はあまりなかった。残された「時間」はもっと足りなかった。「樹」は言葉をかき集めながら、必死で空を見上げる。

樹：こんな筈じゃなかったのに。こんな予定はなかったのに。

出せない声で、樹はつぶやいた。

昔、樹は世界の全てを記憶していた。その為《ため》に生まれたから。陽《ひ》の光を受けて喜びに震えるように、人々の記憶を集める事に喜びを感じていた。そう思うように感受性をデザインされていた。樹は長く伸びた枝の先、その葉から記憶を回収していた。

ニーア：何だ、あれ？　あれが植物……なのか？

記憶の葉は世界を覆い尽くす程巨大な網だった。葉脈には言葉が砕かれた光の粒となって流れ、くまなく枝分かれした血管を通りながら記憶プールに流れ込む仕組みになっている。言葉はやがて群体となり、光の渦が球状の星になっていった。

白の書：確かに、植物とは言い難い。あれは……？　網の目のように広がっている、あれは……どこかで見た事があるような。どこであったか。昔か？　……思い出せぬ。

「樹」は記憶していた。病に倒れた小さな男の子と、彼が出会った健康な女の子。しかし、二人は親しく会話する事もなく、男の子はひとりぼっちで死んだ。その記憶に「樹」は『羨望《せんぼう》』とタグを付けて保存した。

「樹」は記憶していた。赤い目のバケモノと闘う女戦士と、その娘、その仲間。空一面を覆《おお》い尽《つ》くす敵。彼女の娘がいた筈の街は吹き飛ばされ、女は最期の瞬間まで笑っていた。その記憶に「樹」は『喪失《そうしつ》』とタグを付けて保存した。

「樹」は記憶していた。空から落ちてきた赤い竜が……いや。その記憶はなかった。「樹」のお気に入りの記憶だったが、すでに消えていた。
それらタグ付けされ保存されていた記憶が減っている事に気づいたのは、「樹」が生まれて数百年が経《た》った頃だった。記憶が減っても、「樹」は寂しいとは思わなかった。そう感じるようには命令を受けていない。ただ、何かが欠けたような気持ちにはなった。
樹：あの沢山《たくさん》あった記憶は何処《どこ》に消えたのだろう？
枝葉を幾ら伸ばしても、新しい記憶は入ってこなかった。昔はなみなみと満たされていた記憶のプールも、ほとんど空になっていた。今はただ真っ黒な部屋。記憶の残りが幾つか、床に転がっているだけの。
樹：やる事がない。何もない。ここには何も。
だから、その男達が部屋に入ってきた時は嬉しかった。自分以外の誰かが、居る。自分以外の誰かが、話している。それが喩《たと》えようもなく嬉しかった。
ニーア：何なんだ、この部屋は？
白の書：陰気な場所であるな。
ニーア：何か……落ちてる。
床には、水晶のような宝石が幾つか、散らばっていた。男達がそれを覗き込むと、そこには風景が広がっていた。見覚えがある、と男はつぶやいた。それもその筈、神話の森だった。村人達が「死の夢」に囚《とら》われている。そして、五年前の自分自身と本が映し出されているのを見て、男が驚《きょう》愕《がく》している。「樹」は見ていたのだ。五年前のあの光景、一部始終を。
樹：申し訳ない。もう、それだけしか残っていないんだよ。
ニーア：誰だ？　今の？
伝えなければ、と「樹」は思った。身体の奥底から声がしたから。目の前の男達に訊かなければ、と「樹」は思った。その命令は絶対だったから。
白の書：おい！　見ろ！
ニーア：マモノ!?
床から黒い影の塊が現れた。表面の模様はマモノのそれと瓜二つ《うりふた》だ、と男達は驚いた。黒い影のような手には、幾つもの宝石が握られていた。タグが付いたもの、タグのないもの、水晶のようなもの、水晶とは似ても似つかないもの、それらをマモノの手は握りしめていた。手だけではない。口にもぎっしりと宝石が詰まっている。幾つもの景色が浮かんでは消えている、宝石が。
白の書：此奴《こやつ》……記憶を喰うマモノのようだな。
ニーア：これ、記憶なのか？
白の書：先刻の文字を忘れたのか。水晶には五年前の光景が映し出されている、と。
呆《あき》れ声の本を無視して、樹は手を伸ばす。目の前の男に触れる為に。
男がマモノに剣を叩《たた》きつける。躊躇《ためら》いのない刃がマモノの腹を切り裂く。腹から宝石が、記憶が散らばる。
樹：ああ、あれは『断罪』の記憶だったのか。

話さなければ、と「樹」は思った。その命令は絶対だったから。口を開けてみたものの、声が出ない。無理もない。何せ千年ぶりに他人と喋《しゃべ》るのだ。発話する為の器官を作らなければ。大急ぎで。

樹：な……ナンジラ　ゴホッ　にトウ

宝石が口から吐き出された。やり直しだ。もう一度。

樹：汝等《なんじら》に問う。失われた羨望《せんぼう》の色は何色だったか？

よし、発話は完全だ。次は？　次は何をすればいい？　「樹」は考えを巡らせた。自分以外の誰かを前にするなど、千年ぶりだったから、すぐには思いつかなかった。

白の書：言葉!?　マモノに、知性や感情があるのか!?

ニーア：どうだっていい！

男の剣が黒い右腕を叩き落とす。マモノは残された腕を男に伸ばした。触らなくては。彼に、触らなくては。

黒い指先が男に触れた瞬間、熱を感じた。影のように揺れる指に、腕に、肩に、首に、そして全身に、熱い何かが駆け巡る。それは感情だった。感情。情動。動揺。「樹」は絶叫した。発話器官を使うのも忘れ、叫んだ。

たった一人で、千年。「樹」は壊れそうになっていた。「樹」には感情が生まれてしまっていたから。樹だろうが何だろうが、千年も経てば「魂」のひとつくらい生まれる。今まで気づかなかっただけで。

「樹」は問い続ける。

樹：汝等に問う……赤い目と闘いし女の……
ニーア：くだらない戯《ざ》れ言《ごと》ばかりうるさい！　これ以上、ゴチャゴチャ抜かす前に叩き斬ってやるっ！
斬られた腹が焼けるように痛む。切り裂かれた腹から、何かが零《こぼ》れる。
ニーア：あれは!?
白の書：魔王の城の鍵！　あれを奪うのだ！　早く！
樹：ああ、そうだ……。そうだった。これは、「鍵」だ。
いや、あの男が鍵なのだ。この閉ざされた魂を解き放つ為の。急がねば。次の言葉を……早く。
白の書：まずいぞ。この世界が崩壊する！
ニーア：文字だらけの世界で、崩壊もクソもあるか！
記憶のプールが割れ始めている。壁　が　浸　食　され　て　いる。それ　でも、問い　続　けねば
樹：汝……ら……世界　一番　大切　モノ
ふと男が振り向いた。その唇が言葉の形に変わる。なぜ、男は急に答えてくれる気になったのか？
わからない。しかし、その気まぐれが「樹」には有り難かった。
光が満たされていく。全ての記憶が消える。「樹」はその境界を失いつつある。文字はゆっくりと消えていき、男達は現実世界へと引き戻されていく。
全てを終えた「樹」は、とても満足そうだった。

唐突に視界が戻った。薄く立ちこめた霧の中を、光る小さな虫が飛び交っている。くすんだ茶色の樹皮と、深い緑の葉。ニーア達は「神の樹」の前にいた。文字だらけの世界からの帰還を果たしたのだ。

手のひらを開いてみれば、「記憶する樹」の石片がある。「封印されし言葉」と同じく、今回も無事に持ち帰る事ができた。具体的にどうやったのか、その辺の記憶が曖昧《あいまい》なのも前回と同じ。やっぱり文字だらけの世界は苦手だ。訳がわからなくて、ただただ疲れる……。

これで石片は三つ。残るは「贄《にえ》」と「忠誠のケルベロス」だけだ。

「しかし、マモノが思考するというのは初めて知った」

「どうでもいいさ。奴等《やつら》が何を考えていようと」

「五年前に比べて、どこか文字が乱れているように感じたが、あれはマモノが弱っていたせいやもしれぬな。或《ある》いは、村人の夢を介《かい》していなかったせいか？」

自身も書物だからか、白の書は文字だらけの世界を疎《うと》んじつつも、興味を抱いていたらしい。五年前との違いなど、ニーアにとってはどうでもよかった。

それよりも、驚くべきは巨木にマモノが宿っていた事だろう。あのただならぬ気配も、五年前の「死の夢」も、あのマモノの仕業だったのだ。そんなものをここの住人達は「神の樹」と有り難がっていた……。

しかし、内にマモノが潜んでいても、彼らがあの樹を崇《あが》め奉《たてまつ》っていたのは事実なのだから、事の顛末《てんまつ》を報告しておくべきだろう。そう思って、非難されるのを覚悟で村長の許《もと》へ向かった。

ところが、村長の反応は予想外のものだった。

「神の樹？　ああ、あの古い巨木の事ですか」

まるで、そこら辺に生えている雑草の話でもするような口調に、ニーアは些《いささ》か面食らった。

「聖なる樹って言ってただろう？　昔から崇めていたって。あの樹の事で……その、言いにくいんだが」

どうやって切り出そうかと口ごもっていると、村長のほうから「ああ、なるほど。わかりました」と言った。

「変な気配の事ですよね？　でも、何も感じなくなったんですよ」

「感じなくなった？」

「ええ。消えてしまったんです。綺麗さっぱり。そう、憑《つ》き物《もの》が落ちたみたいに」

樹に宿っていたマモノを倒したせいに違いない。きっと今なら、村長も他の住人達も何の抵抗もなく、あの樹のそばまで行けるだろう。

「というより、なんで、あんな樹を有り難がっていたんでしょうねえ、私達は」

まるで夢から醒めたような顔になって、村長は肩をすくめた。

「こんな面倒は、もう御免《ごめん》だな」

神話の森を肩越しに振り返りながら、ニーアは大きく息を吐いた。森の中は相変わらず静かだった。聞こえてくるのは、虫の鳴く声と小鳥の囀《さえず》りと。ついさっきまで、マモノと戦っていたのが嘘のようだ。

「あの『樹』を倒したのだ。これでもう、文字の世界に埋もれる事もあるまいよ」

そう願いたい。まだ頭がぼんやりする。この不快感もこれきりと思えば、我慢もできるか、と思ったところで、白の書が言った。

「時間が巻き戻りでもせぬ限りはな」

思わせぶりな口調で何を言うかと思えば。そんな事ある訳ないだろ、とニーアは笑ってみせる。

ニーアさん、とエミールの声がした。頻《しき》りと手を振っているのが見える。カイネは前に来た時と同じように、腕組みをして木にもたれている。

「石片は見つかりましたか!?」

ニーアは大きくうなずいて、エミールに手を振り返した。

［報告書12］

魔王の城の「鍵」となる石片の回収と、暗号解読に関するその後の状況を報告しておく。

石片の暗号は、予想以上に難物だった。ニーアが「機械の理《ことわり》」と「記憶する樹」の石片を持ち帰ったというのに、未《いま》だ解読できずにいる。これは早急に改善すべき事案である。

その間にも、「マモノ」の活動領域は加速的に拡大している。北平原の「マモノ」は天候に関係なく観測されており、砂漠周辺にも不穏な動きがある。最も深刻と思われるのは崖の村で、計画を狂わせかねない行動が一部住民に散見されるようになった。

それを逆手にとって、あの村全体をテストケースとして観察する事に決めた。サンプル数としても申し分なく、他の地区との交流が少ないという点も正確なデータを算出する上で都合が良かった。

そう考えていた矢先、崖の村の村長名義での手紙が届いた。「贄《にえ》」についての情報を提供するといった内容である。石片が崖の村にあるという確たる証拠はなく、ニーアをおびき寄せる為の罠《わな》である可能性も高い。

一方で、事の真偽を見極めるには、他ならぬニーアを送り込むのが最善策である。それで、ニーアに村長からの手紙を見せた。白の書は罠であると断定していたが、ニーアは崖の村行きを強く希望した。石片があれば良し、仮になかったとしても、今のニーアであれば問題なく帰還できるであろう。そして、いずれの結果が出ても、私達にとっての不利益は皆無である。

今は、「魔王」の暴走を止める為にも、打てる手は全て打たねばならない。

（記録者・ポポル）

NieR Replicant
ver.1.22474487139...
《ゲシュタルト計画回想録》
File02

青年ノ章5

1

蝶番《ちょうつがい》が鳴る音を耳にして、エミールは急いで北門へと向かった。思い切り力を入れて門扉《もんぴ》を開け放った時の音だったからだ。この村の門番は、マモノの侵入を恐れて、おっかなびっくり開門するから、こんな音はしない。

重たい木の扉をものともしない腕力と、マモノなど恐れない胆力の持ち主といえば、この村には一人しかいなかった。

「ニーアさん！」

開きかけた門扉の向こうに銀色の髪がちらりと見えた。さらに門扉が開く。エミールの視界に飛び込んできたのは、期待していたニーアの笑顔ではなかった。

「……と、シロさん」

「どうした？　具合でも悪いのか？」

エミールの声の調子が急に変わったのを気遣ってくれたらしい。そんな心優しい相手に、先に出てきたのがニーアさんじゃなかったからガッカリしたんです、とは言えない。

「ええと……あ、そうだ。次の行き先はどこですか？　何か手がかりはありましたか？　ポポルさんから、お話があったんですよね？　ポポルさんは何て言って……」

「一度に質問するでない！　どこから答えて良いか、迷うではないか！」

すみません、とエミールが白の書に謝った時だった。

「崖の村だよ。次の行き先は」

門扉を閉めながら、ニーアが言った。こうして門の外へ出てきたという事は、今日の行き先は船を使わない場所なのだろう。船を使う時は、エミール達に落ち合う先を告げて、ニーアは村の中へ戻っていく。もちろん、前もって行き先が決まっている場合は、直接、そこで合流する。

今日はあの船頭さんに会えないんだな、と思うと、少しばかり残念な気がした。とはいえ、知らない場所へ行けるのは嬉《うれ》しい。

「村長からポポルさんのところに手紙が届いたんだ。『贄《にえ》』という言葉を知っている村人がいるっていう内容だった」

シロさんは一度に質問するなって言ったけど、ニーアさんはちゃんと全部答えてくれた、とエミールは感激した。シロさんも優しいけど、ニーアさんはもっと優しいな、と思う。

「崖の村……ですか」

どこかで聞いた覚えがある。北門から出て、船を使わないで行く場所なのだから、北平原の周辺にあるのは確かだけれども。

「気が滅入る事だ」

白の書が盛大にため息を零《こぼ》した。

「どうしてですか？」

「陰気な連中なのでな。おまけに閉鎖的で排他的、とあっては」

またも白の書がため息をつく。ページがちぎれて飛んでいってしまうのではないかと心配になって、エミールは「でも」と明るく反論を試みる。

「石片の情報を知らせてくれたんでしょう？　閉鎖的な人や排他的な人もいるかもしれないけど、そうじゃない人もいるって事ですよね？」

ニーアと白の書がちらりと視線をやり取りした。これは何かあるな、と思ったところで、白の書が「面妖《めんよう》な話よ」と言った。

「ポポルが各地の長に石片についての情報提供を求める手紙を送ったらしい。するとどうだ、間髪《かんぱつ》を容《い》れずに『贄』について心当たりがあるという手紙が届いた。いかにも不自然であろう？」

「ただの偶然なんじゃゃ？　ポポルさんが手紙を出す前に、村長さんが知らせてきたんだったら、おかしいと思うけど……」

問い合わせの手紙が先にあって、その返事であれば、不自然でも何でもない。

「それだけではない。村長の手紙には、村人達が店を出す事にしたとあった。店だぞ、店。あの連中が店など、これほど不釣り合いなものもあるまい。いったい全体、どういう心境の変化があったのやら」

そこまで言うのだから、崖の村の人々が「閉鎖的で排他的」というのは、大袈裟《おおげさ》でも何でもなく本当の話なのだろう。

「変化したのは、本当に『心境』なのか？」

カイネが低い声で疑問を挟んだ。

「変化したのは、もっと別な何かなんじゃないのか？　……私には信じられん」

あの連中が、という言葉から、カイネが崖の村の人々を知っているらしいと察せられた。

「カイネさんも崖の村に行った事があるんですね」

しかし、カイネは黙っている。代わりに答えたのは、ニーアだった。

「住んでたんだよ、昔」

「そうだったんですか」

それで聞き覚えがあったのかと思った。かつて住んでいた場所の話題なら、誰もが一度は口にするものだ。事細かに話してもらった覚えはないが、何かのついでに村の名前くらいは出てきたのだろう。

「里帰りですね、カイネさん」

「里？」

カイネの両目がすうっと細くなった。不機嫌な時の表情である。

「私にとって、あの村は×※○△☆だ！」

言葉の意味はわからなかったが、カイネが不機嫌どころではないのはよくわかった。崖の村で、よほど不愉快な思いをしたのかもしれない。

いや、かもしれないではなくて、実際にしたのだ。自分達を「普通」と信じて疑わない人々が、「普通」でない者へ向ける残酷さなら、知っている。

今の姿になった直後、カイネの石化を解く為にニーアの村を訪れた時の出来事を、エミールは思い出す。それまでにも、石になっているカイネが心配で、村の図書館を訪れた事もあったが、その時とは全く違っていた。

じろじろ見る人、目を逸《そ》らす人、露骨に顔をしかめる人。好意的な表情など、ひとつも見なかった。ひそひそと耳打ちをし合う人々もいた。誰もが嫌悪感と蔑《さげす》みとを露《あら》わにしていた。もしも、隣にニーアがいなかったとしたら、その程度では済まなかったかもしれない。石のひとつも投げられていたのではないだろうか。

だから、ポポルから村に入るなと言われた時も、仕方がないと思った。東門から図書館までの短い距離を歩いただけで、よくわかった。「危険が及ぶのはあなた達なのよ」というポポルの言葉も実感として受け止める事ができた。……納得はできなかったけれども。

あの時、カイネは言った。私は慣れてる、と。つまり、それまで住んでいた村でも、カイネは人々に差別され、村の中へ入れなかったのだろうと察した。それが崖の村なのだ。不用意に「里帰り」なんて言葉を出すんじゃなかった……。

先に立って歩いて行くカイネの背中に、エミールは心の中で「ごめんなさい」と謝った。

2

「あれが家なんですか⁉　すごいなぁ。あんなに高いところにどうやって造ったんだろ？　ほんとに落っこちないのかなぁ」

崖に貼りついたタンクを見て、エミールが驚嘆の声を上げた。ここへ来る道々、崖の村の風変わりな家々について話してやったところ、エミールは興味津々《きょうみしんしん》といった様子で聞いていた。それで、集落の中まで一緒に行こうと誘ってみた。

どうせ、ここの人々はタンクの中に閉じこもって出てこない。奇異な目を向けられたり、心ない言葉を投げつけられたりする恐れはないだろうと踏んだ。鎧戸《よろいど》の隙間から覗き見て、ぼそぼそと悪口くらいは言うかもしれないが、エミールの耳に届く事はない筈《はず》だ。

エミールにとっては、タンクだけでなく、風見鶏《かざみどり》や吊《つ》り橋も物珍しく映るらしく、近くまで飛んでいって風見鶏の尻尾《しっぽ》をつついてみたり、吊り橋の真下に潜り込んだりと、存分に楽しんでいる様子だった。連れてきて良かった、とニーアは思った。カイネは頑として村の中に入ろうとはしなかったが。

吊り橋を渡り、梯子《はしご》を上り下りして、また橋を渡った。その間、村人の姿はない。やはり、以前と同じようにタンクの中に閉じこもっているのだろう。

ところが、吊り橋の上から何気なく村の奥へと目をやって驚いた。

「人が……いる？」

橋脚《きょうきゃく》の真上に造られた広場に、人の姿がある。それも、一人や二人ではない。

「あれが、店か」

品物と思《おぼ》しきものを並べているのが、遠目にもわかる。そうした露店が幾つか。

「驚いたな……」

「まさか、手紙のとおりであったとはな」

「だとしたら、『贄』の情報も？」

「その真偽《しんぎ》のほどは、村長に確かめるが良かろう」

そうだな、と答えてニーアは村長の家への梯子《はしご》を上った。村人達が店を出す気になったように、村長も以前より幾らかでも人当たりが良くなっていれば、と期待を寄せてみたのだが。

「もう、だめだ……」

ドアを叩くなり、返ってきた答えがこれだった。それでも気を取り直して、ニーアは声をかけた。

「俺達、ポポルさんの村から来ました！」

「恐ろしい……恐ろしい……」

「手紙の件について、お話を聞きたいんです！」

「もう、この村はお終《しま》いだ……」

こういう陰気な輩《やから》であったな、と白の書がため息交じりに言った。だが、ここで諦める訳にはいかない。ニーアは辛抱強く「村長！」と呼び続けた。

「あなたが手紙を出してくれたんですよね⁉」

「知らぬ……手紙など、知らぬ……」

「だって、『贄』について知ってる村人がいるって、ポポルさんに……」

「知らぬ……帰ってくれ。何も知らぬ……」

これでは、「真偽のほどを確かめる」どころではない。ニーアは途方に暮れた。

「他の者に訊くしかあるまい」

「そうだな。村長が手紙を出していないなら、誰が出したのか」

ポポルの話では、手紙は配達員が届けてくれたという事だったから、崖の村の誰かがポストに投《とう》函《かん》したのは間違いない。疑いの目を向ける白の書に、ポポルが「内容はともかく、手紙そのものに怪しい点はないわ」と言っていた。

問題は、その手紙を誰が書いたか、だ。まずは、村長の家から最も近いタンクに声をかけてみた。しかし。

「もう、誰も信じられない……」

それだけ、だった。何度ドアを叩いても、呼びかけても、返事はない。仕方なく、その隣のタンクにも声をかけた。

「帰ってくれ！　俺達は外に出る気はない！」

「いえ、出なくてもいいんです。話だけでも」

「帰れ！」

「ポポルさんへの手紙を……」

「帰れ！」

会話にすらならなかった。五年前と少しも変わっていない。露店が出ている広場へ向かう途中の家々に、片っ端から声をかけてみたが、結果は同じ。

「終わりよ……わたし達も……おまえ達も……」

「昨夜もマモノが襲ってきたんだ……」

「妻の様子がおかしい」

「イヤだよ……コワイよ……」

「マモノじゃないなら、証明してみせなさいよ！」

「この村はどうなってしまうの⁉」

猜疑心《さいぎしん》と不安に満ち満ちた言葉。タンクの中からの声に耳を傾けているだけで、憂鬱《ゆううつ》になった。

それだけに、広場に集まっている人々を見て、ほっとした。天気の良い日に外に出て、隣人とお喋《しゃべ》りをし、買い物をする。ただそれだけの光景なのに、崖の村ではこれほどの価値を持つとは。

「いろんな品物が並んでますね。楽しそうだなぁ」

広場への橋の手前で、エミールが羨《うらや》ましげに言った。そういえば、エミールは店で買い物をした経験がないと言っていた。石化の力が制御できなかった頃は、ほとんど館の中に閉じこもっていたらしいし、この姿になって旅をできるようになった後も、集落の中には入ろうとしなかった。デボルとポポルに村への出入りを禁じられた事を今も気に病んでいるのだろう……。

「ちょっと覗くくらいなら、大丈夫なんじゃないか？」

「え？　いいんですか？」

「ただし、俺のそばから離れないようにしろよ」

「はい！」

エミールが嬉しそうにうなずいた。そういえば、ヨナも買い物についてくるのが好きだったな、と思った。不意打ちのようにヨナの顔が浮かぶ。早く助け出さなければという焦燥感を、ニーアは急いで振り払う。焦りは禁物だ。焦れば手がかりを見落としたり、判断を誤ったりしやすくなる。

ニーアは深呼吸をひとつして、露店の並ぶ広場へと足を踏み入れた。

「いらっしゃい。今日もいろいろ入荷してるよ」

籠に盛られた野菜や果物を前にした女性が愛想良く言った。彼女もここの村人なのだろうか、と首を傾《かし》げたくなるほど、明るい表情の女性だ。

背後では、「風が気持ちいいわね」「タンクの中ばかりじゃ身体がなまるよな」とお喋りをしている村人達もいる。タンク越しに聞こえてくる籠《こ》もったような声とはまるで違う、朗らかな声だった。

「お花はいかが？」

花売りの女性が微笑《ほほえ》むのを見て、違和感を覚えた。何かがおかしい。どこの街や村でも当たり前に見られる光景なのに、妙な感じがする。崖の村の人々は陰気だという思い込みがそうさせているのだろうか？

いや、それよりも、手紙の出所を調べるのが先決だ。違和感の正体についてはひとまず置いて、ニーアは近くを通りかかった村人に声をかけた。

「すみません。俺達、ポポルさんの村から来たんですが。この村から手紙を出した人を捜してるんです」

「手紙？」

「村長さんからの手紙かと思ってたんですけど、違ってたみたいで」

「うーん。知らないなあ」

「そうですか……」

「悪いね。力になれなくて」

「いえ。ありがとうございました」

これが普通の受け答えだ。何も情報は得られなかったものの、きちんとした会話が成立するとわかっただけでも収穫だ。……この程度の事が「収穫」になるのは、崖の村くらいのものだろうが。

「他の人にも訊いてみよう」

ニーアは近くを歩いている村人達に、片っ端から声をかけた。誰もが当たり前の言葉を返してくれた。ただ、手紙に関しては「知らない」という答えしか返ってこなかった。

「誰一人として手紙に心当たりがないとは……」

「だよな。一人くらいは知っていそうなものなのに」

改めて辺りを見回してみる。さっき感じた違和感が気になり始めた。あれは何だったのだろう？

しかも、今なお同じ違和感が続いている。これはいったい何なのか。

そこまで考えたところで、白の書が「あの衛兵は？」と言った。見れば、いつの間にか広場の片隅に衛兵がぽつんと立っていた。

「彼奴《あやつ》には、まだ話を聞いておらぬだろう？」

「あ、ああ。そうだったな」

崖の村で衛兵の姿を見るのは初めてだった。もっとも、衛兵に限らず、人の姿を見かけた事がなかったのだ。違和感はそのせいかもしれないな、などと考えつつ、ニーアは衛兵に手紙について尋ねた。

「手紙かあ……」

どこか、ぼんやりした様子の衛兵だった。訊くだけ無駄だったか、と思った時だった。

「聞いた事あるような……」

「知ってるのか？」

当たりか、と思ったが、衛兵は自信がなさそうな様子で「ないような……」と言った。

「どっちなのだ！」

白の書が焦《じ》れたように迫ったが、衛兵はどこか焦点の合わない目をニーアに向けるばかりである。

「ところで、あんた、カイネさんの友達かい？」

「そうだが」

急に話を逸《そ》らされて面食らったが、カイネの名前を出されてますます戸惑った。いや、かつてカイネが暮らしていた村なのだから、名前が出ても不思議はない。不思議はないが、違和感はある。

……また違和感だ。

「噂《うわさ》には聞いてるよぉ。マモノ狩りをしてるんだって？」

ニーアが黙っていると、白の書が代わりに「然《しか》り」と答えた。

「この村のマモノも、できる事なら全滅させておきたいところだが」

「そうか……全滅か。全滅……」

不意に、衛兵の声色が変わった。

「全滅、全ぜんめ滅ゼ……ンメツメツ滅ッメツ……」

衛兵の身体を黒い靄《もや》のようなものが覆《おお》い始める。

「シロッ！」

「わかっておる！」

傍《かたわ》らを飛んでいたエミールが、背中を守るかのようにニーアの背後へと移動する。衛兵の輪郭がぼやけ、黒い影へと変わる。

「マモノだ！」

3

かつて住処《すみか》としていた小屋は、五年を経てもほとんど変わっていなかった。カイネは寝台代わりに使っていた木箱の上に腰を下ろした。

『五年前から掘っ立て小屋だもんな！　変わりようがねえよな！』

「うるさい。黙れ」

声に出しても、聞かれる恐れはない。こんな場所に村人は来ないし、ニーアも白の書もエミールも、村へ行ってしまった。

『行かなくていいのか？　大事な大事なお仲間は、ほったらかしかよ？』

ほったらかした訳じゃない、と今度は声に出さずに答えた。自分は同行しないほうがいいと判断した。それだけだ。

マモノ憑《つ》きの仲間と見なされれば、村人から何をされるかわかったものではない。それに、今回は村長の家へ行って話を聞くだけなのだから、危険があるとも思えなかった。

『そうか？　本当にそう思うかあ？　ん？』

テュランが思わせぶりな言い方をしているのは、村の中にマモノの気配があるからだろう。それはカイネも感じていた。だが、村の中をマモノがうろつくのは今に始まった話ではないし、大型マモノの気配は感じられない。この程度の雑魚《ざこ》なら、ニーア達だけで片がつく。

だいたい、マモノが次から次へと襲ってくる北平原を抜けてきたのだから、今更《いまさら》な話である。

『雑魚か。まあ、雑魚だな。結構な数がいるけどな』

ただ。雑魚とはいえ、マモノの気配が以前よりも濃く感じられる。それだけが引っかかっていた。ニーア達を待つ間、一眠りしようと思っていたのだが、少しも眠気がやってこない。むしろ、気が昂《たか》ぶっていた。……マモノのせいだ。

『おやおや？　いいのかあ？　村に行っても？』

カイネが双剣を手に立ち上がるなり、テュランが茶化してくる。

『村の中は、嫌な思い出でいっぱいなんだろ？』

今更、と思う。石や泥を投げつけてきた連中も、口汚い言葉で罵《ののし》ってきた連中も、今となってはどうでもいい。弱い者いじめしか能のない奴等《やつら》だ。今のカイネを前にしたら、ぶるぶる震えて下を向くしかできないに決まってる。今はそれよりも。

『マモノ、か。いるぜ？　お望みどおり、村の中はマモノだらけ。楽しいねぇ』

カイネは駆け出した。一足ごとにマモノの気配が濃くなっていくのがわかる。尋常な数ではない。

ニーア達に同行しなかったのを今になって悔やんだ。

村の入り口に架かる橋を見て、愕然《がくぜん》とした。橋の上をマモノが塞《ふさ》いでいた。通路の上も、村の中央に架かる橋の上にも、マモノが群がっている。

「くそっ！」

カイネは魔法を撃ちながら橋の上へと突進した。揺れる吊り橋では踏ん張りが利かず、思うように剣を振るえない。

止《とど》めは刺さなくてもいい。橋から落としさえすれば。

魔法で怯《ひる》ませ、剣で突き、足払いをかける。マモノの身体が傾いた。先頭にいた一体が橋から落ちる。咄嗟《とっさ》に腰を低くして姿勢を保つ。吊り橋の揺れに合わせて剣を突き出す。またマモノが落ちていった。

マモノを突き落としながら吊り橋を進み、ようやく反対側の通路に辿《たど》り着いた。

『なあ、聞こえたか？　聞こえてたよな？　アイツらの声』

それには答えず、カイネは目の前のマモノに蹴りを食らわせた。ふらついたところを斬《き》り飛ばす。吊り橋のように揺れはしないが、通路は狭い。重たそうな甲冑《かっちゅう》に身を包んだマモノが自重を支えきれずに落ちていった。カイネに対する呪詛《じゅそ》の言葉を吐きながら。

聞こえていた。村に入った時から、ずっと。ここのマモノはカイネを知っているらしい。呪《のろ》われた娘だの、バケモノだのと言いたい放題だ。

『よく言うよなあ？　テメーらだってマモノのくせになあ？』

全くだ、と思う。吊り橋から真っ先に落としてやったマモノは、この村から出ていけと喚いていた。うんざりするほど何度も聞かされた台詞《せりふ》だ。

『バカのひとつ覚えってヤツだよなあ。で、あのバカは、いつからここにいたんだと思う?』

さあな、と答えて、魔法を撃とうとしていたマモノを薙《な》ぎ払《はら》う。おまえさえいなければと、これまた聞き飽きた台詞を吐き散らしながら、そいつは谷底へと消えた。

通路を進み、村の広場へ向かう。ニーア達が戦っているのが見えた。全員、無事だ。

「帰りが遅いから、迎えに来たぞ!」

済まぬ、と白の書が大声で言った。言葉とは裏腹に、少しも悪いと思っていないのがわかる。

「祭りになってしまったものでな!」

カカカカカッとテュランが笑う。この上なく嬉しそうに。

『殺人祭りだな!』

仲間に聞かせたい言葉ではなかった。テュランの言葉が自分以外には聞こえなくてよかったと、心底思った。

「カイネさんの村の人達は、マモノに乗っ取られてます!」

エミールが泣きそうな声で叫ぶ。

「でも、全員じゃない! 人間も交じってる!」

やはり最初から同行すべきだった、とまた思った。広場には、明らかにマモノの姿をしている者、人間の姿をしたマモノ、姿も中身も人間、といった者達が入り乱れて恐慌状態になっていた。

これでは、人間とマモノの区別がつかないニーア達は思うように動けない……。

「こっちだ！　ついてこい！」

人間の姿をしたマモノを斬り、ただの人間は蹴《け》り飛ばして退路を開いた。顔を知っている者も、知らない者もいた。子供の頃、カイネをいじめた者と、カイネをいじめなかった者の両方がマモノになっていた。どちらも斬った。

私達はただ静かに暮らしたいだけなのに、と泣き出しそうな声がした。争いなんて望まないのに、と懇願《こんがん》する声がした。人殺し、と悲鳴のような声がした。

『だよなあ。どう見ても、人殺しだよなあ。人間共には中身なんて見えねえもんなあ』

だからといって、斬らない訳にはいかなかった。殺さなければ、こちらが殺される。マモノである以上、他の選択肢なんて、ない。

やっとの思いで広場を脱出し、橋を渡った。あとはこの狭い通路を抜けて、もう一度、橋を渡れば……と頭の中で算段をつけた時だった。若い女が目の前に立ちはだかった。女は剣を手にして、背後に少年をかばうようにして立っている。

刃が閃《ひらめ》く色を見た。辛うじて剣を受け止めたが、重い。ほんの一瞬でも遅れていたら、殺《や》られていた。

「カイネ！　そいつらは⁉」

「女のほうはマモノだ！　騙《だま》されるな！」

それだけ言うのが精一杯だった。少しでも気を抜けば押し切られる。女の腕力は尋常ではなかった。少しずつだが、押されているのがわかる。

その時、信じられない事が起きた。女が背後の少年に向かって叫んだのだ。逃げるんだ、と。

「イヤだよ！　姉さんを置いて逃げられる訳ないじゃないか！」

耳を疑った。マモノが人間を守っているだけでもあり得ないのに、人間がマモノを「姉さん」と呼んだ。それは、つまり……。

『へえええええ。アイツら、家族ごっこをやってたんだな』

吊り橋の上から落ちていったマモノ共は、村人と同じ口調でカイネを罵倒《ばとう》した。奴等はカイネの事をよく知っていた。その理由がわかった。

「バケモノ！　マモノ憑きのバケモノめ！　なぜ、私とこの子の生活を壊す⁉　静かに暮らしていたのに！」

女は涙声になっている。その一方で、剣を押してくる力は少しも緩みはしない。

『大事な大事な弟を守るってか。麗しいねえ！　笑えるねえ！』

うるさいうるさいうるさい！

カイネは力任せに剣を押し返す。テュランへの怒りと、目の前のマモノへの苛立《いらだ》ちとが腕に凶暴な力を与えた。不意に押してくる力が消えた。女が通路に叩きつけられる。

「姉さん！」

少年が女に駆け寄った。女は死んだように動かない。だが、女はマモノだ。黒い塵《ちり》になっていないのだから、まだ生きている。カイネは剣を構えたまま近づく。止めを刺さなければ。マモノなのだから。

「来るな！　マモノ憑きめ！」

今度は少年が女を背にかばい、敵意を剝《む》き出しにした目で睨《にら》み付けてくる。思わず足が止まる。

それほどまでに強い憎悪の色だった。

「おまえの姉さんは、もうマモノになってるんだぞ」

ニーアが静かに告げる。だが、少年の視線は揺るがない。

「マモノだろうが、何だろうが、僕の……僕の優しい姉さんだ！」

返す言葉がなかった。マモノと知っていながら、それでも姉と慕う少年に、何を言えばいいのだろう？

「おまえ達こそ、バケモノじゃないのかっ⁉」

少年の言葉がカイネの胸を抉《えぐ》った。私達はただ静かに暮らしたいだけなのに、という声が耳に蘇《よみがえ》る。争いなんて望まないのに、という声も聞こえた。

争いを望んでいるのは？　破壊と殺戮《さつりく》に走っているのは？　私だ。私こそが……。

「カイネさん！　危ない！」

エミールの声で我に返った。だが、遅かった。少年の背後で、姉だった女の身体はマモノへと変《へん》貌《ぼう》していた。マモノの黒い腕が眼前に迫ってくる。

「カイネ！」

息が止まる。衝撃の後に激痛が走る。意識が途切れた。

4

「エミール！　カイネを頼む！」

わかりました、と答える声を背中で聞きながら、ニーアは目の前のマモノを斬り払った。「敵」が次から次へと押し寄せてくる。片っ端から斬った。

中には人間もいたのかもしれないが、もはや構ってなどいられなかった。一瞬の躊躇《ためら》いが命取りになる。

人殺し、と叫ぶ声と共に何かが飛んでくる。咄嗟《とっさ》に顔をかばう。だが、闇雲《やみくも》に投げていたのだろう、それはニーアに当たる事なく足許《あしもと》に落ちた。陶器製の花瓶だった。かと思うと、コップだの、匙《さじ》だの、果ては卵までが飛んできた。

殺傷能力のない品でありながら、しかも、命中するでもなく通路や壁にぶつかっているだけでありながら、これほどまでに痛みを覚えた事はなかった。いっそ石でもぶつけられたほうがマシだとさえ思った。

「ちがうんです！　みなさん！　ぼく達は、みなさんをマモノから守る為に……」

今にも泣きそうな声でエミールが叫ぶ。だが、村人達は耳を貸してはくれなかった。

「お願い！　やめてください！」

エミールが両手を広げてカイネを守っている。どうして、こんな事になってしまったのだろう？

石片の情報を求めてやって来て、マモノがいたから倒した。それだけなのに、これでは自分達のほうが悪者じゃないか……。

「カイネ！　脱出だ！　起きてくれ！」

向かってくる者を全て斬り続けながら、カイネに呼びかける。もはやこの村を出る以外に道はない。

「カイネ、目を覚ませ！」

どれだけの数の「敵」を斬っただろうか。飛んでくるものを躱《かわ》し、剣を振り続け、ようやく通路が静かになった。今なら脱出できる。意識を失ったままのカイネを抱え上げ、通路を歩き始めた時だった。

「ニーアさん！　あれ……！」

エミールの指さす方角に目をやって、ぎょっとした。谷の中央に黒い霧が渦を巻いている。

「あの黒い渦は、いったい？」

マモノの死骸《しがい》に似ている、と思った。倒したマモノは黒い塵になり、飛散していくが、それが飛散せずにその場に残ったとしたら、ちょうどあんな具合になるのではないか？　しかし、その量が尋常ではない。露店の出ていた広場をまるごと包み込んでもまだ余りそうな、巨大な渦だった。

黒い渦の回転は次第に速度を増していく。周辺に蠢《うごめ》いていたマモノが次々に渦に吸い込まれているのが見える。霧のようにしか見えなかった渦に、輪郭が生まれた。

「もしかして、合体してるのか？」

マモノは合体する事があると、いつだったかカイネが言っていた。数多く合体するほど強くなる、とも。しかも、合体しているのはマモノだけではなかった。

「村人達が……巻き込まれてる⁉」

逃げ遅れて広場に座り込んでいた者が真っ先に吸い込まれていった。さらに、タンクの中に閉じこもっていた者達がタンクもろとも吸い込まれた。

黒い渦は禍々《まがまが》しい気配を増し、渦がくっきりとした輪郭を表す。それは、巨大な球体だった。球体の回転が不規則になったかと思うと、周囲の黒い霧が消えた。

「あれも……あんなのまでマモノだというのか⁉」

白の書が唸《うな》った。巨大な球体の表面は、確かにマモノの体表に似ていた。

「でも……でも、あの中には村のみなさんが！」

村人達はマモノに吸い込まれて死んだと思えれば、まだ気分的には楽だったかもしれない。いつものように、倒してしまえば、それで終わる。しかし、村人達はそこに「居た」。黒い球体から、マモノ特有の音声に混じって、人間の声が聞こえてきたのである。

『もう……誰も信じない。もう……誰も信じない』

『妻の様子がおかしいんだ……妻の様子がおかしいんだ……』

『ふふふ。あの子はもう大丈夫。ふふふ。あの子はもう大丈夫』

『俺達はマモノじゃない！　助けてくれ！』

『誰が人間なんだ⁉　誰が人間なんだ⁉』

『痛い！　痛いよ！　母さん！』

『イヤだ……私達は……』

『わたしたちは……わたし……村……せ界……ここは、どコダ……わたしは……ナンだ？』

耳を覆いたくなる言葉だった。だが、村人達の声は大音声となって谷間を震わせた。怨嗟《えんさ》と狂気に満ちた言葉が幾重《いくえ》にも反響している。

「球体の中心から何かを感じるぞ？」

「何かって？」

「見よ！」

村人と合体したマモノは呪詛《じゅそ》の言葉を垂れ流すだけではなかった。球体の中央で「何か」が蠢《うごめ》いた。それは、たちまち赤みを帯びた円となった。いや、あれは目だ。血走った瞳。真っ赤な瞳がニーア達をじろりと睨《ね》めつける。不意に、その視線が実体化した。

「避《よ》けろ！」

叫んで横に跳ぶ。エミールと白の書が空中へと逃れる。誰もいなくなった橋の上や通路には、黒く焦げた跡だけが残った。巨大な眼球の視線は、高温の光線だった。

「あれに当たったら、ただじゃすみませんでしたね」

近くまで降りてきたエミールが焦げ跡を見てつぶやいた。

「放置する訳にはいかないな……」

負傷したカイネを連れて脱出する事だけを考えていたが、巨大マモノを目の当たりにすると、そうもいかなくなった。あの破壊力は危険だ。

ニーアは球体の中心、瞳の部分めがけて魔力の槍《やり》を放った。と、眼球が瞬《まばた》きをしたように見えた。球体の周囲から無数の鰭《ひれ》とも触手ともつかないものが伸びて、表面を覆っていた。その様子は、あたかも睫《まつげ》をびっしりと生やした瞼《まぶた》が開閉したかのようだった。

「周囲の怪しげな触手は魔法を弾《はじ》くようだな」

触手に当たった瞬間、槍は消えていた。あの触手は魔法防壁でもあるらしい。

「だったら、避《よ》けて撃てばいいんだろう？」

あの触手が表面を覆っている限り、おそらく眼球のほうも光線を放つ事はできない。こちらに視線を寄越すには、瞼を開く必要がある。だとすれば、光線を放っている際中と、その前後のわずかな時間だけは、触手に邪魔されずに済む。ニーアはいつでも魔法を撃てるように狙いをつけたままで、眼球の攻撃を待った。

「今だ！　彼奴《あやつ》の中心に魔力を集中せよ！」

魔力の槍が飛び、赤い瞳に突き刺さった。眼球が震え、触手が蠢く。

「やったか？」

その答えは、激しい魔法攻撃だった。全く効いていない訳ではないのだろうが、致命傷にはほど遠かった。こちらの攻撃に腹を立てたかのように、魔力の球体が幾つも幾つも飛んでくる。剣で弾き、横に跳んで避けたものの、防ぎきれない。

「これしきの魔法弾幕ごときで臆するでない！」

臆しているつもりはない。多少食らったとしても、攻撃を緩めたりするものかと思う。続けざまに魔力の弾丸を放つ。また触手が表面を覆い始めて、魔法を弾き始めた。そこで、白の書がはっとした様子で叫んだ。

「裏だ！　裏側が手薄になっておる！」

攻撃されている側だけ防壁を厚くしているのだろう。どうやら、あの眼球はあまり頭が良くないらしい。

「ここはぼくが引き受けます！」

エミールが眼球の正面へと飛んだ。右に左にと魔法弾幕を回避しながら、エミールが攻撃を放つ。

「今なら、アイツを後ろから狙える……はず、です！」

うなずいて、走り出す。村の入り口近くの吊り橋の上なら、回り込んで攻撃ができる。ニーアは全力で狭い通路を走った。

「急げ！　エミールが保たんぞ！」

「わかってる！」

梯子を上り、また走った。揺れる吊り橋を渡り、中央の広場に立つ。

「慎重に狙え！」

ありったけの魔力をかき集めて撃った。守る触手のない球体の裏側は脆《もろ》かった。複数の槍が直撃するなり、眼球がこれまでになく震え、防壁が剝《は》がれ落《お》ちていく。今度こそ、と思ったが、眼球はしぶとかった。

「まだ……動けるのか」

「だが、魔法防壁は消えた。残るは本体のみ！」

あと一息。もう少しで倒せる。ニーアさん、とエミールの声がした。上空からエミールが飛来するのが見える。

「ぼくと一緒に、あいつに力をぶつけてください！　今なら、きっと！」

「わかった！」

さっきは前と後ろで攻撃を分散しなければならなかった。だが、今、魔法防壁は消滅した。究極兵器の魔力と、白の書の魔力。両者を合わせて一点に集中させれば、桁違《けたちが》いの打撃を与えられるだろう。

エミールが詠唱を始める。その周囲が白い輝きに変わる。光に包まれたエミールが杖《つえ》を振り上げる動きに合わせて、ニーアも魔法を放った。究極兵器の魔力と白の書の魔力が合流し、奔流《ほんりゅう》となり、強大な槍へと変わって眼球を貫いた。それでもエミールは力を緩めない。抗《あらが》うかのように震える眼球を白い光が押し潰《つぶ》す。

「やった……！」

眼球から大量の血飛沫《ちしぶき》が上がり、完全に動きが止まる。合体したマモノは手強《てごわ》かったが、今度こそ仕留めた。

「エミール？」

返事がない。すでに目の前の敵は沈黙している。なのに、エミールは再び杖を振り上げようとしていた。

「おい！　もうやめろ！　エミール！」

エミールの周囲はまだ白く輝いている。鎮まるどころか、次第に光が眩《まぶ》しさを増していく。エミールが大きく両腕を広げた。

「エミール！」

「否《いな》。エミールはおらぬ。ここに在《あ》るは……」

最強兵器の本能のみ、という白の書の言葉をエミールの絶叫がかき消した。光が熱を帯びている。まずい。ニーアは倒れているカイネに駆け寄り、半ば引きずるようにして村の入り口へと向かう。ぎしぎしと嫌な音で鳴る吊り橋を渡っている間にも、エミールの魔力は暴走を続けている。辺りの空気が震え、光が膨れ上がる。崖に貼りついていたタンクが、通路が、次々に崩落していく。カイネを抱えて橋を渡り終わった瞬間、真っ白な光が弾け、谷全体を呑《の》み込んだ。


青い空だけがあった。

エミールが泣いていた。ごめんなさい、ごめんなさいという言葉が嗚咽《おえつ》と共に漏れる。かける言葉が見つからなくて、ニーアはただ黙って座っていた。意識を取り戻したカイネも、沈黙している。

「……ぼくの……せいで……」

真っ白な光が強烈すぎたせいか、しばらく視界には残像がちらついていた。視界が元に戻ってみると、目の前には何もなかった。巨大な眼球も、吊り橋も、通路も、タンクも、風見鶏も、何もかもがあの魔力の光に押し潰され、呑み込まれて消えた。崖や谷底までもが削《けず》り取られ、辺りの地形はすっかり変わってしまった。

正気を取り戻したエミールが、どんな思いでそれを見たのか、考えただけで胸が痛む。

「もう泣くな」

「でも……でも……っ。ぼくのせい……っ」

エミールが激しくしゃくり上げる。その頭をそっと撫《な》でてやったが、エミールは泣き止《や》まない。

「けど、エミールは俺達を救ってくれたじゃないか」

「え?」

ようやくエミールが顔を上げた。

「エミールがいなければ、俺達は死んでたよ」

その言葉だけでエミールが救われたとは思わない。優しいエミールには、あまりにも残酷な結末だった。村人の大半が黒い渦に吸収されていて、あの時点では崖の村に生存者などほとんどいなかったであろう事を差し引いても、エミールから罪の意識を取り除いてやる事などできはしないだろう。それでも、とニーアは思う。

「ありがとう」

「でも……ぼく……」

「いいんだ」

エミールの肩に手を置いて軽く叩いてやり、ニーアは立ち上がった。深く抉《えぐ》られた谷底は、白い霧で霞《かす》んでいる。視線を上げれば、削り取られた山肌と無情なほどに青い空と。破壊したもの、犠牲にしたものの大きさを思う。

「もう……振り向くな」

それは自分自身への言葉でもあった。立ち止まる訳にはいかない。これほどの犠牲を出した今、進み続けるしかない。

握りしめていた手を開いて、エミールに差し出す。破壊と犠牲の代償、だ。

「これ……は……!?」

ニーアの手のひらに目を落としたエミールが息を呑む。ここへ来た目的、「贄」の石片だった。

[報告書13]

崖の村が壊滅した。ニーアは無事に「贄《にえ》」の石片を持ち帰ってきたが、何か隠しているような様子だったので、現地へ足を運んで調査・解析を試みたのである（もちろん、誰にも見られないように寝静まった時間帯を選んでいる。その点は抜かりない）。

驚いた事に、崖の村が跡形もなく消滅していた。谷間全体が何かによって抉《えぐ》り取られたようだった。強烈な魔力の痕跡《こんせき》が観測された事から、7号の仕業と思われる。

崖の村の住人達は、ポポルが「贄」についての情報を欲しがっていると知って、村長の名前を使って手紙を書いてきたのだろう。目的はもちろん、ニーアをおびき出して始末する事。「マモノ」と共存している彼らにとって、ニーアの存在は脅威だったのだろうが、それが裏目に出る結果となった。

もともとあの村は、一部の、いや、多数の住人が問題行動を起こしており、私達はその対応に苦慮していた。テストケースとして扱う事で穏便に収めようと考えていたが、この結果を見た限り、それも難しかったかもしれない。「マモノ」と「ヒト」の共存には問題があり、困難を極めるのだ。やはり、計画を遂行する以外に道はない。

そうなると、「魔王」の暴走を早急に止めねばならない。ここ最近、頻発《ひんぱつ》している異常事態の全てが彼のせいだとは言わないが、その多くが彼の暴走に起因しているのは確かだ。少なくとも、「マモノ」と黒文病《こくもんびょう》の増加については、彼が精神状態を正常に保てなくなりつつある事を反映している。

悲観的な報告ばかりになったが、一方で朗報もある。石片の回収が残すところ「忠誠のケルベロス」のみとなった。あとはポポルの暗号解読を待つばかりである。

また、「魔王」の暴走を止める為の切り札も新たに用意した。当初、私達はニーアを使って「魔王」を制御できないかと考えていた。しかし、ニーアの戦闘能力は想定以上に向上しており、これもまた制御が難しい。今のままでは、かえって最悪の結果を引き起こすのではないかと懸念《けねん》される。

その点、今回用意した切り札であれば、私達で制御が可能であり、融通《ゆうずう》も利く。「魔王」の暴走を止める手段としても極めて有効であると思われる。こちらを温存しつつ、ニーアには引き続き石片の回収作業に当たらせようと考えている。

今回も長くなったが、特記事項が増えた為で、無駄な事は書いていないので容赦されたい。近況報告を終わる。以上。

（記録者・デボル）

NieR Replicant
ver.1.22474487139...
《ゲシュタルト計画回想録》
File02

青年ノ章6

1

南平原を徒歩で行くのは久しぶりだった。

このところ、海岸の街への移動は船ばかりになっている。甲冑《かっちゅう》を着込んだ中型のマモノが徘徊《はいかい》する南平原とは異なり、水路にマモノは出没しない。安全で、荷物も積めるし、しかも速いとあっては、誰もが船を選ぶ。

「ここのマモノも手強《てごわ》くなったな」

カイネの双剣とエミールの魔法という心強い援護があっても、駆除に時間を要するようになってきた。

「マモノ共も学習しておるのだろうよ」

「こんな状況じゃ、船が出ないと困る訳だ。俺達に限らず」

赤いカバンの船頭がこのところ仕事を休んでいると、教えてくれたのはポポルだった。確かに、ここ数日、村の船着き場に船頭の姿はなく、ニーアも気にはしていた。

崖の村の一件以来、心なしか元気のないエミールの為に、船で海岸の街にでも出かけてみようかと考えていた矢先の出来事だった。赤いカバンの船頭とお喋《しゃべ》りでもすれば、エミールも少しは気が晴れるのではないかと思ったのだ。

だから、ポポルから「海岸の街まで様子見をお願いできないかしら？」と頼まれた時には、二つ返事で引き受けた。エミールの事もあるが、船を使うのは自分達だけではない。ニーアの村は食料の多くを海岸の街からの輸送に頼っていた。交易船が使えないとなると、村の食糧事情が覿面に悪化する。

その日のうちに、ニーアはカイネとエミールと南門の外で待ち合わせて、海岸の街へと向かった。三人いれば、南平原を抜けるのにたいした時間はかからないだろうと思っていたが、実際には結構な時間を要した。

「船頭さん、風邪《かぜ》でも引いたんでしょうか。心配です。ぼく、お見舞いに行こうかな」

「まあ、病気と決った訳でもないし。今日は俺達だけで行くよ」

「でも……」

「エミールは、久しぶりにセバスチャンに顔を見せてやるといい。カイネも一緒に」

南平原を徒歩で行くなら、かつてエミールが住んでいた洋館のそばを通る。海岸の街へ向かうと決めた時から、館に立ち寄るよう勧めるつもりでいた。何も船で出かけるだけが気張らしではないだろう。

館へ向かう坂の下でエミール達と別れ、ニーアは白の書と共に海岸の街へと急いだ。

「この状況、前にも覚えがあるな……」

五年前、やはりポポルから「水路の工事をお願いしている人が仕事に来なくなったから、様子を見てきて」と頼まれた。

「あの夫婦の事だ。また喧嘩《けんか》でもしたのだろう」

ニーアが今まさに考えていたのと同じ事を白の書が口にした。五年前、赤いカバンの男が仕事に来なくなった理由が、妻の家出だった。

「また奥さんが家出したのかな」

家の真ん前で座り込んでいた姿が目に浮かんだ。

「然《さ》もありなん。いずれにしても、今度は喧嘩に巻き込まれぬよう、くれぐれも気をつけるのだぞ」

それもまた、今まさにニーアが考えた事だった……。


ところが、ニーア達の予想はほんの少しばかり外れた。赤いカバンの夫婦の家の真ん前で、座り込んでいたのは夫ではなく、妻のほうだった。

「ああ……もうだめ。私の人生は終わりよ……」

この状況も覚えがあるな、と白の書がつぶやいた。

「あの。どうしたんですか?」

「あなたがたは……」

赤いカバンの妻が、ニーアと白の書を交互に見る。

「一応、訊《き》いておくが。何があったのだ?」

「実は……また喧嘩しちゃって。夫が家出を……」

今回の家出人は、妻ではなく夫のほうだった。

「ふん。どうせ、そんな事だろうと思ったぞ」

「でも、夫が悪いのよ! 私が大切にとっておいたリンゴを食べちゃったんだから!」

そうだった。彼らは「赤い色をしたもの」が度を超して好きという共通点を持つ夫婦なのだった。結婚記念に買ったお揃《そろ》いの赤いカバンをいつも身につけ、毎日のように赤いリンゴを食べているという。

「気持ちはわかるけど、リンゴくらいで……」

失言だった。赤いカバンの妻の眉がきりきりと吊《つ》り上《あ》がった。

「リンゴくらい？　リンゴくらいですって⁉」

力なく座り込んでいた筈《はず》の妻がいきなり立ち上がった。

「いい？　十個よ、十個！　一人で十個も食べちゃったのよ！」

「それは……凄《すご》いですね」

「凄いんじゃないわよっ！　酷《ひど》いのよっ！」

「あ……はい」

何を言っても失言になりそうで、それ以上の返事はできなかった。

「つい言いすぎちゃっても、しょうがないと思わない？　思うでしょ？　思うわよね⁉」

「……はい」

「そりゃあね、言いすぎたのは事実よ。それは認める。でも、まさか、一週間も帰ってこないなんて……っ」

突然、赤いカバンの妻が声を詰まらせる。吊り上がっていた筈の眉の両端が今度は急角度で下がり、両の目から大粒の涙がぼろぼろと零《こぼ》れ落ちた。

「わ、わかりました！　俺達が捜すのを手伝いますから！」

「え？　本当？　嬉《うれ》しい！」

涙がぴたりと止まる。ほんの少し前まで泣いていた筈《はず》なのに、赤いカバンの妻はもう満面の笑みを浮かべている。

「ありがとう！　よろしくお願いします！」

いろいろな意味で凄い人だ、と思った……。


白の書の助言に従って、くれぐれも気をつけたつもりだったが、結局、巻き込まれてしまった。五年前も逃げ切れなかったのだから、今回だって逃げ切れる筈がなかったのだ。

まず向かったのは、以前と同じく酒場だった。聞き込みをするなら、人が集まり、かつ誰もが饒《じょう》舌《ぜつ》になる場所が最適だろう。幸い、今日は南平原で時間を食って、街への到着が夕刻を過ぎていた。まさに酒場が盛況となる時間帯である。

こんにちは、と店に入っていくと、見覚えのある女性がいた。五年前にも彼女から手がかりを貰《もら》った。今回も、と期待して声をかけた。

「赤いカバンの男を捜してるんです。船頭の。心当たりはないですか？」

「なあに？　あの夫婦、また喧嘩でもしたの？　それとも、家出？」

「はい。旦那さんが家出したみたいで……って、よくある事なんですか？」

「今じゃ、『嵐の喧嘩夫婦』なんて呼ばれて、街の名物だからねえ」

以前は単なる「喧嘩夫婦」だった。よもやこの五年の間に、「嵐の」という称号を戴《いただ》くようになっていたとは。

「そうそう。思い出した。確か、旦那さんは図書館のある村の出身だったわ」

ニーアの村だ。この辺りで図書館がある村はひとつだけだった。

「そっちに帰ってるんじゃないの？　ほら、彼女が家出したって大騒ぎになった時も、実家に帰ってましたってオチだったじゃない」

今回もきっとそうよ、と彼女は自信たっぷりに言って、手にしたグラスを景気よく飲み干した。

「それからね、お兄さんが村の衛兵だって言ってた気がするわ」

「そうなんですか。いろいろありがとうございます。さっそく話を聞きに行ってきます」

「あらあ。まだいいじゃないの。飲んでいきなさいよぉ」

腕をぐいぐい引っ張られて、ニーアはあわててその場を退散した……。

2

その晩は海岸の街に泊まり、翌朝早くに出発して、午前中のうちにエミールとカイネを迎えに行った。

「あの船頭さん、ニーアさんの村の出身だったんですか⁉　驚いたなあ」

「俺も驚いたよ。村のみんなの顔はだいたい覚えてると思ってたけど、まだまだ知らない人もいたんだな」

そんな事を話しながら、再び南平原でマモノを狩った。狩っては休み、歩いてはまた狩り……というのを繰り返して村へ戻った。狩っても狩ってもマモノは出現する。いったいどこから湧《わ》いてくるのだろうと、うんざりした。

村に戻った時には疲れ果てていたが、休んでいる暇などない。とにかく、カバンの船頭の兄だ。ニーアの村の衛兵は、北門、東門、南門にそれぞれ二人ずつ門番として見張りに立っている。まずは南門の衛兵に当たってみる事にした。

「やあ。何か用かい？」

「赤いカバンの船頭、知ってるだろう？」

「ああ。知ってるとも。俺の弟だよ」

いきなり大当たりを引き当てた。白の書が勢い込んで尋ねる。

「今、どこにいるのだ、その弟は」

「知らないな。最近、会ってないし。こっちにも、ずいぶん帰ってきてないよ」

「そうか……」

考えてみれば、村に帰ってきていたのなら、ポポルが様子見を頼んでくる筈がなかった。村の噂《うわさ》は、酒場に入り浸っているデボルがほぼ把握している。

「あ、でも、弟は船で手紙を運んでるって言ってたから、郵便局の人が知ってるかも」

「郵便局か。海岸の街の配達員から話を聞けそうだ」

「やれやれ。また戻るのか」

白の書がうんざりした口調になるのも、無理からぬ話だった。南平原を通るには、マモノと半日近く格闘しなければならない。楽な水路での移動に慣れてしまった今では、些《いささ》か億劫《おっくう》な作業だった。

「君達、弟を捜してるのかい」

「ああ。ここ数日、仕事に来ていないってポポルさんが言ってたんだ。それで」

さすがに、夫婦喧嘩の挙げ句に家出したとは言えなかった。

「弟に会ったら、たまには実家に帰ってこいと伝えてくれないか」

船頭の仕事は忙しい。村に戻っても、船着き場から離れる暇などないのだろう。だが、身内としては、それでは寂しい。せっかく近くまで来ているのだから家に立ち寄ってほしいと思うものだ。

伝えておくよ、と答えてニーアは南門を後にした。

「ニーアさん、どうでした？　船頭さんには会えましたか？」

「いや。こっちには帰ってきていなかった」

そうですか、とエミールが残念そうに言った。

「こんな事なら、館でゆっくりしててもらうんだったよ」

「え？」

「海岸の街へトンボ返りなんだ。郵便局の配達員が事情を知ってるかもしれないって」

村に戻れば、赤いカバンの船頭に会えると思っていたから、館にエミールとカイネを迎えに行った。船頭さえいれば、移動は再び船になり、南平原を通らないからだ。船を使わずに再び海岸の街へ行くとわかっていれば、エミール達を迎えに行くのはその後でも良かったのだ。しかし、エミールは、とんでもないと言わんばかりに首を横に振った。

「ダメです！　ニーアさんとシロさんだけで南平原を往復するなんて、危ないです！」

「まあ、それもそうか。エミール達がいないと、マモノ退治に手間取るのは確かだ」

エミールが嬉しそうに、そして少しばかり得意げに「でしょう！」と胸を反らした。

「それにしても、男一人を捜す為に、これほど往復するハメになろうとはな」

「たまには、こういう人助けもいいじゃないか」

石片集めはマモノとの戦いの連続である。おまけに、これまで石片を守っていたのは、南平原のマモノどころではない大物ばかり。それを思えば、こういう平和な頼まれ事も悪くない。

「嵐の前の静けさ……でない事を祈っておるぞ」

白の書はどこまでも悲観的だった。


今回は、カイネとエミールも海岸の街のそばまで同行した。赤いカバンの船頭の行方《ゆくえ》がわかれば、そこから先は船での移動になる。或《ある》いは、また別の街へ手がかりを求めて移動しなければならなくなった際、すぐに合流できるほうがいい。あまり考えたくない可能性ではあるが。

街のすぐ外で野営の支度に取りかかった二人を残して、ニーアと白の書は郵便局へと向かった。

赤いカバンの妻と出会したのは、その途中だった。

「あっ！　あなたたち！　夫は⁉　夫は見つかったの⁉」

「いや、それがまだ……」

みるみるしょげ返る様子が気の毒で、「配達員が事情を知ってるかもしれないから」と急いで付け加えた。

「たぶん、もうすぐ行方がわかるんじゃないかな」

たった今、しょげ返っていた顔がたちまち明るくなった。

「ほんと!?」

「た、たぶん……たぶんだけど」

急いで予防線を張ってみたが、赤いカバンの妻はニーアの言葉など聞いていなかった。

「帰ってきたら、きつく言って聞かせないとね!」

「言って聞かせるって?」

「だって、私を一人にするなんて! 二度とそんな気を起こさないように、地獄を見せてやるわ!」

「それが帰ってこない原因なのではないか?」

俺もそう思う、とニーアは心の中で白の書に同意した……。


しかし、郵便局にいたのは漁師風の男で、配達員ではなかった。

「あれ? 配達員さんは?」

「いやあ、荷物を受け取りに来ただけだったんだが、留守番を頼まれてな。君も荷物の受け取りかい?」

いいえ、とニーアは首を横に振る。

「人を捜してるんです。赤いカバンの……いや、喧嘩夫婦の旦那さんが家出したらしくて」

「ああ、あの夫婦か」

喧嘩夫婦の一言で、すぐに誰なのか特定できる辺り、本当に「街の名物」になっているらしい。

「何か知りませんか？」

「悪いけど、俺は力になれそうにないな」

「そうですか……」

やはり、配達員が戻るのを待つしかないか、と白の書がつぶやいた時だった。漁師風の男が「そういえば」と思い出したように言った。

「仕事仲間も、娘が家出したまま帰ってこないって、心配してたな」

「家出で行方不明になった者が二人。偶然であろうか？」

しかも時期が近い。

「その子の行き先に心当たりは？」

「そうだねえ、行き先と言っても、まだ子供だからなあ。ああ、そうだ」

「心当たりがあるのか？」

「もしかしたら、なんだけどね。街の入り江に難破船が漂着したんだよ。子供達は興味津々《きょうみしんしん》でね。何しろ、大きな船だから」

「じゃあ、その子は難破船に入り込んだ？」

「子供達には近づかないように言い聞かせてるんだが……。禁止されると、余計に興味を持つ子供ってのもいるだろう？」

子供が難破船に入り込み、出られなくなって、その声を聞きつけた船頭が助けに行って、二人とも出られなくなった……。そんな光景が脳裏《のうり》をよぎった。

漁師風の男に礼を言って郵便局を出ると、ニーアと白の書は西の入り江へと向かった。

3

「……でも飲みますか？　それとも、少し早いけど、ご飯にしますか？」

エミールの言葉を半分聞き漏らしてしまった。焚《た》き火《び》を前に、エミールが怪訝《けげん》そうな様子で見上げてくる。

「カイネさん？」

「あ？　ちょっと考え事をしてた。済まない」

エミールは気を悪くしたふうでもなく、「ひとまず、お茶をいれますね」と焚き火で湯を沸かし始めた。左半身がざわつき、テュランが意味ありげに訊いてくる。

『おまえも気づいたか？』

ああ、とカイネは声に出さずに答える。その気配を感じたのは、海岸の街のだいぶ手前だった。

『奇妙な魔力を感じるな……』

そうだ、奇妙。今までにない奇妙な気配だったから、最初は気のせいか、或《あ》るいは天候のせいかと思った。今日は嫌な風が吹くな、と。

ただ、街に近づくにつれて、その気配はどんどん強くなっていった。野営の支度を始めた時には、気のせいでも天候のせいでもないとわかった。

これは、マモノなのか？　だが、マモノにしては……。

『おまえらしくもない。なけなしのアタマを使うより、足を使ったほうが早いだろ？』

冷やかし半分の言葉だったが、今回ばかりはテュランの言い分ももっともだと思った。幾ら考えても仕方がない。実際に見て確かめるしか。それほど異様な気配だった。

「カイネさん、どうしたんですか？　何か、心配事でも？」

いや、と言いかけて、止《や》めた。カイネはうなずく。

「マモノのような気配を感じる。……街の中から」

「街の中にマモノが⁉」

「マモノ……と言っていいのかどうか」

「でも、危険なんですよね？　だから、心配そうな顔してたんですよね？」

否定も肯定もしなかったが、エミールはカイネの心中を察したらしい。

「行きましょう！」

「だが、街の中だ。住人が寝静まってからのほうが……」

「ダメです。今すぐでないと！　だって、街の中にはニーアさんとシロさんがいるんですよ？」

確かに、夜まで待つのは悪手かもしれない。最近でこそ昼間も動きが活発になったマモノだが、本来は夜に活動していた。昼間のほうが多少なりともおとなしい筈だ。

「大丈夫ですよ。船頭さんが住んでる街なんだから、きっと悪い人ばかりじゃないです」

「そうだな。行ってみよう」

急いで火の始末をすると、カイネはエミールを伴って街の中へと足を踏み入れた。その途端に、街の人々の視線などどうでもよくなった。そんなものを気にしている余裕などなくなるほど、その気配は異様だった。

「……こっちだ」

近づきたくないと本能が告げる。その方角に向かって歩けば、必ず、いる。

『ヤバいよなあ。この魔力は』

黙れ。気が散る。

目抜き通りから細い道に入り、洞窟《どうくつ》のような場所に出た。その先に、いる。

『おい。聞こえるか？』

気配のするほうから、何か音が聞こえる。高く、低く、繰り返される音。空気が震えている。なぜ？　これは音？　いずれにせよ、人間の耳には聞こえない……などと考えていると、突然、名前を呼ばれた。

「カイネ！　エミール！」

駆け寄ってきたのは、ニーアだった。配達員に会うと言っていたから、この近くに郵便局があるのだろう。

「どうしたんだ？　二人が街の中へ入ってくるなんて」

「急にすみません。カイネさんが、この辺りから異様な気配を感じたみたいなんです」

「異様な気配？　マモノか？」

カイネはうなずいた。

「この先から『音』がする……」

「入り江だな。この先って事は」

海岸の街の地形には詳しくないから知らなかったが、気配の源は入り江にあるらしい。

「……だが、やはりハッキリとはしないがな」

あれをマモノと呼んでいいのかどうか。いや、マモノで間違いない。間違いはないのだが、これまでに遭遇してきたどのマモノよりも強烈で……奇妙なのだ。

「下着女の、唯一と言って良い特技がその有様か」

白の書に煽《あお》られた気がしたが、耳に入ってこなかった。「シロさんっ」とエミールが抗議の声を上げるのを聞いて、ようやく煽られたと気づいた。

「カイネ？　どうかしたのか？」

いつもなら「クソ紙！」と返しているところを、カイネが黙っていたものだから、ニーアは心配になったのだろう。

「何でもない。さっさと行くぞ」

先に立って歩き出す。本能が危険を告げている。竦《すく》みそうになる足を無理矢理に動かす。

まずい、この気配はまずい。行きたくない。今すぐ帰りたい。

『だよなあ。帰りたくもなるよなあ。なんせコイツは……なあ』

心なしかテュランもおとなしい。いつものような「大はしゃぎ」がない。それもそうか、と思う。テュランが暴力と殺戮《さつりく》を好むのは、あくまで自分が加害者の側にいられるからだ。今回は、その立場が逆転しかねない……。

「すごい！　なんて大きな船なんでしょう！」

洞窟を抜けるなり、エミールが驚嘆の声を上げた。入り江をほとんど塞《ふさ》ぐような形で、大きな木造船が座礁《ざしょう》している。長い間、漂流し続けていたのだろう、帆柱は折れ、船体の色は黒ずんでいた。

『いるな、この中に』

奇妙な気配の源はこの船の中だ。左半身に震えが走った。共鳴、とテュランがつぶやく。おそらくテュランの意思とは無関係に、マモノの部分が震えたのだ。こんなふうになった事は今までになかった。つまり、今までにない大物、という事だ。

「どうにかして、難破船の中に入れないかな」

「これだけ朽《く》ちているのだ。どこかに穴でも開いているのではないか？」

ニーア達は中に入るつもりでいるらしい。頻《しき》りと船の周囲を調べて回っている。

「もっと低い位置じゃないか？　子供が入り込んだとしたら」

「子供？」

「ああ。ここ何日かで、街の子供が迷子になってるらしいんだ」

郵便局にいた漁師風の男によると女児が一人、目抜き通りで立ち話をしていた老人達の話では男児が二人、それぞれいなくなっているとニーアは説明してくれた。

「もしかしたら、難破船で遊んでいて出られなくなったんじゃないかって」

そうか、と答えるのが精一杯だった。船の中から漏れ出てくる気配に当てられて、気分が悪い。

「あった！　これだ！」

船体の後方へ回り込んでいたニーアが叫んだ。人が通るのに十分な大きさの「穴」があった。ただ、内側から板で塞《ふさ》いであった為に、一度は見落としてしまったのだろう。それでなくても、何処《どこ》も彼処《かしこ》も傷だらけの船である。

「立てかけてあるだけだな、この板は。どかせば中に入れそうだ」

ニーアは手際よく板を脇によけると、些《いささ》かの迷いも感じさせずに中へと入った。白の書がその後に続く。もう腹を括《くく》るしかない。カイネは小さく息を吸い込んで、その穴に足を掛けた。

『どんどんヤバい臭いが近づいてるじゃないか、カイネ』

テュランの言うとおり、酷《ひど》い臭いだった。ただ、そう感じるのは自分とテュランだけらしい。ニーアは「さすがに魚臭いな」などと呑気《のんき》な事を言っている。

思わず後ずさると、足許《あしもと》が嫌な音で軋《きし》んだ。

「無闇に暴れるでないぞ、下着女。この船は至る所が腐りかけておる」

「あ。ああ……」

そう答えるのがやっとだった。これ以上、口を開いていたくなかった。船内の空気を吸い込みたくない……。

『おまえも気づいてるんだな。この臭いにどんな意味があるのか』

意味。この悪臭の意味など、考えたくもない。なぜなら……。

「カイネ？　本当に大丈夫なのか？」

「あまり無理をしないでくださいね」

ニーアとエミールが口々に気遣ってくれたのだが、うまく息が吸えなくて、答えられなかった。

「そうだ。ぼく達は船の外から探索しませんか？　外の空気も吸えますし。ね？　カイネさん」

「……そうだな。そうさせてもらおう」

平静を装っていたが、もう限界だった。転がり落ちるように外へ出ると、カイネは思うさま息を吸い込んだ。冷たくなっていた頬《ほお》や指先に温かみが戻ってきた。

眩《まぶ》しい陽射《ひざ》しと、海から吹く風とがこれほど有り難く思えた事はなかった。

4

カイネとエミールが船外に出て行ってしまうと、ニーアは船内を歩いてみる事にした。

「薄暗いな……」

板の隙間から辛うじて外の光が射し込んでいるが、捜索活動に足りる明るさではない。

「そこに転がっているのは、ランタンではないか」

白の書が目ざとく見つけて言った。拾い上げてみると、まだ油が残っていた。

「使えそうだな」

「外の光が入らぬ船室もあろう。手許《てもと》が見えるうちに点火しておけ」

白の書の助言は真に適切なものだった。幾らも歩かないうちに、外の光が全く入らなくなった。もしもランタンがなかったとしたら、探索をここまでにして引き返すしかなかった。いや、引き返すのさえ難儀したのではないか。

何しろ、足許は空き瓶だの、割れた木箱だの、何に使ったのかわからない金属だのと、障害物だらけだった。うっかり躓《つまず》いたりしないよう、ランタンで足許を照らしつつ、腰を低くして歩いた。

そんな具合に、足許ばかりを見ていたせいで、それに気づくのが遅れた。ランタンの光のほんの少し外側に、人影が横切っていったのだ。

「今のは⁉」

「我も見たぞ」

「女の子……だったような？」

小柄な人影だった。ふわりとなびく髪が見えたような気がする。

「例の家出娘かもしれぬ。連れ戻したほうが良さそうだ」

「そこの部屋に入って行ったよな？」

半開きになっている扉の中をランタンで照らしてみる。明かりの中に浮かんで見えるのは、木箱に樽《たる》に空き瓶に……と、これまで歩いた場所にあったようなものばかり。

「誰もいないぞ」

室内に入り、ランタンの明かりで木箱や樽の陰を照らしてみたが、少女の姿はない。

「おかしいな……。幽霊でも見たみたいだ」

「ばっ、馬鹿《ばか》な事を抜かすでない！　ど、どこかに抜け穴でもあるに違いないぞ！」

シロは幽霊だの呪《のろ》いだのの話が苦手だったな、とエミールの館を初めて探索した時の事を思い出す。

「あった。抜け穴じゃないけど、扉がある」

把手《とって》も何も付いていない為に、一見しただけではわからなかったが、注意深く見ると、確かに扉だった。

「わ、我の言ったとおりであろう？　娘はきっと隣の部屋に……」

「いない」

扉を押し開け、ランタンで中を照らしたが、誰もいなかった。ひっ、と白の書が息を呑《の》む。

「ああ、でも。また扉がある。奥に進めるみたいだ」

行ってみよう、と歩き出そうとして、足許に丸いものが落ちているのに気づいた。

「リンゴだ。少し傷んでるけど、最近のものだな」

私が大切にとっておいたリンゴを食べちゃったんだから、という声が耳に蘇《よみがえ》る。

「やれやれ。喧嘩のほとぼりが冷めるまで、船に隠れるつもりだったのか。全く世話の焼ける事だ」

或《あ》いは、家出娘を放っておけなくて、帰宅するように説得しているとか。いずれにしても、出るに出られなくなった訳ではなさそうだ。あの少女はどこも怪我《けが》などしていない様子だったし、ここまで歩いてきた限りでは、外との出入りは容易《ようい》である。

「ともかく、奥を捜してみよう」

少し進むと、上り階段があった。見上げてみても、ただ真っ暗な闇が続いているばかり。ランタンで照らしてみようとした時だった。ずしん、と何か重たいものがぶつかる音がした。

「いっ、今の音はなんだっ⁉」

「上の階からだ。さっきの子かな？」

階段はかなり傷みが来ていて、ちょっと力を入れれば踏み抜いてしまいそうだった。慎重に慎重を重ねて足を置いても、盛大な音をたてて軋む。体重の軽い子供であっても、音をたてずにこの階段を上るのは不可能ではないかと思ったが、ニーアは黙っていた。これ以上、白の書を怖がらせるのも本意ではない。

時間を掛けて階段を上ると、物音の正体がわかった。

「樽が倒れてる……」

ランタンで照らすと、白い粉が零《こぼ》れていた。樽の中身は小麦粉だったらしい。

「さっきの娘が倒したのだろうか……。ん？　おい、床を見ろ」

白の書の真下に、白い足跡がある。粉を踏んだまま歩いていったのだろう、足跡は奥へと続いていた。

「これを辿《たど》れば、娘の居場所がわかるやもしれぬ」

足跡だけでなく、壁にも白い手形が残っていた。樽にぶつかった拍子に転んでしまったのかもしれない。

足跡と手形は、突き当たりの扉の前で途切れていた。だが、扉には鍵が掛かっている。

「おかしいな。あの子はここを通った筈なのに、どうして鍵が？」

「ゆっ、幽霊など馬鹿げておる！　か、鍵を掛け直したのだ。そうに違いない！」

「誰も幽霊なんて言ってないだろ。どこかに合鍵がないかな」

手前の部屋は施錠されていなかった。ここも船底と似たような荒れ具合で、椅子《いす》は横倒しになり、水差しやらバケツやらが転がっている。壁際の書き物机の上も、分厚い本や帳面が散らばっていた。

「これは航海日誌のようだな」

わざわざ近くまで飛んでいったという事は、中を読んでみたいのだろう。ニーアは白の書の為に、分厚い本を開いてランタンで照らしてやった。

「船の進路、天候、入港記録……大型の船だけあって、事細かに記録されておるな」

白の書が読むのに合わせて、ぱらぱらとページをめくっていく。と、何も書かれていない白紙のページになった。日誌はここで終わり、という事だ。

「記録が途切れておるな」

「航海が終わったんじゃないのか？」

「それなら、入港記録が最後に記される筈だが、見たところ、最後の記録は海のど真ん中のようだ」

この船で、いったい何があったのだろう？　航海の途中で記録どころではなくなるような災厄に見舞われた？　それとも……？

「こっちの帳面は？　文字と数字がびっしり書かれてるけど」

「どれどれ？　船の積み荷？　帳簿か？　む……これは⁉」

帳面を覗《のぞ》き込んでいた白の書が絶句した。が、すぐに「非道な事を」と、嫌悪感も露わに吐き捨てた。

「どうやら、この船は人身売買を行う商船だったらしい」

「人を……売り物にしてた？」

「左様。かなりの儲《もう》けを出していたようだな」

「どうして、そんな？」

「わかりたくもない。愚かな人間はどこにでもいるという事だ」

行くぞ、と白の書が書き物机を離れた。確かに、これ以上、航海日誌だの帳簿だのを読み解く意義があるとは思えないし、その暇もない。

帳簿を机に戻そうとして、鍵束が放り出してあるのが目に入った。

「シロ！　鍵だ！」

そもそもこの部屋に入ったのも、突き当たりの扉の合鍵を探す為だった。この鍵束のどれかが合鍵である事を祈りつつ、通路に引き返した。

幸いにも、鍵束の中には扉の合鍵が含まれていた。扉を開けると、予想どおり、白い足跡と手形が続いていた。

「……音？」

音は、部屋の奥から聞こえている。

「何だろう？　もしかして、歌か？」

音のようでもあり、声のようでもある。ただ、声だとしても会話ではなさそうだ。音を頼りに、さらに奥の部屋へと進む。近づくにつれて、それは音ではなく、声として耳に届いた。高低差があるようだから、おそらく歌だろう。些《いささ》か調子外れではあったが。

白い足跡と手形はもうどこにも見当たらない。だが、歌は聞こえている。室内を見回すと、壁際に金属製の細い筒があり、歌はそこから聞こえていた。

「女の子の声？」

筒に手を伸ばすと、音が止《や》んだ。

「何だったんだろう、今の歌は。さっきの子が歌ってたのかな」

「これは、伝声管だな」

管を通して、離れた場所に声を届ける道具だと、白の書は説明してくれた。

「じゃあ、管がつながってる別の部屋に、あの子がいるって事か」

「待て。壁に船内図が貼ってあるぞ。ここは、船内での連絡を請け負っていた者の部屋なのだろう」

船内図のそばまで飛んでいった白の書が、ややあって「船尾《せんび》の部屋だ」と言った。

「わかった。もっと奥へ進めばいいんだな」

通路へ戻り、奥へと進んだ。船の構造はどうにも複雑で覚えにくい。こんな事なら壁の船内図を剝《は》がして持ってくれば良かったと、今になって気づいた。

横倒しになった樽が通路を塞《ふさ》いでいる。脇に除《よ》けようとして動かすと、ばさりと何かが落ちた。
「手帳？　どうして樽の中に？」
開いてみると、日付と文字が並んでいる。日記らしい。

×月×日　嵐の後にバケモノが現れた。目の前で仲間が喰《く》われた。
×月×日　船長の悲鳴が聞こえた。
×月×日　どこかでバリバリと音がして静かになった。
×月×日　船底に水を取りに行ったら、商品が全滅していた。急いで引き返した。
×月×日　扉が壊された。樽の中に隠れた。
×月×日　上の部屋で悲鳴が聞こえた。
×月×日　隣の部屋で悲鳴が聞こえた。
×月×日　腹が減った。
×月×日　腹が減った。
×月×日　腹が減った。
×月×日　他の船員の声が聞こえなくなった。
×月×日　バケモノの足音がする。

途中から文字が酷く乱れているのは、暗い樽の中で書いたせいだろう。最後の数ページには、ただ「助けて」とだけ書き殴ってあった。

「これは……事実なのか？」

わからぬ、と白の書が短く答えた。ただ、ここまでに見てきた船室は、どれも室内が滅茶苦茶《めちゃくちゃ》になっていた。通路には壊れた木箱が幾つもあった。嵐にでも遭ったのかと思っていたが、「バケモノ」が暴れた跡なのではないか……。

「あれ？　またリンゴが落ちてる」

「いったい、幾つリンゴを持ち歩いておるのだ、あの船頭は」

一度に十個も平らげるくらいだから、あの赤いカバンいっぱいにリンゴを詰め込んでいても不思議はない。ただ、そのリンゴを無造作に落としていっているのが、引っかかるといえば引っかかる。なぜ、拾いに戻らなかったのだろう？

そんな事を考えつつ、扉を開けたニーアはランタンを取り落としそうになった。

「何だ、この臭いは⁉」

思わず後ずさるほどの悪臭だった。魚が腐ったら、こんな臭いになるのだろうか？　ニーアの村では魚は貴重だったから、誰も腐らせたりしない。魚が腐った臭い、というものに馴染《なじ》みがなくて、判断がつかなかった。

「この奥から流れてきておるようだな……」

「管の行き先も、この奥なんだよな？」

引き返したかったが、あの女の子を連れ戻さなければならない。意を決して足を踏み出した。つい力が入りすぎたのか、床が嫌な音をたてて軋む。しまった、と思った時には遅かった。

「うわあっ!」

ばりばりという凄《すさ》まじい音を聞いた。背中を強《したた》かに打ち付け、ニーアは呻《うめ》いた。

「おい。無事か?」

白の書の声が聞こえたが、真っ暗で何も見えない。

「ああ。何とか大丈夫だ」

「どうやら船底まで落ちてしまったようだぞ」

「そうなんだ……。それにしても、酷い臭いだな」

身体を起こしたが、どこに何があるのかわからない。周囲を手探りしてみる。

「熱……っ」

ランタンだ。うっかり灯心に触れてしまったらしい。

「シロ、ランタンがあったぞ。良かった」

「喜んでないで、さっさと点火するのだ。こう暗くては、かなわん」

「わかってるよ」

早く明かりを点《つ》けないと、うっかり腐った魚を踏んでしまうかもしれない。それだけは避けたいと思った。だが、強烈な腐敗臭は魚のものではなかった。

「な……っ」

ランタンの明かりが照らし出したのは、人間の死体だった。

「これは、喧嘩夫婦の……」

船底に転がっていた死体はそれだけではなかった。家出したと思われていた女児に、男児が二人。他にも大人の死体がある。

しかも、それらのどれひとつとして、まともな姿のものはなかった。子供達の死体は、胸から下がなかった。隣の大人の死体は、胴体しか残っていなかった。カバンの船頭は、腹を食い散らかされていた。

嘘だ、と誰かが言った。自分の声だと遅れて気づく。嘘だ。嘘だ。こんな事がある筈がない。嘘だ。嘘だ。嘘だ。

「もう……見るな」

白の書に言われて、我に返った。

「しっかりしろ。おそらく、街の者を殺した犯人は、この奥にいる」

目の前で仲間が喰われた、という文字が思い出された。おそらく、赤いカバンの船頭も、家出したという女児も……。なぜだという疑念以上に怒りを覚えた。

「ああ。絶対に、許さない」

傍《かたわ》らの梯子《はしご》を上る。犯人の居場所へ向かう為に。

5

「カイネさん！　ここから中に入れそうですよ！」

外の風に当たって、幾らか気分がましになった。船の中へ戻るのは気が進まなかったが、ニーアと白の書だけに探索を押しつける訳にもいかない。

船体に開いた横穴から、意を決して中に入った。入るなり、後悔した。凄まじい悪臭だった。

「うわっ。何だかスゴい臭いがしますね。何だろう？」

今にも階下へ飛んでいきそうなエミールの服を摑《つか》んだ。

「行かないほうがいい」

「なぜですか？」

「いや……怪しい気配は上だからな」

嘘ではない。実際、あの奇妙な気配と悪臭の源とは別々の場所だった。

『カイネ。聞こえるよな？　アレが』

ああ、と答えを返した。調子外れだが、あれは歌だ。マモノが歌っている。それだけではない。切れ切れに、マモノの言葉が聞こえた。

あの人はどこへ？　と聞こえた。あの人というのは、いったい誰の事だろう？　歌って元気を出さなくちゃ、とも聞こえる。歌う？　元気を出す？　マモノが？

「この上に何かいるんですね？」

「ああ。あれは、おそらく……」

カイネの言葉は、ばりばりという凄まじい音に遮《さえぎ》られた。階下からだ。エミールと顔を見合わせる。

「今のは、いったい？　まさか、ニーアさんとシロさん!?」

「私が下りてみよう」

エミールを行かせる訳にはいかない。ところが、階下への梯子に手を掛けたカイネを、今度はエミールが止めにかかった。

「ダメです！　危ないですよ！」

「だが、あいつらの事はどうする？」

「それは……」

エミールが困ったように黙り込んだ。階下が危険なのは明白だった。そして、ニーアと白の書がその危険な場所にいるかもしれないのだ。

梯子の下を覗き込んでみる。だが、暗くて様子がわからない。どうしたものか……。

「どうしましょう……」

今度はエミールが梯子の下を覗き込んだ。と、その時だった。見慣れた書物が梯子の下からふわりと現れた。その後に続けて銀色の髪が。

「あっ！　お二人とも！」

梯子の下から現れたニーアの顔は、心なしか青ざめて見えた。何より、白の書の口数が少ない。

「船内に戻ってきたんだな」

「はい。壁の穴から中に入れました。下から大きな音がしたので、心配してたんですよ？」

済まなかったと言いながら、ニーアがカイネのほうを見る。

「カイネ、もう大丈夫なのか？」

「ああ。少しはマシになった」

「そうか……。本当に良かったよ」

青ざめていると感じたのは、気のせいではなかった。明らかにニーアの声が沈んでいる。

「今度は、お二人の元気がないようですけど。何かあったんですか？」

エミールも気づいているのだから、間違いない。二人が階下で何を見たのか、何となくだが見当が付いた。

「ところで、カイネ」

その証拠に、白の書が「下着女」ではなく、「カイネ」と真っ当な呼び方をしている。

「おまえが感じていたという気配だが……」

「ちょうど、この上の階からだ」

「やはり、か。進むしかないようだな」

気が進まないと言わんばかりだった。マモノの気配がわからない白の書でさえ、ただならぬものを感じるのだろう。

「船内図だと、伝声管はここにつながってたんだよな」

ニーアがどこか憂鬱《ゆううつ》そうに言う。船内図？　そんなものがあったのか。

「その、船内図ってやつ、見せてくれないか」

「ここにはないんだ。別の部屋の壁に貼ってあっただけで。何か、気になるのか？」

「いや。何でもない。気にするな」

船内図を見れば部屋の大きさがわかったのに、と少しばかり残念に思う。

『だよなあ。ヤツがどれだけデカいか、わかったのになあ。心の準備ができたのになあ。残念だよなあ』

心の準備をしたかったのは、おまえもだろう、とカイネは声に出さずに言い返した。テュランにしては珍しく黙り込む。図星だったらしい。

上の階で待ち受けているマモノが強いであろう事はわかっている。気配の濃厚さで明らかだ。そして、マモノの強さは身体の大きさに比例する。船内図を見たいと思ったのは、部屋の大きさ、マモノの体長を知りたかったのだ。

とはいえ、今更《いまさら》、大きさを知ったところでどうなるものでもない。少なくともこの船より大きいという事はないのだ。それだけで十分だ……。

ニーアとカイネは梯子で、白の書とエミールはその傍らを飛んで、上階へと向かう。エミールとの距離が少し開くのを待って、カイネは低い声で尋ねた。

「階下で何があった?」

「実は、街の人が何人も……」

ニーアが口ごもる。だが、それで十分だった。家出をしたと思われていた船頭に、女児。迷子の男児二人。他にも何人かが殺された。

「くそっ」

最悪だ、と思う。

『臭いがどんどん強くなってるな。気分はどうだ、カイネ』

良い筈がない。だが、テュランにもいつもの威勢の良さがなかった。この異様な気配を間近にして、普段どおりでいられるほうがおかしいのだ。

声が聞こえた。近くまで来ているからだろう、今度ははっきりと聞き取れた。

あの人とお喋《しゃべ》りがしたい、あの人に怖がられたくない、あの人に嫌われたくない……。

また「あの人」だ。しかも、嫌われたくないとは。

『マモノのくせに、か？　だよなあ。何考えてんだろうなあ？』

仲間を守ろうとするマモノ、仲間の死を悲しむマモノは他にもいた。だが、「人」に嫌われたくないと願うマモノはいなかった。他とは異なる気配は、そのせいなのか？　まさか、とカイネはその考えを追い払う。

「ここが最後の部屋だ」

船長室と書かれた札がはめ込まれた扉の前で、白の書が重々しく言った。

「街の者を殺した犯人がこの中にいるやもしれぬ。心して進め」

ニーアが黙って扉を押す。鍵は掛かっていないようだが、蝶番《ちょうつがい》が壊れているのか、人がやっと一人通れる程度にしか開かない。その狭い隙間に身体を押し込んで室内に入ったニーアが、「この子はさっきの⁉」と驚いているのが聞こえてくる。ニーアに続いて白の書が部屋の中へと入っていく。

「待て！　死体が転がる船の中に、女の子……。何かおかしいぞ！」

女の子？　マモノが？

室内にマモノがいる事はわかっていた。異様で奇妙ではあったが、気配そのものは疑いようもなくマモノのものだ。カイネは扉の中へと急いだ。

「こいつ……！」

予想していたよりもずっと狭い部屋だった。確かに「女の子」がいた。黒い髪に白い肌、髪に結んだ大きなリボン、薄汚れた服。

『このマモノは……ヤバいシロモノだな』

あり得ない、と思った。この気配の濃厚さは、こんなに小さなマモノのものではない。もっとずっと大きなマモノの気配だ。

『この圧迫感ですら、ヤツの吐息程度でしかないんだぜ？』

奇妙な気配の理由がわかった。目の前のマモノは擬態《ぎたい》している。巨大な身体を小さくして、強引に人の形を作っている。この形を維持する為に、強大な魔力を消費し続けている。それが、今までに感じた事のない異様な気配の正体だった。

『盛り上がってきたじゃないか！　ええ？』

背中に冷たい汗が流れる。どこからか血の臭いが流れてきて、吐きそうになった。

「カイネ？　まさか、カイネが感じていた気配って、この子の……？」

答える前に、背後から声をかけられた。

「あれ？　君は？　久しぶりだね」

この場にそぐわない脳天気な声だった。配達員さん、とニーアが叫ぶ。この街にやって来た目的の人物だった。

「ここで何を?」

「ああ。実は最近、この船に通っているんだ」

郵便配達員は呑気《のんき》な口調で、とんでもない事を言った。

「その女の子は、この難破した船に乗ってたみたいでね。外に出られるようになるまで、世話をしていたんだよ」

世話? 人間がマモノの世話をしていた? 言葉はきちんと聞こえているのに、理解が追いつかない。

「そうだ、そこの貴女《あなた》」

配達員がカイネのほうに寄ってきて、小声でささやいた。

「つかぬ事を伺いますが、その子が出血しているようで。包帯を持ってきたのはいいんですが、その……女性の月のモノの処置はどのようにすれば……」

違う、と言いたかったが声にならなかった。その血は、月のモノなんかじゃない。それは……それは……。

「す、すみませんでした! あまりに失礼でしたね」

狼狽《ろうばい》した様子で配達員がカイネから離れ、少女のほうへと向かう。ルイーゼ、と呼びかけながら。

「そいつに近づくな!」

やっと声が出た。配達員が振り返る。少女の目が光った。赤く、暗く。

「そいつは……」

その先は言えなかった。マモノが吼《ほ》えた。少女の身体が黒く膨れ上がるのを見たと思った。目の前を黒い何かが無数に走っていく。触手だ。大人の胴体ほどの太さの触手が何本も蠢《うごめ》いていたのだ。

軟体動物のそれとは異なり、マモノの強靱《きょうじん》さを持つ触手はたちまち壁や床を突き破った。船全体が大きく揺れる。

「うわあああっ！」

配達員の悲鳴だった。配達員が床の裂け目に落ちた。待って、という声を聞いた。少女の姿に触手を生やしたマモノが配達員を追って裂け目に飛び込んだ。

「カイネ！　エミール！」

舞い上がる埃《ほこり》の向こうからニーアの呼ぶ声がした。近くに行きたいが、床が大きく裂けていて叶《かな》わない。

「無事か⁉」

「ああ。こっちは何とかする！　どうにかして外へ出ろ！」

揺れはまだ続いている。船室の天井が崩れ始める。白の書が「いったん退くぞ！」と叫んでいる。

「カイネさん！　こっちです！」

今行く、と答えて、崩れる船室を壁際へと進む。ルイーゼと呼ばれた少女の目が赤く光ってから、ほんのわずか。おそらく数十秒。なのに、船室がずたずたになっている。とんでもない破壊力を持つ触手だった。

どうして、と声が聞こえた。船底から聞こえる声は、酷く悲しげで、カイネは戸惑う。待って、と叫んで配達員を追っていった時の表情は、どこか切なげだった。あの声も、悲しげだった気がする……。

いや、そんな事に拘《かかわ》っている場合じゃない。身を低くして、頭をかばいながら進んだ。早く脱出しないと生き埋めになってしまう。

どうして、わたしはマモノなの？

どうして、わたしは人間じゃないの？

声はしつこく聞こえてくる。床が裂ける音も、天井が崩れる音も、ルイーゼの声をかき消してはくれない。

「くそっ！」

視界を遮《さえぎ》っていた埃の渦が消えた。陽射しが眩しい。エミールがいた。

「カイネさん、早く！　ここから甲板へ……登れますか？」

「大丈夫だ。登れる」

船底の部屋でなかったのが幸いした。甲板までの距離は思ったほどではなく、船体をよじ登るのにさほど苦労はしなかった。

空が青い。降り注ぐ陽射しをいっぱいに浴びたくて、カイネは顔を上へと向ける。エミールも同じ思いだったのだろう、言葉もなくただ空を仰いでいる。

「二人とも！　無事だったんだな！」

少し離れたところから声がした。ニーアと白の書だった。どうやら無事に脱出できたらしい。安《あん》堵《ど》感《かん》を覚えたが、束の間だった。エミールの「でも、配達員さんがまだ中に」という言葉で、全員が脱出できた訳ではなかったと気づく。

「助けに行かないと」

今にも船底へ引き返しそうなニーアを白の書が止めにかかった。

「まずは態勢を整えるほうが先であろう」

先も何も、船底へ引き返すのは無理だ。暗い船内なら、マモノは自在に動ける。どこからあの触手が襲ってくるか、わかったものではない。

「この陽射しなら、あのマモノも追ってはこられまい。今のうちに……」

白の書の言葉が途切れる。船が大きく揺れ、カイネ達の目の前にあの黒い触手が現れた。甲板を易《やす》々《やす》と突き破って、幾つも幾つも。

「馬鹿な⁉」

海面が盛り上がるのが見えた。巨大な波頭に思えたそれは、マモノの身体だった。海生生物を思わせる丸い頭に、大蛇のようにうねる腕が二本。この船より大きい筈がないなどと高を括った自分の愚かしさを嘲笑《あざわら》いたくなる。

海面から見えているだけでも、この船より大きい。全体となったら、いったいどれほどの体長になるのか、想像したくもなかった。

「日光を浴びてるのに死なないなんて……」

エミールが震える声で言う。笠《かさ》や甲冑を身につけているならまだしも、遮《さえぎ》るものもない状態で、これだけの陽射しを浴びたなら、当たり前のマモノは即死している。違う、と白の書が叫んだ。

「確かにヤツの身体は光で灼《や》かれておる！　しかし、それを上回る速度で再生しておるのだ！」

見れば、体表から黒い煙のようなものが立ち上っている。マモノが絶命する際の、黒い塵《ちり》だった。黒い塵を纏《まと》わりつかせながら、マモノの腕が振り下ろされる。避《よ》けながら、双剣での反撃を試みたが、まるで手応えがない。

ニーアが大剣で斬《き》りつけ、エミールが魔法を放ったが、黒い塵が立ち上るばかりで、傷ひとつ付けられなかった。傷は付いているのだろうが、跡形も残っていない。白の書の言うとおり、凄まじい再生力だ。

不意に、丸い頭部が横に裂けた。口を開けたのだ。その口の中から何かが起き上がるのが見えた。

……ルイーゼだ。少女の姿を残してはいたが、黒い髪も白い肌も、マモノ特有の黒さに変わっている。

『おい。歌ってやがるぜ？　人間の真似事《まねごと》か？』

歌って元気を出さなくちゃ、という声を思い出す。おそらく、歌を教えたのは、あの配達員だ。

歌う声が一際大きくなった。声は衝撃波となって甲板を抉《えぐ》る。足許が揺れて、立っていられない。

こんな途轍《とてつ》もないバケモノをどうやって倒せばいいのだろう？

『ヒトの形を保つチカラを！　陽の光を受け止めるチカラを！　美しい声が出せる力を！』

ルイーゼが叫んでいる。

『もっとヒトを……ヒトを食べて、私は人間になるんだ！』

ヒトを食べて人間になる？　そんな事が可能なのだろうか？

『おいおいおい！　どこで何を吹き込まれたか知らないが、俺達を喰う気マンマンみたいだな！』

「そんな事させるか！」

カイネは跳んだ。大蛇のような腕の付け根めがけて斬りつける。何度も斬る。再生能力が度外れているのなら、こちらもそれを上回る速度で攻撃するだけだ。

ニーアとエミールもカイネの意図に気づいたらしい。エミールは空中から杖《つえ》を振り、ニーアは魔力で形作った分身で斬りつけている。

「効いてるぞ！」

三人での同時攻撃に加えて、降り注ぐ陽射しが味方した。ついに、片腕が音を立てて海に落ちていった。

「止まるな！　もう一本も斬り刻むぞ！」

腕による攻撃が止めば、こちらも攻撃しやすくなる。頭部を直接攻撃しない限り、このマモノは倒せない。

『イヤだ！　イヤだ……！　私は人間になるんだ！』

ルイーゼが絶叫した。

『あのヒトと……同じ言葉で喋って……一緒に暮らすんだ……ッ！』

テュランが笑う。笑うだろうな、と思っていたら案の定だった。

『あの男の為かよ！　健気《けなげ》だねえ！　哀れだねえ！』

もう一方の腕が落ちる。不意に重量が消えたからか、黒い巨体が横倒しになった。畳みかけろ、と白の書が叫ぶ。ニーアが魔力の腕を出し、ルイーゼの頭部へと黒い拳《こぶし》を振り下ろした。

ルイーゼの頭部がちぎれて飛び、黒い巨体が波間へと沈んでいった。

「やったか？」

いや、まだだ。まだ気配が消えていない。それどころか……。次の瞬間、甲板から無数の触手が生えてきた。船が壊れる、と思った時には吹き飛ばされていた。

投げ出された先が砂浜だったのは幸運だった。すぐに立ち上がり、身構える。目の前にあった筈の難破船が消えていた。代わりに聳《そび》え立っていたのは、大型の船を一瞬で粉砕した、桁外《けたはず》れに巨大なマモノの姿だった。

「あり得ん！　あれほどの傷を……回復しただと!?」

回復しただけではなかった。落とした筈の腕が元に戻っていた。それどころか増えていた。再生した頭部に少女の姿が見える。髪を逆立て、怒りに燃える双眸《そうぼう》でカイネ達を睨《にら》んでいる。

『あのヒトの為に……！　あのヒトと暮らす為に！　あのヒトと一緒に海を見る為に！』

マモノの体表が変形した。無数の棘《とげ》が生えてくる。棘が弾《はじ》けた。棘が砂浜めがけて降り注ぐ。空から槍《やり》が降ってくる。避《よ》けるのに精一杯で、反撃の糸口すら摑めない。

『おい！　さっきの男が倒れてやがる！　ヤツはあのマモノの恩人なんだろう？　人質に使えそ

ない。

テュランの提案が腹立たしくて、つい声に出してしまった。人間に刃を向ける気など、最初からうだな！』

「うるさい！」

『いいから男を人質にとれ！　このままだと、みんな仲良く死ぬ事になるぞ！』

降り注ぐ槍が数を増してくる。いかん、と白の書の悲鳴を聞いた。触手に跳ね飛ばされたニーアが砂浜に転がるのが見えた。

「クソッタレがっ！」

砂浜に倒れている配達員へと走る。ルイーゼがニーアめがけて腕を振り下ろそうとしている。

「こっちを見ろ！」

配達員の喉元《のどもと》に剣を突きつけ、叫ぶ。

「こいつは、おまえの大事な人、なんだろう？」

卑怯《ひきょう》なやり方だったが、効果は絶大だった。はっとしたように、ルイーゼが止まる。その隙を見逃さず、エミールが魔法を放つ。崖の村で暴走したあの魔力が、今度はきちんと制御されて飛んでいく。

ルイーゼの頭部に魔力が炸裂《さくれつ》した時には、すでにニーアとカイネも跳んでいた。同じ場所めがけて剣を振り下ろす。ルイーゼの頭部がぱっくりと割れるのを見た。

だが、それだけだった。倒れる様子はない。巨体は変わらずに聳え立っている。

「あれほどの攻撃を受けて、まだ倒れぬのかっ⁉」

「そんな……イヤだ……ぼく、怖いです……」

ルイーゼが巨体を振り立てながら、叫んでいる。

『ニンゲン……ニ……ナルンダ！』

何かが来た。視界がひっくり返った。叩きつけられたと思った。身体が砂浜に貼りついた。動けない。まともに攻撃を食らったせいで立てないのだ。マモノ憑《つ》きの自分がこれなのだから、ニーアも動けずにいるに違いなかった。

『カイネ！　何してる！　さっさとヤツを止めろ！』

テュランが狼狽している。それが無理な事くらい、テュラン自身がわかっている筈だ。

「くそ……っ！　身体が……」

ようやく上体を起こしたが、立ち上がれない。ルイーゼが大きく身体を反らした。また、攻撃が来る。もはや防ぐ術《すべ》はなかった。ここまでか、とカイネは動けないまま、喘《あえ》ぐ。

「やめろ！」

叫ぶ声は配達員のものだった。棒きれを握った手がぶるぶると震えている。

「何して…る……殺される…ぞ……」

ニーアが必死の形相で起き上がり、配達員を止めようとした。が、配達員は膝《ひざ》をがくがくさせながら、歩いていく。

ルイーゼが身をかがめるようにして、配達員に手を差し伸べる。

『怖ガラ　ナイデ。モウスグ……モウスグ　ワタシ　ニンゲン　ニ　ナルカラ』

しかし、その言葉は届かない。配達員の耳には、マモノがたてる唸《うな》り声としか聞こえない筈だ。

「この人たちに手を出すなっ！」

配達員が棒きれを振り下ろす。ルイーゼの差し伸べた手に、何度も、何度も。本来なら、そんなものが効く筈がない。剣も魔法も効かなかったのだから。

『ドウシテ？　イッショニ……海ヲ　見ルッテ……』

ルイーゼが悲しげに配達員を見下ろしている。

「ずっと……騙《だま》してたんだな！　この……バケモノめ！」

人はマモノの言葉を理解できないが、マモノは人の言葉を理解している。

『アナタ ト 生キル為ニ……ヒト ニ ナロウト……』

バケモノという言葉を投げつけられる痛みをカイネは知っていた。たとえマモノであっても、その痛みは同じだろう。それ以上かもしれない。あの配達員のために人間になりたいとまで願ったルイーゼにとっては。

あの船の中で、ぐしゃぐしゃの紙を拾った。子供が字の練習でもしていたのか、「ありがとう」と何度も書かれていた。汚い字だった。誰がこんなものをと思ったが、今、その書き手がわかった。

調子外れの歌は、配達員が教えたもの。髪に結んだ大きなリボンも、おそらく配達員が与えたものだろう。そして、字の書き方も……。

「おまえなんか、嫌いだ！」

波の音が聞こえた。ルイーゼが沈黙している。配達員を見下ろしたまま、凍り付いている。その頭部に、魔力の槍が突き刺さった。振り返ると、立ち上がったニーアと白の書がいた。

ルイーゼが悲鳴を上げた。何本もの腕が力なく垂れ下がり、巨体がぐらりと傾く。槍が貫通した部分には大穴が開いたまま、再生する気配はない。……再生する気もないのだろう。

『コンナ身体……デ……ワタシ…ハ……』

頭部がのけぞる。ルイーゼが海のほうへと顔を向けるのが見えた。その視線の先に水平線がある。空と海の青が交わり、ただ煌《きら》めいている。

『アア……コンナニモ……世界ハ綺麗《きれい》ナノニ……』

それが最期の言葉だった。

6

難破船のマモノとの死闘で負った傷が癒えるまでに一週間を要した。

その間、配達員が郵便局の奥の部屋を提供してくれた。エミールとカイネを屋根のある場所で休ませてやりたかったから、その好意は本当に有り難かった。

「ありがとう。おかげで助かったよ」

出発の日の朝、礼を言うと、配達員は「君達には世話になったからな」と微笑《ほほえ》んだ。だが、その笑顔も長くは続かなかった。

「街の人達が何人もマモノに喰われて……その犯人の世話を、ずっとしていたなんて……」

暗い表情で配達員が俯く。聞けば、配達員は難破船の中から、子供が咳《せき》をするような声を聞いて、船内に入り、あのマモノを発見したのだという。

「人間の子供だと思ってたんだ。船に乗ってた大人がみんな死んでしまって、それで身体が弱ってるんだとばかり……。うまく話せないのも、光を嫌がるのも、暗い船の中で動けずにいたせいだと思ってた」

あれだけ人間そっくりの姿になっていたのだ。無理からぬ話だった。ニーアにしても、崖の村で人間と区別のつかないマモノに戸惑ったから、配達員の気持ちはよくわかる。

「あの子の身体がもう少し回復したら、引き取るつもりでいたんだよ。私の娘にならないか、なんてさ。マモノに……。お笑いだろう？」

「貴様が気に病む必要はない。皆、マモノが悪いのだ」

白の書がきっぱりと言い放つと、配達員は「そう……だといいんだがな」と、力なく笑った。

「じゃあ、俺達はもう行くよ。まだ報告しないといけない人がいるんだ」

赤いカバンの妻に、夫が殺されていたと告げるのは気が重かった。

真実を告げるよりも、街を出て行ったと嘘をついたほうがいいのだろうか。どちらにしても二度と会えないのなら、どこかで生きていると信じていたほうが幸せかもしれない。いや、夫に捨てられたと思って生き続けていくほうが辛いか？

ニーアは迷っていた。結論はなかなか出そうになかった。

[報告書14]

このところ、良くない報告が続いているが、状況は悪化の一途《いっと》を辿《たど》っている。「魔王」の暴走を制御する為に用意した切り札が使用不能になった。

少し前になるが、海岸の街に漂着したゲシュタルト体を保護した。大型船を沈めるほどの魔力を備えた強力な実験体で、「魔王」を制御するのに最適であると判断し、管理下に置いていた。それが前回の報告書にも記載した切り札である。

当該個体は、知能の発達に伴って人間になる事に固執《こしつ》し始め、それが懸案事項となっていた。なぜか、ヒトを食せばヒト形を維持できると妄信《もうしん》し、街の住民達を捕獲、難破船内にて殺害、捕食に及んだ。私達が状況を把握した時点ではすでに手遅れで、ニーア達によって破壊されてしまった。

実験体であり、イレモノとなるカラダが存在しない当該個体には「人間」となる可能性など皆無であった事を思うと、皮肉と言うより他ない。

上記の件により「魔王」の制御は一層困難となった。今回の実験体に匹敵する個体を用意するか、最終段階まで一挙に計画を進めるかの二者択一であるが、現状では後者を選択する可能性が高いと思われる。

ただ、その選択は「魔王」の城への出入りが可能になってからの話である。まずは、残る一枚の石片、「忠誠のケルベロス」の回収に努める所存である。

（記録者・ポポル）

NieR Replicant
ver.1.22474487139...
《ゲシュタルト計画回想録》
File02

青年ノ章7

1

白衣は嫌いだ、とニーアは思った。白衣を着た者達は、そうでない者達に対して横柄《おうへい》で、どこか見下した態度をとる。理由は知らない。自分は医師でもないし、まして看護師でもないのだから。

もっと態度が悪いのが研究者達だ。医療関係者達は、ひとまず相手を人間として見ているが、研究者達は実験動物として見ている。だから、彼らの言葉を信じるのは賭《か》けだった。それも、分の悪い賭けだ。

けれども、他に選択肢がなかったのだ。賭けをしない選択も、途中で勝負を降りる選択も、なかった。でないと、ヨナが……死ぬ。

透明な医療用カプセルの中で眠り続けているヨナを、じっと見つめる。強化ガラスに額を押しつけて。

このガラスの向こうは無菌室だった。当然、ニーアには入室が許されない。冷凍睡眠の技術が実用化して久しい今、機械やシステムの故障以上に、細菌感染のほうがハイリスクなのだと聞かされた。

大丈夫よ、心配しないで、と通りすがりの看護師が微笑《ほほえ》みかけてくる。先生方は一生懸命に研究を進めているから、ヨナちゃんはきっと助かるわ、と。

どこか芝居じみた言い方が気に食わない。でも、信じるしかなかった。政府の計画に協力すれば、ヨナを助けてもらえる。新たな技術が確立するまで、長い長い年月を要するとしても、再びヨナと暮らせるのなら……耐えてみせる。

ヨナも頑張ってくれ、と心の中で呼びかけた。陽《ひ》の当たらない無菌室で、幾つもの機械につながれて、冷たい眠りについているヨナに励ましの言葉を贈りたかった。

『そろそろ、お戻りになりますか？』

傍《かたわ》らから声がした。もうすっかり耳に馴染《なじ》んだ声、今では唯一、信頼できる者の声が。ヘンだ。なぜ、シロじゃないんだろう？　自分にとっての「相棒」、白の書はこんな声ではない。こいつは誰なんだ？　この本は……。

「いつまで眠りこけておるつもりだ」

正真正銘、白の書の声がした。一瞬の暗転の後、見慣れた天井が視界に広がった。

「夢……だったのか」

上体を起こす。頭が重い。なぜだろう、最近よく夢を見る。それも、決まって目覚めた瞬間に消え去ってしまう夢を。

「夢？　今日は別段、うなされてはおらなんだが？」

どんな夢を見たのか、やはり思い出せなかった。場所はもちろん、誰が出てきたのか、自分が何を言ったのかさえも。

「まあいい。夢は夢だ」

忘れてしまっても困らないようなものに、意味も価値もない。

「それより、早々に支度しないとな」

村の船着き場から砂漠へ向かう交易船は、早朝に出る。仮面の街へ向かうのも、久しぶりだった。

死んでしまった赤いカバンの船頭の代わりに、新しい船頭を手配したとポポルから聞いていたが、船着き場にいたのは思いがけない相手だった。

「やあ。船頭の仕事を引き継ぐ事になったんだ」

カバンの男の兄だった。

「あの、このたびは……何と言ったらいいのか」

「ありがとう。気を遣ってくれて。ほんとにアイツもバカだよなぁ。……家族を置いて逝《い》くなんてさ」

カバンの男の兄は、わずかに言葉を詰まらせたが、すぐに気を取り直したように言った。

「さあ、乗った乗った」

そう言って笑う様子は、驚くほどカバンの男に似ていた。

「村の外に出たら、ちょっと船を停《と》めてもらえないか？　仲間と合流したいんだ」

カバンの男に言ったのと同じ言葉を口にしながら、果たしてカイネとエミールを受け入れてくれるだろうかと気になった。海岸の街に長く暮らした弟と違い、兄のほうはこの村の衛兵だった。

だが、それは取り越し苦労に過ぎなかった。カイネとエミールの姿を見るなり、カバンの男の兄は「配達員から聞いたよ」と言った。

「あんた達が弟の仇《かたき》を討ってくれたんだってな。ありがとう」

考えてみれば、手紙は船で運ばれる。交易船の船頭は、配達員とそれなりに交流があるのだから、難破船の一件を聞かされていても不思議はなかった。

もしかしたら、ポポルはそれを見越して、カバンの男の兄に船頭の仕事を依頼したのかもしれない。事の顛末《てんまつ》を知れば、カイネやエミールに対する偏見が薄らぐに違いないと考えた……。

「カバンの船頭さんのお兄さんなんですか？　ぼく、船頭さんとお喋《しゃべ》りするのが大好きだったんです。船に乗るたび、楽しみで」

「弟とどんな話をしてたんだい？」

「切手を集めるのが好きだとか。それで、配達員さんに頼んで、各地の切手を仕入れてもらってるって……」

「そうだったそうだった。弟は昔から切手を集めてたよ。そうか、そんな話をしたのか」

カバンの男の兄は、懐かしそうに目を細めた。砂漠の外れにある川まで船を進める間、二人はずっとそんな話をしていた。

「良かったら、また弟の話を聞かせてくれ」

そう言いながら、カバンの男の兄は手を振って見送ってくれた。その仕種もまた、弟にそっくりだった。

2

「あの小僧……いや、王が結婚とは、世の中わからぬものだ」

砂漠を越え、街の門が近づいてくると、冗談とも本気ともつかない口調で白の書が言った。

「世の中よりも、人の縁のほうがわからないと思うな」

貧しい村に暮らす貧しい自分が、まさか「王」という身分の友人を持つようになるとは。

初めて出会った砂の神殿での光景や、その後も、館を抜け出した王と街を歩き回った事などが次々に浮かんだ。それから、フィーアの事も。

思えば、不思議な縁だった。昔、カイネが狼《おおかみ》に襲われていたフィーアを助けたから、カイネは街への出入りを許された。そのカイネが同伴していたから、ニーアは街に入る事ができた。その際、フィーアが言葉がわからないニーアを助けてくれたから、ニーアは砂漠の神殿へ王子を助けに行く事ができた。どれかひとつが欠けても、王との縁はつながらなかったのだ。

その王とも、会うのは何年ぶりだろう？　王は筆まめなたちで、手紙のやり取りは頻繁《ひんぱん》だったから、そんなに離れていたという実感はないが、実際に会ってみたらその変わりように驚いたりするかもしれない。……などと考えていたのだが。

（よう！　久しぶり！）

館に入るなり、仮面の王が駆け寄ってきた。結婚する年齢になっても、振る舞いは少しも変わらない。その表情もまた昔のままだった。笑うと零《こぼ》れる白い歯も、くるくるとよく動く目も。

王は他の人々と違って、仮面を斜めにずらしてかぶっている。それで顔の動きがよく見えるのだ。これもまた昔から変わらなかった。

「結婚おめでとう」

こんな挨拶《あいさつ》を口にする日が来ようとは、と何やら不思議な心持ちになる。

（ありがとう。そっちはエミールかい？）

エミールの事は何度か手紙に書いていたのだ。

「はっ、はじめまして！　このたびは、ご結婚おめでとうございます」

まだ仮面の街の言葉を覚えていないエミールだったが、ニーアと仮面の王との様子から、挨拶すべき時だと察したのだろう。

こほん、と白の書が咳払《せきばら》いをした。

「結婚とは、相手が必要なものだと聞いたが？　花嫁はどこだ？」

人類の叡智《えいち》を自称する白の書としては、可能な限り重々しく話そうとしているのだろうが、残念ながら好奇心が思い切り透けて見えていた。

もっとも、花嫁が誰なのかを知りたいのは、ニーアも同じだった。何しろ、結婚式の招待状には、「仮面の王、婚礼につき、掟《おきて》の儀式を行う事を通知する」という文面の後に、追伸として「堅苦しくて申し訳ない。結婚する事になったんだ。よければ来てくれ。じゃ！」としか書かれていなかった。うっかりしたのか、わざとなのかは定かではないが、花嫁の名前という肝心要《かんじんかなめ》の情報が抜けていたのだ。

（これは、失礼した）

笑い含みの声だった。どうやら、わざと花嫁の名前を書かなかったらしい。

（紹介しよう）

奥の部屋から出てきた女性に、見覚えがあるような気がした。もちろん、仮面をかぶっているから顔は見えない。何となく、そんな気がしただけだったが、その直感は正しかった。

（お久しぶりです）

言葉ではなく、身振りでの挨拶。見知った仕種だった。

「もしかして、フィーア？」

はい、という身振りの答えが返ってくる。

「驚いた。見違えたよ」

出会った当時は、まだ子供だった。ヨナよりほんの少しだけ背丈《せたけ》があるかな、といった程度の。それが今では、すっかり大人びていた。

ヨナも今は、フィーアのように背が伸びているのだろうか。子供らしく、ぷくぷくと肉のついた二の腕はほっそりして、足もすらりと伸びて……。胸の奥の痛みを追い払いたくて、ニーアは殊更《ことさら》に明るい声を出す。

「そういう事なら、カイネも呼ばないとな！」

また外にいるのか？と、王が半ば呆《あき》れたような顔になった。

（入ってきても構わないのに。カイネは変わらないなあ）

この街では、マモノ憑《つ》きだからとか、両性具有だからとか、そんな理由でカイネを差別する者はいない。なのに、カイネは王の館はもちろん、街の中へも足を踏み入れようとはしなかった。

「ぼく、呼んできます！」

エミールが窓からふわりと出て行った。その後を追いかけてという訳ではないが、ニーアと仮面の王は並んで窓辺に立ち、街を見下ろした。

「変わらないな、この景色は」

街全体が砂の色に覆《おお》われて霞《かす》んでいる。そのせいだろうか、強烈である筈《はず》の陽射《ひざ》しが、街の中では少しだけ柔らかい。砂の運河を四角い砂船が進み、細い道を物売りが歩いている。初めて来た時には、複雑に入り組んだ道に戸惑ったが、慣れてみると、これはこれで面白い。

「人も、街も……」

(いや、そうでもない)

王は街に目をやったまま、ぼそりと言った。いつになく、横顔が硬い。

(食料は足りてない。民は飢えたまま。狼共の襲撃も続いている)

砂漠を住処《すみか》とする狼に、仮面の街の人々は以前から悩まされてきた。ニーアも砂漠を越える際に、何度か襲われた事がある。俊敏に動き、かつ群れで行動する狼は、確かに厄介な敵だった。

(王としての仕事は山積みだ。本当は、呑気《のんき》に祝い事なんかしてる場合じゃないんだが)

「祝い事もまた、仕事のうちだよ」

自分よりも年下で、なのに、自分よりも重いものを背負っている王を励ましたかった。その気持ちを察してくれたのか、白の書が「同意」と口を挟んだ。

「民に束の間の祭り気分を味わわせてやるのも、王の思いやりというものだ」

街の人々の暮らしが苦しいのは、決して王のせいではない。この五年間、あちこちを旅して回って実感した。この世界全体が荒廃しつつあるのだ。

「それに、フィーアを幸せにできるじゃないか。大切な誰かを守り、幸せにするって事は……男には必要なんだ」

ヨナの笑顔が脳裏をよぎる。おにいちゃん、と呼ぶ声が耳に蘇《よみがえ》る。ヨナの為なら、何だってできた。どんなに辛《つら》くても、苦しくても、ヨナが喜ぶと思えば耐えられた。自分にとって必要不可欠な存在、それがヨナだった。

（そんな事は掟に書かれていなかったな）

王が振り返り、微笑んだ。

（大切な誰か……か）

王にとってのフィーア。自分にとってのヨナ。幸せにしてやりたい、大切な相手だ。取り戻したい、とニーアは思った。今ほど強く思った事はなかった。

3

いつものように、門を入った辺りでニーア達の帰りを待っていた。仮面の王の婚礼を控えて、街の雰囲気はさぞ華やかだろうと思っていた。

街の中まで入れば、祝賀一色だったのかもしれないが、カイネのいる門の周辺は華やかというより、物々しい雰囲気だった。武装した兵士達が引っ切りなしに行き交い、門の外へ出て行く者達が交わす言葉は、どこか緊張した響きが感じられた。

いったい何事かと思ったが、カイネは仮面の人々の言葉がわからない。不審に思って、しばらく行き交う兵士達を観察していた。

その謎《なぞ》が解けたのは、狼の毛皮を担いだ一団が戻ってきた時だった。仮面の兵士達は、大規模な狼狩りをしていたのだ。おそらく、めでたい婚礼の日に狼達が襲撃してこないように、という配慮なのだろう。野生の獣は、少しでも危険と思える場所には近づきたがらないものである。ただ、人間の側も狼狩りという危険を冒《おか》さねばならないのだが。

それほどまでに彼らにとって王の婚礼は喜ばしいものらしい。……などと考えていると、エミールの声がした。

「カイネさん！　早く王様の館へ来てください！」

いきなり言われて、面食らった。

「花嫁さん、カイネさんがよく知ってる人なんですよ！」

「いや、私は……」

「え？」

仮面の街で「知っている人」といえば、一人しかいない。フィーアだ。もっとも、かつてフィーアを助けた際、仮面の副官が菓子だの果物だのを持たせてくれたから、彼も「知っている人」ではあるが、年齢的に仮面の副官が花嫁という事はないだろう。

「もしかして、フィーアが？」

「そうなんです！　早くお祝いを言いに行かないと！　ねっ？」

「だが、街の中に入るのは……」

「フィーアさんがガッカリしちゃいますよ？　カイネさんを呼んできますって言ったら、すごく嬉《うれ》しそうにしてたんですよ？」

カイネにしても、結婚するのがフィーアなら、一言くらいお祝いを言いたい気がした。

「早く早く！」

「……わかった」

エミールに急《せ》かされて、カイネは街の中へと足を踏み入れた。


五年ぶりに会うフィーアは、すっかり娘らしくなっていた。驚くカイネに、ニーアが「ほら、カイネもびっくりしてる」と笑った。という事は、ニーアもフィーアの成長ぶりに驚いたのだ。

結婚おめでとう、というお決まりの祝いの言葉を口に出した後は、何も言う事がなくなった。フィーアとの再会は嬉しかったが、話が続かなかったのだ。長らく会っていなかった知り合いと再会した際に、何を話せばいいのか、カイネにはわからなかった。

それで、さっさと引き返そうとしたら、仮面の王に引き留められた。いや、引き留められているのかどうか、その時点ではわからなかったのだが、カイネが戸惑っていると、ニーアが通訳してくれたのである。

「今夜は館に泊まっていくようにって。それから、明日の結婚式には、是非とも出席して欲しいそうだよ」

「いや、私はそういう場には……」

「王様がそう言ってるんだから、ここは顔を立ててやるべきなんじゃないかな。それに、フィーアが喜ぶよ」

エミールも、ニーアも、何をどう言えばカイネを説得できるのか、心得ているらしかった……。


王の館での居心地は、今ひとつよろしくなかった。もてなす側である仮面の人々の問題ではない。カイネのほうが、もてなされる事に慣れていないのだ。

どうにも身の置き所がなくて、カイネはあっちをうろうろ、こっちをうろうろしていた。その姿は、仮面の人々の目には「もたれかかるのに具合がいい柱を探している」としか見えなかったに違いない。

だから、ニーアと白の書の声が聞こえてきた時には、正直なところ、ほっとした。

「やれやれ。風呂に入る時まで掟があるとは」

「シロは浮かんでただけじゃないか」

魔力で保護されている為か、白の書が土砂降り雨の中でも平然としている事をカイネは知っているから、別段、二人の会話に驚きはしなかった。紙でできている書物が風呂に入るのを見て、仮面の人々はさぞ仰天《ぎょうてん》したに違いないが。

「カイネじゃないか。どうした？」

「いや、その……結婚式などという晴れがましい場に、私が出てもいいのか？」

こんな場所で、こんな話をするつもりではなかった。ただ、ニーアの顔を見ていたら、勝手に言葉が零《こぼ》れていた。

「いいんだよ。王が直々《じきじき》に招待してくれたんだから」

「王が良くても、周りの人間が……」

カイネ、とニーアの声がいつになく柔らかくなった。

「この街は、俺やカイネの村とは違う。掟が全てなんだ。変な話だけど、掟に書かれていない事は、誰も気にしない」

どうにも居心地がよろしくないと感じていた、本当の理由がわかった。仮面の人々が、ニーアやエミール、カイネに対して、全く同じように接してくる事に戸惑っていたのだ。ここでカイネは「王の客人」であって、ただそれだけだ。かつて、カイネが「フィーアの恩人」であって、誰も「マモノ憑き」である事に意識を向けていなかったように。

「そうか。なら……」

喜んで出席しようと思った。確かに、掟はそんなに悪いものじゃない……。

「我個人の価値観からすれば、斯様《かよう》な下着姿で婚礼の場に臨むは、甚《はなは》だ奇妙に映るがな」

「うるさい。クソ拭き紙！」

白の書はいつも一言多い。

4

翌日の結婚式は、好天だった。風は穏やかで涼しく、色とりどりの紙吹雪《ふぶき》が舞う。砂色の空の下、仮面の人々の歌とも号令ともつかない不思議な声が響き渡る。

「いいですね〜、結婚式」

エミールがふわりと浮き上がる。式の様子をよく見たいというだけでなく、気分が高揚すると魔力も高まってしまうらしい。式が始まる前から、エミールは上へ下へと高さを変えては、白の書に「少し落ち着かんか!」と叱責《しっせき》されていたのだ。

「花が舞い、人々が祝福をくれる晴れの舞台。憧《あこが》れちゃうなあ。ねっ、カイネさん」

しかし、カイネの返答は素っ気ないものだった。

「知らん」

短く言い捨てると、カイネはぷいと横を向いた。その様子は不機嫌だからというよりも、どう振る舞っていいのかわからず、困惑しているように見えた。

おそらくカイネは結婚式という場に列席するのは初めてなのだろう。昨日も、晴れがましい場に自分が出てもいいのかなどと思い悩んでいた。

そんなふうに悩まなければならない事自体が間違っているのだ、とニーアは思う。現に、この仮面の街では、誰憚《だれはばか》る事なく親しい相手の幸せを祝福できる。それが当たり前であるのが、ニーアの村でも、今はなくなってしまった崖の村でもなく、この風変わりな街であるのは皮肉な話だ。

(……以上の要件に沿い、掟904に則《のっと》って誓いの口づけをお願いいたします)

仮面の副官が重々しく告げている。ニーアの村の結婚式は、司祭のデボルとポポルが二人で取り仕切っているから、かなり様子が違って見える。誓いの口づけがあるのは同じだったが。

儀式は滞りなく進み、やがて広場に集う人々が踊り始めた。結婚を祝福する踊りらしい。振り付けや衣装なども細かく掟によって定められているという。裾《すそ》広がりの衣服がひらひらと舞う様子は、大輪の花が幾つも咲いたようだ。

踊りの輪の中を、仮面の王と、王妃となったフィーアが歩く。二人が手を振るたびに、歓声が上がり、花と紙吹雪とが舞う。

ニーア達に気づいたフィーアが、「来てくれてありがとう」という身振りをした。婚姻によって正式にこの街に戸籍を得たフィーアは、もう声を出しても許されるのだが、これだけの歓声の中では身振りのほうがわかりやすい。

その身振りに、ニーアが手を上げて応えた時だった。広場の一画で悲鳴が上がった。ただならぬ声に、踊りがぴたりと止《や》んだ。広場の入り口周辺にいた人々が一斉に道を空けた。そこを、ふらふらと歩いてくる人影がある。

仮面の兵士だった。槍《やり》を杖《つえ》代わりにして、必死に歩を進めている。重傷を負っているのは明らかだった。誰もが息を詰めているせいで、血が滴《したた》り落ちる音がはっきりと聞こえた。

（逃げ……て……）

おおかみ、と聞こえた気がしたが、そこまでだった。仮面の兵士はその場に倒れて動かなくなった。ざわめきが広がる。しかし、何が起きたのか、なぜ、兵士は死んだのか、誰一人として把握できずにいた。

突然、黒い影が広場を駆け抜けた。

「フィーア！」

カイネが叫ぶ。黒い影がフィーアと仮面の王を薙《な》ぎ倒《たお》すのを見た。別の場所で悲鳴が上がる。今度はニーアにも、はっきりと見えた。狼だった。狼の群れが街に乱入してきたのだ。

「マモノだ！　マモノの狼がいる！」

カイネが指さす先にいたのは、異様に大きな体躯《たいく》の狼だった。真っ黒な体表に蠢《うごめ》く文様《もんよう》は、マモノ特有のもの。

漆黒《しっこく》の狼が吼《ほ》えた。獣の声とマモノの音が入り交じった、奇妙な咆哮《ほうこう》だった。影のような身体が高く跳んだ。着地と同時にまた一声吼えると、マモノの狼は駆け去っていく。他の狼もそれに倣《なら》う。

「あいつが……群れを率いているのか？」

襲ってきた時と同じ唐突さで、狼の群れは引き揚げていった。去り際に、マモノの狼がちらりと振り返ったように見えた。目的は果たした、と言わんばかりの不敵な態度だった。

そうだ、王はどうなった？　フィーアは？　ニーアは急いで二人の姿を目で探す。二人してマモノの狼に薙ぎ倒されたところしか見ていない。その後は？

座り込んでいる仮面の王の背中が目に入る。駆け寄ろうとして、足が止まる。

（フィーア！）

王の悲痛な声が聞こえた。それだけで、何が起きたのか、わかってしまった。

（しっかりしろ！　何か言ってくれ！）

ぐったりとしたフィーアを仮面の王が抱きかかえている。フィーアの傷の具合を改めていた副官が、そっと二人から離れた。手の施しようがないのが、肩を落とした姿から察せられた。

（王……お静か……に……。民が……不安に……思います……）

初めて聞くフィーアの声だ。苦しげだが、柔らかく、優しい。フィーアの人柄そのものの声だった。

（ありがとう……）

フィーアが血塗《ちまみ》れの手を王に差し伸べている。

（……私なん……かをお嫁さん……に、してくれて、ありがとう……ございまし……た……）

掟によって言葉を発する事を禁じられた「外界から来た者」であったフィーアが、王との結婚によって「仮面の人」となり、ようやく声を出せるようになった。その第一声が、まさか今際《いまわ》の際《きわ》の言葉になるとは。

（フィーア！　ダメだ！　逝くんじゃない！　ダメだ！　フィーア！　目を開けろ！）

動かなくなったフィーアの身体を王が何度も揺さぶる。聞き分けのない子供のように。知り合ったばかりの頃の、まだ王子だった頃の姿がその背中に重なって見えた。

同時に、幼いフィーアの姿が浮かんだ。王子が単身で砂の神殿へ向かった際、自分が助けに行くと言って聞かなかった姿が。あの頃から、フィーアは王子を慕《した》い続けていた。我が事のように王子の身を案じ、誰よりも王子を大切に思っていた事を、王となった後も変わらずにそうあり続けた事を、ニーアは知っている。

(これからじゃないか……。外界から来たそなたが、長く苦労してきたそなたが……幸せになるのは、これからじゃないか……!)

王がフィーアの骸《むくろ》を抱きしめる。

(我と一緒に旅をするって……一緒に歌を歌おうって……これからはずっと一緒にいようって……約束したじゃないか!)

天を仰いで叫んだ後、王が立ち上がった。

(全員武装ッ! 狼を追撃するッ!)

白の書が「よせ」と王を止めに行った。ヨナを連れ去られた直後、衝動的にマモノを狩ろうとするニーアを、白の書はよくこうして諌《いさ》めた。それがうまくいく事もあれば、いかない事もあった。

「気持ちはわかるが、今追っても返り討ちに遭うだけだ」

しかし、王は答えない。今回は、うまくいかなかった。

(王よ、なりませぬ)

今度は、仮面の副官が王を諌めにかかる。だが、王は聞き入れない。

(ならば、僕だけでも行く!)

(なりませぬ!)

(殺す! 狼を殺すんだ! 皆殺しにしてやる!)

今にも走り出そうとする王の前に、副官が回り込んだ。

（なりませぬッ！）

副官の平手が王の頬《ほほ》へと飛んだ。

（王妃は最期まで民を心配しておられましたぞ！）

王がはっとした顔になる。フィーアが切れ切れに「民が不安に思います」と言っていたのを思い出したのだろう。

（あなたは仮面の人を統《す》べる王なのです。民はどうするのですか？　狼の脅威が去らぬ今、街の守りを固めずして、どうして王たりえましょうか？）

副官がここぞとばかりに畳みかけた。

（王として、夫として、王妃に恥じぬ行動をお取りください……ッ）

副官が声を詰まらせる。フィーアの死を悲しみ、狼を追撃したい衝動を抑えているのは、王だけではなかったのだ。それがわからないほど、王は幼くはない。無言のまま、王は小さくうなずいた。


フィーアの骸は棺《ひつぎ》に入れられ、掟に則って葬儀が執り行われた。これを仕切るのも副官の仕事だった。めでたい結婚式の直後の葬儀、副官の胸中は如何《いか》ばかりであったか。淡々とした口調と表情で葬儀を進行させているのを見て、尚更《なおさら》そう思った。

「王があのまま引き下がるとは思えんな」

「ああ、そうだな」

葬儀の間、王は涙ひとつ零《こぼ》さずに、ただ宙を睨《にら》み続けていた。

「今にも一人で狼を倒しに行きそうだ」

「放っておくのか？」

「そんな訳ないだろう。俺だって狼が憎い」

初めて仮面の街を訪れた際、フィーアは掟に従って街を案内してくれた。小走りに前を行く姿が、今でも鮮明に思い出せる。ぺた、ぺた、という何とも愛らしい足音も。王の言うとおり、これからだったのだ。フィーアが幸せになるのは。その未来を奪った狼を憎まずにいられなかった。

「戦うのであれば、相応の準備が必要であろう」

「わかってるさ」

武器はいつでも使えるようにしてある。どこでマモノとの戦いになるか、わからないからだ。薬草も、仮面の街までそれなりの遠出だったから、十分に用意してきた。今すぐにでも出発できる。

「王のところへ行こう」

「館の出入りが禁じられておらねば良いがな」

葬儀の直後でもあるし、そうした掟があるかもしれない。何より、王が勝手に飛び出さないように副官が入り口を封鎖している事も考えられる。

しかし、実際に行ってみると、見張りの兵士はいたものの、出入りを止められたりはしなかった。ニーア達はいつもと同じように、館の中へ入り、王の部屋へと向かった。

「王……」

部屋に向かう途中、館の露台に王がいた。案の定、武装している。

「フィーアの仇を討ちに行くんだな」

違う、王は首を横に振った。

(フィーアだけじゃない。狼共には、もう何人もの民が殺されてるんだ。これ以上、民を犠牲にはできぬ。我は戦う。王として、民を守る!)

掟などクソ食らえだ、と王は吐き捨てた。副官が聞いたら目を剝《む》くに違いない。

「狼の群れがどれほどの数か知っておるか? 村を襲ってきた狼共など、ほんの一部だぞ?」

(負ける気は無い!)

即答だった。

「わかった。俺達も協力する」

ところが、王は狼狽《ろうばい》した表情を浮かべて、首を横に振った。

(そこまで世話になる訳にはいかない)

世話になる? 何を水臭い事を言っているのか。そんな間柄ではなかった筈《はず》だ。五年前にもたった一人で神殿へ向かった王を助けに行った。今また、たった一人で狼の巣へ行こうとしている王を助けに行くのは、当然だった。王と自分はそういう巡り合わせなのだと、ニーアは思う。

だが、それをわざわざ王に言う必要はなかった。

「おまえの為じゃない。フィーアの為だ」

王を説得するにはこれ以上ないほどぴったりの言葉を、カイネが口にした。

(ありがとう……)

ならば急ぐぞ、と白の書が言った。

だが、そうはいかなかった。館を出ると、仮面の副官が待ち構えていたのである。

（王、どちらへ？）

何もかもお見通しだったのか、背後に数人の兵士を従えている。力ずくでも止めるつもりなのだろう。

（狼を討つ。街の事は任せた）

（それでは、幾つかの掟に反する事になります）

平素と少しも変わらない物言いだった。それがかえって王の気持ちを逆撫《さかな》でしたのだろう。苛立《いらだ》ちを隠そうともせずに王が怒鳴る。

（その掟とやらがフィーアを救ったのか⁉）

（……いいえ）

（フィーアが何をした？　あの、幸せが何なのかもまだ知らぬような女が、死ぬべき理由でもあるのか？）

（いいえ）

（弱い事は、フィーアの罪だったのか⁉）

（いいえ）

（ならば、そこをどけ！）

（いいえ！　どきません！）

王がこれ見よがしに武器に手をかける。そちらが力ずくでも止めるなら、こちらも力ずくでも通る、という意思表示だ。ニーアもそれに倣《なら》って身構える。しかし、副官は全く動じなかった。

（あなたは愚かな王です。幼い。実に幼い）

（貴様……！）

武器を握る王の手に力が籠《こ》もる。だが、それさえも無視して、副官は続けた。

（そして王妃……いえ、フィーアは心根の優しい、良い子でした。街のみんなも好いておりました）

その口調は、先ほどと打って変わって優しい。副官もまた、フィーアを「好いていた」一人なのだろう。

おまえ達、と副官が兵士達のほうへと向き直った。

（我等《われら》が長は誰だ!?）

兵士達が高らかに唱和した。

（仮面の王でありますッ！）

さらに副官は問いを重ねる。

（王の最愛の人は誰だ！）

（フィーア王妃でありますッ！）

王が目を見開いて、副官の背中を見つめた。

（フィーア王妃を血で汚したのは何者だ！）

（狼でありますッ！）

武器を手にしていた王が構えを解いた。

(ならば、狼共を八つ裂きにするのは誰だ!)

(王の下僕《しもべ》たる我等「仮面の人」でありますッ!)

副官が再び王のほうを向き、頭《こうべ》を垂れた。

(この老体も、微力ながら参戦させていただきたく思います。全ての民の家を訪問し、同意を得るのに時間がかかっておりました。お許しを)

(全ての⁉)

なにぶん掟に書かれております故、と副官は平然と答えた。

(掟、か)

ふと目許《めもと》を和ませて仮面の王がつぶやく。

(掟は……)

その先を口にしたのは、副官だった。

(縛る為にあるんじゃない。自由を知る為に存在する)

仮面の王の父、先代の王の言葉だ。それを王は、いや、当時の王子は街に来たばかりのフィーアに教えた。そして、フィーアもまた初めて街を訪れたニーアに教えてくれた。

(王よ、あなたは立派に先代の遺志をお継ぎですぞ)

その口調は臣下というよりも、かつての教育係としてのものだった。

(先ほど私は愚かと申し上げましたが、愚かな王には愚かな民がつくものです。お忘れなきよう)

王が副官を見、兵士達を見渡した。仮面に隠されていたが、王には彼らの表情のひとつひとつが見えていたに違いない。

（そうだな。本当に……皆、どうしようもない）

王の口許に、苦笑とも微笑ともつかないものが浮かんだ。

5

狼の巣に近づくにつれて、その声がはっきりと聞こえた。フィーアを殺した群れのリーダー、マモノ狼の声だ。

あの日、広場に乱入してきたマモノ狼は『森を食い尽くし、水を涸《か》らした上に我等の命まで奪うか』と吼《ほ》えていた。『死を以《もっ》て償え』とも。

それで、婚礼前日の狼狩りを恨んでの襲撃だったのだと知った。野生の動物は仲間が殺された場所には近づかないものだが、砂漠の狼にとっては本能的な恐怖よりも、仲間を殺された恨みのほうが勝っていたのだろう。

だが、こちらに言わせれば、日頃から襲撃を繰り返していたのは狼も同じだ。実際、カイネは狼がフィーアを襲っているところに居合わせた訳だし、その後も、ニーアと砂漠を歩くたびに狼に襲われている。

どちらが悪いか、どちらが先に始めたか、ではない。互いの命を奪い合う、そんな力の衝突は、始まってしまったら止めようがないのだろう。近しい者を殺されれば、そこには消し難い憎しみの火種が生まれる。復讐《ふくしゅう》に生きる意味を見出《みいだ》した自分だからこそ、それがわかる……。

『奴等《やつら》に死を！』

マモノの声に、狼達の咆哮《ほうこう》が唱和した。大勢の人間の気配を感じ取ったのだ。

狼の巣の前で、仮面の王が何やらニーアに詫《わ》びている。無理を言って済まない、とでも言っているのだろう。驚いた事に、王はカイネをも振り返って、頭を下げた。答える代わりに、カイネは「行くぞ」と剣を握りしめた。

「今度こそ、悲劇を止めるのだ！」

白の書が叫び、仮面の王が何かを叫ぶ。仮面の兵士達が大挙して巣へとなだれ込む。

街の兵士達を総動員しての襲撃だった。それに対して、狼のほうは婚礼前日に頭数を減らされている。早々に決着がつくと思われたが、予想以上に苦戦した。

狼達の動きは俊敏で、しかも統率が取れていた。兵士達を蹴散《けち》らしながら、狼達は王と副官とを狙っていた。白の書も、それに気づいたらしい。

「ヤツの狙いは仮面の王だ！　王が危険だぞ！」

「王は俺が守る！」

ニーアが王を背にかばいながら、狼に向けて魔法を放ち始める。王の守りはニーアに任せておけばいい。それよりも、とカイネはマモノの気配を探った。

砂漠の狼共が手強《てごわ》いのは、あのマモノ狼が率いているからだ。単なる野生動物とは異なり、マモノ狼からはそれなりの知性が感じられた。仲間の死骸を見て、逃げるのではなく報復を選んだ辺りも、本能を制御するだけの知性を備えていた証《あかし》だ。

ならば、あのマモノ狼さえ倒せば、統率は崩れる。

『我等は、おまえ達ヒトを許さない！　もはや共存などあり得ぬ！　絶対に！　絶対に！　絶対に！』

いた、とカイネはつぶやき、その方角へと駆けた。崖の上に黒い影が揺らめいている。マモノ狼は、あの場所から狼共に指示を出しているらしい。

崖下まで近づき、魔法を撃った。崖の上は狭い。身のこなしが速くとも、避《よ》けるだけの場所がない。狙いどおり、カイネの魔法はマモノ狼に直撃したように見えた。

「くっ！」

マモノ狼に向けた筈の魔法が撃ち返されてくる。横に跳んで、辛うじて躱《かわ》す。

「奴は魔法を反射する能力を持っておる！」

それで足場の悪い崖の上で平然としていたのか……。

「カイネ！　雑魚《ざこ》を頼む！　まずは数を減らそう！」

「わかった！」

頭数が減れば、マモノ狼自ら戦うしかなくなる。カイネは、仮面の王と副官めがけて駆けていく狼共に斬《き》りかかった。攻撃の対象が決まっているのだから、動きを先読みするのは容易《たやす》い。

加えて、他の狼共は、魔法を反射する能力など持たない。剣と魔法の両方を使い、カイネは狼の数を減らしていった。

『許すまじ！　おのれヒトめ！　許すまじ！』

ついに、崖の上からマモノ狼が駆け下りてきた。その速さは、黒い巨岩が転がり落ちてきているかのようだった。

「来たぞ！」

疾走するマモノ狼を、ニーアと交互に斬りつけた。何度目かの攻撃の後、まずニーアの剣が黒い身体を捕らえた。血飛沫《ちしぶき》を上げながら、それでも動きを止めようとしないマモノ狼へ、今度はカイネが双剣をお見舞いする。手応えはあったが、それでもマモノ狼は止まらない。

何度か斬りつけているうちに、マモノ狼の体表が変化したように見えた。もしやと思って魔法を放つと、跳ね返されずに黒い身体に突き刺さった。繰り返される攻撃は、着実にマモノ狼の力を削《けず》っていた。魔法を反射する能力を展開していられなくなったのだ。

「効いてるぞ！」

ニーアが魔力の腕を出して、マモノ狼を締め上げ、岩壁に叩《たた》きつけた。はっきりとマモノ狼の動きが止まった。すかさず仮面の王が槍を手に跳んだ。

王が叫んだ言葉の意味はわからない。ただ、マモノ狼の『それは、我の言葉だ』という声が聞こえたから、フィーアの仇、妻の仇、とでも叫んでいたのだろう。

起き上がろうとするマモノ狼に、王の槍が突き刺さった。穂先がその眼窩《がんか》を貫く。串刺しになった身体が横倒しになる。

『我等が……いったい、何をしたと言うのだ……』

マモノ狼は四肢《しし》を震わせ、動かなくなった。黒い身体が輪郭を失い、塵《ちり》になっていく。それが飛散して消える間際に、『おじいちゃん』という声が聞こえた。

おじいちゃん？　どういう意味だろう？

誰を指しているのかはわからないが、その響きはそれまでの敵意に満ちたものではなかった。まるで、懐かしい誰かに向けられたような、そんな声だった。

マモノ狼が塵と化し、突き刺すものを失った槍が倒れる。と、何か硬いもの同士がぶつかる音がした。

「これは……!?」

王が拾い上げたそれを覗《のぞ》き込んだニーアが驚いている。白の書が唸《うな》る。

「よもや、此奴《こやつ》が所持しておったとは」

それは、石片の最後のひとつだった。

「忠誠のケルベロス……」

おじいちゃん、という言葉が思い出された。ケルベロスが狼を意味していたとしたら、その忠誠とは「おじいちゃん」へと向けられたものなのだろうか。かつて、このマモノ狼は人間と暮らしていた？

「……まさか、な」

カイネは小さく頭を振り、引き揚げていくニーア達に続いた。

[報告書 15]

頻発《ひんぱつ》するイレギュラーが常態化《じょうたいか》し、想定外という言葉が意味を成さなくなりつつある。魔王の暴走を制御する手段を新たに用意する事はできなかった。つまり、事態の好転は全く望めない。

魔素《まそ》を摂取していながら、崩壊体となる個体も増加している。これは、魔王の精神状態と思考の変化により、魔素そのものが変容しつつある為と推測される。

現時点で、崩壊体化により制御不能となったゲシュタルトは相当数に上る。今後も、その数は増加の一途《いっと》を辿《たど》るであろう。もはや採取段階への移行は待ったなしと思われる。

環境的な条件に関しては、すでに問題ない。178年前、白塩化症候群《はくえんかしょうこうぐん》の流行は終息し、レギオンの殲滅《せんめつ》にも成功している。にも拘《かか》わらず、計画が暗礁《あんしょう》に乗り上げてい

NieR Replicant
ver.1.22474487139...
《ゲシュタルト計画回想録》
File02

双子ノ章

魂が何処《どこ》からやってくるのか、誰も知らない。けれども、ヒトが何処からやってくるのかは、わかる。簡単な事だ。

ポポルは寝台に横たわっている女をじっと見つめた。規則的な呼吸の音が響く。微《かす》かな音である筈なのに、これほどうるさく思えるのは、室内が静かすぎるせいだ。

深夜ともなれば、図書館を訪れる者はいない。もっとも、昼間であっても、人の話し声や物音が聞こえる事はないだろう。ここは図書館の最奥《さいおう》の一室、村人達が「出産の間」と呼んでいる部屋だった。妄《みだ》りに入室する事も、近寄る事すら禁じられている。

それに、この部屋の存在そのものを知らない者もいる。子供と未婚者だ。それから、既婚であっても子供を持たないと決まっている者。彼らには、出産にまつわる情報は一切、必要ないのだから。

それに限らず、村人達には、必要以上の情報は与えない。彼らを安全に管理する上で、大切な事だった。余計な情報は、彼らの行動に揺らぎを生じさせ、イレギュラーな結果を招く。

ただ、どこまでが必要で、どこからが不要かを判断するのは難しい。出産のように、情報の要不要が明らかな事案はそうそうあるものではなかった。むしろ、その時点では必要と思えても、後になって振り返れば、不要な情報だったりする。たとえば。……いや、よそう。

ポポルは考えるのを止《や》めて、寝台に背を向けた。部屋の奥に設《しつら》えた祭壇へと歩み寄る。ここへ入った者は、これが出産の儀式の為の祭壇だと信じている。ポポルがそう説明したからだ。

祭壇に近づく。「認証コード」を口にすると、音もなく祭壇が動き出す。その向こうに現れたのは、下り階段だった。ポポルが足を踏み入れるなり、再び祭壇が動く気配がして、辺りが闇に包まれた。

ひたすら階段を下りる。鼻をつままれてもわからないほどの真っ暗闇だが、問題はない。段数も高さも、完璧に覚えてしまった。今では、目をつぶっていても上り下りできる。

長い長い階段が終わると、今度は地下通路だった。旧世界の人々が築いた通路だ。歩く為ではなく、乗り物を走らせる為のもの。

村の総人口よりも大勢の人々を一度に運ぶ乗り物など、村人達には想像もできないだろう。それが金属でできている事や、幾つもの箱をつないだような形状をしている事も。まあ、想像する必要もなければ、知る必要もないが。

「どうした？　浮かない顔をして」

闇の中から声がした。デボルだ。ポポルが下りてくるのを待っていたらしい。柱の陰にいたのは、いきなり声をかけて驚かせてやろうと考えたのだろう。デボルは時々、子供っぽい悪ふざけを思いつく。

「浮かない顔なんてしていないわ」

壁の制御盤に手を触れ、「自動運転」に必要な操作を行う。ここでも「認証コード」が必要だった。デボルとポポル以外の者が侵入してしまわないように、コードは音声入力方式になっている。仮に、コードの情報が漏《も》れても、村人達ではその音声を発する事ができない。

一連の操作を終えると、地下通路の一部が明るくなった。例の乗り物の中に明かりが点《つ》いたのである。

ドアが勝手に開く。ポポルが乗り込むと、当たり前のような顔でデボルも後に続いた。座席に腰を下ろすのを待っていたかのように、ドアが閉まり、乗り物が動き出す。

「何か心配事でもあるのか？」

デボルが大きな声を出す。旧世界の乗り物は速くて快適だが、無駄に大きな音をたてるのが欠点だった。別に、と答えようとして、ポポルは思い直した。

「出産の儀式の最中なのに、勝手に抜け出してばかりのデボルをどうしようかと思って」

儀式は一週間続く。その間は、デボルとポポルのどちらか一人が必ず、「出産の間」に詰める事になっていた。村の女が母親となって赤ん坊を連れ帰るまで、誰も入れてはならないからだ。「出産の間」だけでなく、地下へと続く階段や、金属製の乗り物や……その先にあるものを知られる訳にはいかない。

「今は、ポポルの時間だろう？」

図書館の仕事を受け持っているポポルは、昼間は何かと手が離せず忙しい。それで、昼間はデボル、夜はポポルという分担ができあがった。

「今はね。でも、昨日の昼過ぎ、酒場でデボルの姿を見た人がいるんだけど？」

「参ったな。口止めしときゃ、よかった」

「理由を訊《き》かれたらどうするの？」

「それは……」

「無理よ。口止めなんて」

昼間はデボルという分担は、もちろん、村人達は知らない。それどころか、出産の儀式が行われている事も。子供の父親は知っているが、儀式が終わるまで口外しないように言い含めてある。他の村人達にとっては、これもまた余計な情報だからだ。

「ごめんごめん。降参。ほんのちょっと、息抜きしてきただけなんだ」

「それはわかるけど、ほどほどにしてね。年に何回もあるような事じゃないんだから。昔と違って」

出産の儀式の回数は以前に比べて減った。黒文病《こくもんびょう》の死者が増えているせいだ。

「それより、こんな時間にどうしたの？」

「さっき、質問したろう？　何か心配事でもあるのかって」

「それは、デボルが……」

「可愛《かわい》い嘘つきさん。これ、なあんだ？」

皺《しわ》だらけの紙をデボルがひらひらと振る。ほんの小一時間ほど前に、ポポルが丸めて捨てた「報告書」だった。

「ゴミ箱を漁《あさ》るなんて、いい趣味とは言えないわ」

「なぜ、途中で書くのを止めた？」

デボルの目は笑っていなかった。はぐらかすのは無理だ。正直に答えるしかない。

「書けなかったから」

「迷っているのか？」

デボルには何でもお見通しらしい。ポポルはうなずいた。

「元はといえば、ヨナに余計な情報を与えてしまった、わたしの判断ミスだもの」

「『月の涙』の事か？」

「ええ」

石の神殿に子供が入り込めるなんて、思ってもみなかった。だから、ヨナに「月の涙」が咲いている場所を尋ねられた時、軽い気持ちで答えた。今までも大丈夫だったのだから、今回も大丈夫だと判断した。ところが、そのせいでニーアは白の書と出会ってしまった。

「いや。違うね。元はといえば、魔王が好き勝手な事をやらかしたのが悪い。黒文病が増えたのだって、魔王のせいだ。あたし達はそれを何とか食い止めようとしただけだろう？　ポポルの判断ミスじゃない」

「優しいのね。でも……」

判断ミスはひとつだけではない。魔王の暴走を食い止める手段として、この村のニーアを利用しようと考えた。ニーアがヨナを守れば、魔王の企ては頓挫《とんざ》する。だが、それはまたも裏目に出てしまった。魔王はヨナの拉致《らち》に成功した。つまり、彼の企ては頓挫する事なく、今も進行中なのだ。

そして、もうひとつの判断ミスは最悪の結果をもたらした。

「ニーアは知りすぎてしまったわ。ゲシュタルト計画の核心に近づきすぎてしまった」

「なら、取るべき行動はひとつだろう？　何を迷う事がある？」

「そうね。そう思っていた。まさか、ここで迷うなんて思いもしなかった」

他の村人達と分《わ》け隔《へだ》てなく接しているつもりだった。ニーアだけを特別扱いするつもりはなかった。

「だよな。あたしも驚いてる。情が移るってのは、こういう事を言うんだな」

病弱な妹と、妹思いの兄。そんなものは、幾度となく見てきた筈だった。ニーアを待ち受ける運命を知っていても、平然としていられる筈だった。

「ヨナを取り戻すというニーアの願いを叶《かな》えてやりたい。あたしもそう思うよ。けど、それは決して叶わない」

「わかってるわ。だから、せめて次の……」

「ポポル！」

鋭い口調でデボルが遮《さえぎ》った。

「その先を言うな。それこそ、判断ミスだ」

デボルは険しい顔をしていたが、それは同時に自分自身をも戒めているのだと、ポポルは知っていた。なぜなら、ポポルが今、口にしたのと同じ言葉をデボルもまた口にした事があるからだ。

『最近、あいつと過ごした毎日を思い出す事が多くて、さ。あと百年、せめて次の世代に……』

『デボル！』

『わかってる。わかってるんだ。それが許されない事くらい。でも、おまえも同じなんだろ？』

『だとしても、選択の余地はないわ』

デボルが弱気になっているのがわかったから、あの時、ポポルは殊更《ことさら》に冷静さを装った。お互いの胸中がよくわかるからこそ、である。片方が動揺したなら、もう片方が冷静であらねばならない。一人が判断に迷ったならば、もう一人が正しい判断を下さねばならない。それが自分達の在り方だった。

「ごめんなさい。そうね。そのとおりだわ」

今、弱気になっているのはポポルのほうで、デボルは強い言葉でそれを正そうとしている……。

「あたし達は、ゲシュタルト計画の管理者なんだ」

「ええ」

わかっている。それを忘れた事など、一瞬たりともない。その為に村人達を監視し、必要があれば彼らの行動に干渉した。イレギュラーの芽を摘み、安定した世代交代が行われるように腐心してきた。

「管理者としての使命を全うしよう。大丈夫。あたし達は、感情で動くようにはできていないからな」

冗談めかした声が耳に心地よく響く。安堵感《あんどかん》が胸に広がる。デボルがいれば、大丈夫。わたしにはデボルがいる。デボルにはわたしが。わたし達二人なら、必ず使命を全うできる……。

「もうすぐ、だよな」

唐突にデボルがつぶやいても、聞き返さなかった。何を言いたいのか、わかっていた。

全ての鍵が揃《そろ》えば、魔王の城への扉が開く。五年前、ヨナを拉致した後、行方《ゆくえ》をくらましていた魔王が、まさか目と鼻の先に潜伏していたとは。手を尽くして追跡していただけに、その事実を知った時には唖然《あぜん》とした。しかも、魔王はご丁寧に入り口を封鎖して、「城」の中に閉じこもっていたのである。

鍵を守る強大なマモノを倒せるかどうかが懸案だったが、ニーアはよくやった。これで、魔王の城へ出入りできる。もうすぐ、だ。魔王の暴走を止め、ゲシュタルト計画を継続させられる……。

乗り物は暗い通路をしばらく走り続け、開けた場所に出て停まった。やっと着いた、とデボルが顔をしかめて伸びをした。

「何度乗っても、好きになれないな」

「そう？　わたしは割と好きだけど。船の何倍も速いし」

「それもそうだな。最初から、選択の余地はない……此処《ここ》か」

この速さでなければ、ほんの小一時間程度で村と施設を往復するのは不可能だった。何しろ、ニーアが交易船で半日近くを費やして訪れる石の神殿の先にある場所、「魔王の城」に隣接する場所なのだ。

それに、村人達に行き先を悟られない為にも、地下通路を使って移動したほうがいい。

もっとも、行き先を知ったとしても、村人達が足を踏み入れてくる事はない。旧世界の廃墟《はいきょ》は彼らにとって禁忌《きんき》の場所である。デボルとポポルが出入りしているのを見たとしたら、彼らは仰天《ぎょうてん》するだろう。そして、「司祭として何か重要な役目があるに違いない」と自らを納得させ、それきり考えるのを止める筈だ……。

乗り物を降りて、足早に歩く。図書館の地下とは違って、ここは明るく、広い。階段も、デボルと並んで歩いてもまだ余裕がある。大勢が一度に上り下りする事を想定して造られたのだろう。今は無人だが、かつて、それだけの人々がこの建物で働いていたのだ。

例によって「認証コード」を音声入力し、「立入禁止区画」のドアを開錠する。分厚い金属製のドアを押し開け、ひたすら進んだ。

「今のところ、エラーは出ていないんだよな？」

ポポルはうなずいて、足を止めた。もう一度、「認証コード」を入力する。これが最後のドアだった。

「コピーには成功してる。順調だと思う」

ドアが開くと同時に、空気が漏れる音がした。室内にウイルスや細菌が入り込まないように、空気の壁を作ってある……らしい。

「最終チェックで、遺伝子《データ》に問題が見つからなければ」

広い室内には、透明な筒状の容器が幾つも並んでいる。もっとも、使っているのはひとつだけだ。以前は、複数の容器に培養液《ばいようえき》が満たされていたものだが、そんな光景を見なくなって久しい。

「今夜で七日目、か」

デボルが容器の中を覗《のぞ》き込んだ。培養液の中で、身体を丸めた赤ん坊がゆらゆらと揺れている。かわいそうに、この子の前の代の子供は、十歳になる前に水路に落ちて死んでしまった。長寿を約束された遺伝子の持ち主でありながら。今度もまた……いや、今度はさらに短い生となるだろう。

かえって幸せかもしれない。自我が芽生える前であれば、失わずに済むのだから。思えば、自我なんてものが芽生えなければ、レプリカント達の不幸はなかっただろうに。

培養液の中で生まれ、つかの間、外の世界で育ち、死んで、また培養液の中へと還《かえ》る。幾度となく繰り返されてきた、遺伝子の複製。ヒトがどこからやってきて、どこへ行くのか、という問いの答え。

「どうした?」

運搬用の容器を用意しながら、デボルが訊《き》いてくる。ポポルは感傷的な気分を振り払って、「何でもない」と微笑《ほほえ》んだ。

急がなければ。夜明けまでに、この子を連れて村へ戻らなければならないのだ。戻ったら、母親となる予定の女を目覚めさせる手筈《てはず》になっている。そして、赤ん坊を彼女の腕に抱かせて、出産の儀式を締めくくる言葉を告げるのだ。

おめでとう、あなたが産んだ赤ちゃんよ、と。

[報告書 15-2]

頻発《ひんぱつ》するイレギュラーが常態化《じょうたいか》し、想定外という言葉が意味を成さなくなりつつある。魔王の暴走を制御する手段を新たに用意する事はできなかった。つまり、事態の好転は全く望めない。

魔素《まそ》を摂取していながら、崩壊体となる個体も増加している。これは、魔王の精神状態と思考の変化により、魔素そのものが変容しつつある為と推測される。

現時点で、崩壊体化により制御不能となったゲシュタルトは相当数に上る。今後も、その数は増加の一途《いっと》を辿《たど》るであろう。もはや採取段階への移行は待ったなしと思われる。

環境的な条件に関しては、すでに問題ない。178年前、白塩化症候群《はくえんかしょうこうぐん》の流行は終息し、レギオンの殲滅《せんめつ》にも成功している。にも拘《かか》わらず、計画が暗礁《あんしょう》に乗り上げていたのは、「魔王」との約定の履行《りこう》が不可能だった為である。

崩壊体化《ほうかいたいか》を止め、元の状態に戻す技術を、人類はついに生み出し得なかった。もっとも、それが可能になっていたら、現在直面している問題の99%は解決していた筈《はず》だ。

現時点でも、約定が履行不可能な事に変わりはないのだが、状況が変わった。「魔王」自身がそれを破棄しようとしているのだ。要するに「しびれを切らした」のだろう。千年の時は、ただ待つ身には長い。

皮肉な話だが、「魔王」の変節により、全ての条件が揃《そろ》った。白の書の機能不全をどこまで改善できるか、そこだけが未知数ではあるが、今は千年前の人類の技術を信じるのみである。

あとは「魔王」のレプリカントを城へ搬入すれば、融合プログラムは発動可能となる。搬入ルートはすでに確保済みである。

よって、この報告を以《もっ》て、ゲシュタルト計画の最終段階への移行を開始する。

（記録者・ポポル）

NieR Replicant
ver.1.22474487139...
《ゲシュタルト計画回想録》
File02

青年ノ章8

1

最後の石片を手に入れた後、海岸の街で素材を買い、ロボット山の店へ持参して武器を強化してもらった。黒の書の手強《てごわ》さは覚えている。魔王はそれ以上に手強いに違いない。装備するのは、可能な限り強い武器にしたかった。

野営の支度をするカイネとエミールと別れて、ニーアは村へと急いだ。明日にでも出発するつもりでいる。ただ……。

「どうした？」

いつの間にか、足が止まっていたらしい。北門へと向かっていた白の書が引き返してくる。

「あ……。うん」

「何か気になる事でもあるのか？」

「いや。これで、やっとヨナを助けに行けるなって」

「ああ。そうだな」

ヨナが連れ去られて、五年余り。これまで、決して振り返らずに、ひたすら前だけを見て進んできた。ようやく旅の終着点が見えてきた今、つい、これまで辿《たど》ってきた道を振り返ってしまったのだ。

「どうした？　何を神妙な顔をしておる？」

「シロ、相談があるんだ」

振り返れば、長く、過酷な道のりだった。だからこそ、迷いが生まれた。

「カイネとエミールの事だ」

「言ってみろ」

「魔王の城での戦いは、今までになく過酷になる。魔王は間違いなく強いだろう。ヨナの為とはいえ、カイネとエミールを巻き込んでいいものか」

これまでも、二人には十分すぎるほど力になってもらった。崖の村も、海岸の街の難破船も、二人がいなければ生還できなかった。この上、魔王の城にまで同行させて良いものだろうか？

白の書が呆《あき》れたように「今更《いまさら》何を」と言った。

「確かに、今更かもしれないな。でも……」

その時だった。突然、足許《あしもと》が爆発した。

「うわっ！」

飛《と》び退《の》いたが、完全には避《よ》けきれなかった。爆風を受けた足がひりつく。

「いったい、何が？」

「ご、ごめんなさいっ！」

振り向くと、少し離れたところに杖《つえ》を手にしたエミールが浮かんでいた。

「エミールの魔法であったか。何という乱暴な」

「カイネさんに、やれって言われて……」

つかつかとカイネが歩み寄ってくる。

「その腑抜《ふぬ》け野郎がフザケた事を抜かしたんでな」

白の書との会話を聞かれてしまったらしい。

「カイネ。エミール、俺は」

「私達を置いていくなんて、フザケる以外の何だって言うんだ！」

そうですよ、とエミールが近くまで飛んでくる。

「こんなぼくを受け入れてくれて、何があっても一緒だって言ってもらえた。今度はぼく達がお返しする番です！」

「恩返しとか、仲間とか、そういう恥ずかしい事をイチイチ説明させるな！」

だけど、と思う。だから、とも思う。ただ、ニーアが口にしかけた言葉を、エミールが明るく遮《さえぎ》った。

「でも、タダでやるなんて言ってませんよ！　ヨナさんを助けた後は、ぼく達の事を手伝ってもらいます！」

「カイネとエミールを……手伝う？」

そうです、とエミールが大きくうなずいた。

「カイネさんのマモノ憑《つ》きとか、ぼくの姿とか、そういうのを治す方法を探す旅に出るんです。きっと楽しいですよ。ついでに、世界中のグルメも楽しんじゃいましょう！」

「無駄に食ってやるからな。金の準備をしておけよ」

生還できる保証すらないのに、二人は、旅の終わりとその後があるかのように振る舞ってくれている。二人が信じて、二人が預けてくれたもの。その重さ、その温かさを感じた。

「ありがとう」

今、二人に返せる言葉は、ひとつしかない。

「ヨナを必ず助け出す」

2

「行くのか？」

デボルの問いにニーアはうなずいた。図書館の一室にデボルとポポルが揃《そろ》うのは、実は珍しい。本当は、図書館にいるポポルに挨拶《あいさつ》を済ませたら、酒場に行ってデボルに挨拶をして、船着き場へ向かうつもりだった。

デボルはそれを察して、自分から図書館に足を運んでくれたのだろう。

「村は噂《うわさ》で持ちきりよ。あなたがヨナちゃんを取り戻しに行くって」

ポポルの口調は、少しでも明るくと気遣ってくれているのがよくわかる。

「必ず、ヨナを連れて戻ってきます」

本当に行ってしまうのね、とポポルは俯いた。

「あの……」

口を開きかけたポポルだったが、思い直したように首を横に振った。

「ううん。何でもない」

「ポポルは心配性だからな」

ああ、そうか、とニーアは思う。ポポルは「危ないわ」と言おうとしたのだろう。これまでもずっと、ポポルはニーアの身を案じてくれていた。ただ、危ないと言われたからといって、ニーアがマモノ狩りを止《や》めた事など一度もなかった。それで、ポポルは口を噤《つぐ》んだのだ。マモノ狩りすら止めないニーアが、魔王の城へ乗り込むのを止める道理がなかった。

「気をつけて」

「ありがとう。ポポルさん。デボルさんも」

ニーアは踵《きびす》を返し、ドアを開ける。

「くれぐれも、気をつけてね」

肩越しに振り返って、ポポルに微笑《ほほえ》んでみせる。ドアを後ろ手に閉め、ニーアは狭い階段を駆け下りる。

「それにしても、こうも都合良く『鍵』が集まるとはな」

白の書が訝《いぶか》しげにつぶやいた。

「まるで、誰かに集めさせられたような……」

「シロは考えすぎだ」

「しかし……」

罠《わな》かもしれないと言いたいのはわかる。怪しい点を数え上げたら、きりがない。ただ、罠であれば、必ず仕掛けた者がいる。その者を引きずり出すには、むしろ罠に飛び込むのが手っ取り早い。

「罠だとしても、そこにヨナがいる限り、俺は行く」

そうか、と短く答えたきり、白の書は沈黙した。


船着き場に向かう途中、何人もの村人に声をかけられた。

まず、図書館の坂を下ったところで、散歩の老人に「相手はマモノの王だ。気をつけるんだぞ」と肩を叩《たた》かれた。

噴水の近くで遊んでいた子供達には「ヨナちゃん帰ってきたら、遊んでいい？」と訊《き》かれた。もちろん、「仲良くしてやってくれ」と答えておいた。

船着き場へ向かう階段の前では、「あんたがヨナちゃんを連れて帰ったら、きっと村が明るくなるよ」と言われた。

ポポルの「村は噂で持ちきりよ」という言葉を思い出す。幼いヨナと共に、必死で生き抜いてきた子供の頃、支えてくれた優しい人々だ。彼らの為にも、魔王を倒したいと思う。魔王がいなくなれば、きっと何もかも良くなる。

船着き場では、船頭がいつもと変わらぬ口調で「行きたい場所は？」と訊いてきた。これだけ噂になっているのだから、ニーアの行き先を船頭が知らない筈《はず》がない。見れば、目許《めもと》が優しい。いつもと同じ言葉を繰り返す事で、ニーアの緊張をほぐそうとしてくれているのだと悟った。

「石の神殿へ」

ニーアが答えると、船頭はにっこりと笑った。

3

石の神殿の裏手で船を下りるまでは、いつもと変わらなかった。ところが、短い洞窟《どうくつ》を抜けるなり、景色が一変した。

「マモノ⁉　こんな場所にどうして……」

今まで神殿内に入るまで、マモノがいた事はなかった。それが今は、木橋の上も、崖を上る梯子《はしご》の周りにも、マモノがいた。前回訪れた時に出会したような、小型の弱いマモノではない。どれも甲冑《かっちゅう》を着込んで剣を手にしている。

「魔王が迎えの者を寄越《よこ》したのであろうよ。ご丁寧な事だな」

やれやれ、と白の書がため息をついた。石片を守っていたマモノを全て倒したのだ。当然、魔王もそれは把握しているだろう。だから、守りを固めたのだ。

神殿内部に出るマモノも、甲冑を着込んでいた。数は決して多くはないものの、どれも強い。それが各階に出る。おかげで、屋上に辿り着くまで、結構な時間を要した。

祭壇のある部屋の扉を開けると、白の書は「ようやくここを通れるのだな」と、感慨深げに言った。同感だった。

石片を集めて、鍵を完成させるまでに要した時間、神殿の裏手からここへ至るまでの時間、どちらを振り返っても「ようやく」という言葉そのものだ。

ゆっくりと祭壇に歩み寄っていく。天井を突き破ってくるマモノはいない。次から次へと湧《わ》いて出た小さなマモノも。

「忌《い》まわしくも懐かしい景色であるな」

そうだな、とうなずく。

「シロと初めて出会ったのも、初めて一緒に戦ったのも、この場所だな」

「へえ。シロさんってこんな所に住んでたんですか」

「まあ、大まかに言うと、そういう事になるか」

住んでいたというより、封印されていたのだが、それを説明するのが面倒になったのだろう。白の書は「大まか」に済ませる事にしたらしい。

「クソ紙に似合いのボロ部屋だな」

相変わらずカイネは口が悪い。しかし、白の書も負けてはいなかった。

「どこかの下着女が散々暴れてくれたおかげでな」

壁の至る所が崩れ、床も穴だらけになるほど「散々暴れた」にも拘《かか》わらず、祭壇に張られた結界はびくともしなかった。それも、魔王の力の一端なのだろうか。

そんな事を考えながら、刻まれた模様の上に五つの石片を置いた。石の守護神、記憶する樹、機械の理《ことわり》、贄《にえ》、忠誠のケルベロス。きっちり定位置に塡《は》めていく。

五角形の模様が完成すると同時に、祭壇の奥の扉が揺らぎ始めた。結界らしき文様《もんよう》が消えていき、金属が擦《こす》れ合う耳障りな音で扉が開いた。

「これは……エレベーター？」

「そのようだな」

ロボット山のエレベーターのように錆《さ》びてもいないし、油臭くもないが、扉の開き方も、扉と床の間に細い隙間があるのも同じ。

ただ、エレベーターかどうか疑わしいのは、行き先を示すボタンがない事だった。内部の壁はつるりとしていて、凹凸《おうとつ》は全くない。手を触れてみても、何の反応もない。

「どこかに隠してあるんじゃないですか？」

エミールが天井を調べている。

「こうすりゃいいんだ、こんな×※○△☆扉！」

カイネが蹴《け》りを入れるべく足を振り上げた瞬間、扉が閉まった。ロボット山より静かではあるが、似たような音と振動が伝わってくる。どうやら、中に入って一定時間が過ぎれば、勝手に動く仕様になっているらしい。

やがて、微《かす》かな揺れと共にエレベーターが止まった。ゆっくりと扉が開く。降りた先は、やたらと天井の高い石の廊下だった。緩やかな上り坂になっていて、その奥には大きな扉が見える。

背後で金属を擦り合わせるような音がした。振り返ると、扉が閉まっている。ロボット山のような開閉ボタンはどこにも付いていない。

「侵入者は帰さぬ、と？」

「魔王を倒せばいいんだ。魔王が死ねば、力も消える」

どうせ、魔王を倒すまで戻るつもりはない。

「先へ進もう」

たいして長くもない廊下を進み、扉を押し開ける。鍵は掛かっていなかった。扉の隙間から眩《まぶ》しい光が漏《も》れてくる。

「綺麗《きれい》ですね。こんな場所があるなんて！」

石と緑で造られた、美しい庭園だった。石敷の小径《こみち》の途中に短い石段があり、その向こうにも小径が続いているのが見える。整然と植えられた樹木や草花に、明るい陽射《ひざ》しが降り注ぐ。

小径の両脇には、女性の彫像《ちょうぞう》が並んでいる。見上げるほどの大きさで、精巧な彫像だった。そのうちのひとつが壊れてしまっているのが残念ではあるが。

庭園の中央部は、曲線を描いた金属の柵と柱とで囲われている。雨風を避ける屋根はないから、装飾の為だけに設《しつら》えられた柱なのだろう。

「呆れるほどに凝っておるな」

美しいけれども、およそ実用的とは言い難い場所だ。これほど色とりどりの花を咲かせるには、相当な量の水と肥料が必要だろう。同じだけの水と肥料があれば、複数の家族を養えるだけの小麦が収穫できるに違いない。

もったいないな、と思いながら先へと進む。柵と柱で囲われた場所の真ん中に、細い脚のついた水盤《すいばん》が設えてある。水浴びでもしに来たのか、白い小鳥が二羽、その縁に止まっていた。驚かせないように、そっと歩く。

「あの扉が出口なんでしょうか」

小鳥から十分に離れたところで、エミールが前方を指さした。一見したところ、他に出口らしき扉はない。ついさっき押し開けてきた扉がずっと後方にあるだけである。

「行ってみよう」

「あからさまに罠の臭いがするが……」

「構わないさ」

それならそれでいい。たとえ、巨大なマモノが群れを成していても、物騒な仕掛けが張り巡らされていても。全て倒して、壊して、進むだけだ。

だが、扉を開けた先は、十分にできていた覚悟をあっさり不要にしてくれた。またも美しい庭園、明るく平和な光景だったのだ。

「さっきの場所と似ていますね」

似ているも何も、女性の彫像のひとつが壊れているところまで同じだった。何か呪術的《じゅじゅつてき》な意味でもあるのだろうか。

「とにかく進んでみるしかないな」

ところが、突き当たりまで進んで扉を開けると、その先もよく似た、いや、そっくりな庭園だった。

「何だか同じような……というか、同じ場所に来ている気がします」

「引き返そう」

たった今、通ってきたばかりの扉に手を掛ける。が、開かない。押しても、引いても、扉はびくともしなかった。

「どけ！」

カイネがニーアを押しのけて扉を蹴りつけた。しかし、少しばかり踵《かかと》の跡が付いただけで、扉は微動だにしなかった。

「これは、もしや……」

「シロ？　どうかしたのか？」

ニーアの問いには答えず、白の書がどんどん先へと進んでいく。ニーアは足早にその後を追いかける。

「扉を」

言われて押し開けると、やはり同じ庭園が続いている。中に入ると、扉が閉まり、押しても引いても動かなくなった。

「見よ」

白の書が示した場所には、薄く踵の跡が付いている。たった今、開けたばかりの扉の向こう側に、なぜ、カイネの蹴り跡が付いているのか？

「どうやら、閉じ込められたようだな」

カイネが舌打ちをしながら言った。似たような庭園が続いていたのではなく、同じ場所をぐるぐると巡らされていたのだ。

「いや、そうとも限らぬ。どこかに、扉以外の脱出口があるやもしれぬ」

周囲を見回してみる。扉ではなく、抜け出せそうな場所はどこか？　何か仕掛けを作るとしたら、どこに作るか？

ニーアは柵や柱をひとつひとつ調べてみた。エミールが樹木の上を飛び回ったり、根元を覗《のぞ》き込んだりしている。だが、何もそれらしいものは見つからない。

試しに柵を剣で斬《き》りつけてみたが、何も起こらない。傍《かたわ》らに置いてあった木箱を腹立ち紛れに叩き壊す。そこで、気づいた。水盤の縁に小鳥が二羽とも止まったままだ……。

おかしい。これだけ大きな音をたてても、飛び立つ気配すらない。大股《おおまた》に歩み寄っても、手を伸ばせば届くほどに近づいても、小鳥は羽を広げようともしない。村の周辺で見かける鳥は、人の姿を見ただけで逃げてしまうというのに。

『本当の声は誰に問う？』

低い声がした。

『本当の姿は誰に見せる？』

空耳ではない。

『我《わ》が問いに答えよ』

うわっ、とエミールが声を上げる。

「こ、小鳥さんが喋《しゃべ》ってますよ！」

これが仕掛けだと思った。小鳥が人の言葉を話す筈がない。

『我は問う。人は何故、世界からいなくなったのか？』

「何だ、これ？　何を言ってるんだ？」

待て、と白の書が鋭く言った。

「これは、合い言葉だ」

「合い言葉？」

「ここから出る為の……おそらく、先へ進む為の呪文《じゅもん》だ。確か……どこかで聞いたような」

どこであったか、と白の書が考え込む。

『我は問う。人は何故、世界からいなくなったのか？　答えよ』

小鳥が同じ質問を繰り返した。なるほど、白の書の言うとおり、合い言葉を言わなければ同じ問いが繰り返されるだけなのだろう。だが、それが何なのか、ニーアにはわからない。ポポルならわかるかもしれないが、引き返して尋ねる訳にもいかない……。

「我は答える。黒き病が故に」

「シロ？」

「黙っておれ。思い出したのだ」

白の書の言葉が正解だったと、すぐにわかった。小鳥が次の質問に移ったのだ。

『我は問う。人はその命をいかに長らえるのか？』

自信に満ちた声で、白の書が「我は答える」と言った。

「その身と魂を別《わか》つべし」

『我は問う。魂のゆく先はいずこか？』

「我は答える。写し身となる傀儡《くぐつ》に収めん」

静寂があった。たっぷりと間を持たせた後、『よかろう』と声が返ってきた。

『そのものを主たるヒトとみなし、城への立ち入りを許可する』

小鳥が飛び立ち、扉が開く音が響き渡った。今度こそ、正しい出口となった扉へ向かいながら、
ニーアは不思議に思った。

「どうして、シロが合い言葉を知ってたんだ？」

「我を誰だと思うておる……と言いたいところだが、実のところはよくわからぬ」

「わからないって？」

「昔、どこかで聞いた。だが、どこで誰に聞いたのやら、とんと思い出せぬのだ」

相当、古い時代の話なのかもしれない。傍らでカイネがぼそりと「ボケ老人」とつぶやく。

「何か言ったか？　下着女」

白の書が負けじと言い返しながら、扉へと向かう。と、そこで白の書が止まった。開いた扉の前で、宙に浮いたまま。

「どうしたんだ？」

その後に続いたニーアは仰天した。そこは広々とした中庭だった。そして、いる筈のない人物がいた。

「デボルさん⁉　ポポルさん⁉　どうして、こんなところに⁉」

急いで駆け寄る。が、途中で足が止まった。不用意に近づいてはならない気がした。二人の表情

に、どこか冷たい色がある。

「村に……戻る気はないか？」

「ここは、とても危険よ？」

デボルの声も、ポポルの声も、淡々としていて……冷たかった。

「入ったところで、ヨナが戻ってくるかどうか」

白の書が鋭くデボルの言葉を遮った。

「如何《いか》にして、此処《ここ》に来た？」

「質問しているのは、わたし達よ」

ポポルは白の書など見ていなかった。ポポルの視線はニーアにだけ向けられている。

「どうするの？　村に戻るの？　戻らないの？」

この二人に何と言われようと、答えは決まっていた。

「戻る訳ないだろう。俺達は先へ進む」

「そうか。なら、仕方ないね」

デボルとポポルが、ゆっくりと杖《つえ》を振り上げる。結婚式や葬儀など、村で何か儀式が行われる際に、必ず手にしていた杖だった。

なぜだ？　なぜ、二人はこちらに向かって杖を構えている？

「君とは戦いたくなかったよ」

耳を疑った。戦う？　なぜ？

「本当に……戦いたくなかった」

「どういう事なんだ⁉」

「これは、最初から決められていた運命なんだ」

問答無用《もんどうむよう》とばかりに、デボルが杖を振った。

「でも、できれば貴方《あなた》と戦いたくなかった。これは本当」

言葉とは裏腹に、ポポルも、躊躇《ためら》いを微塵《みじん》も感じさせない動作で杖を振る。

「あと百年……次の世代にしたかった」

「何を言ってるんだ⁉」

訳もわからず、ただデボルとポポルの攻撃を避《よ》ける。

「此奴等《こやつら》はマモノか？」

白の書がカイネに尋ねる。嫌な質問だ。

「いや。違うようだ」

カイネの答えを聞いても、何の救いにもならなかった。二人の攻撃は止まらない。

「嘘だ……嘘だ……！　デボルさんが……ポポルさんが……そんな筈ない！」

デボルの攻撃を躱《かわ》し、ポポルの攻撃を剣で受け止める。それだけで、二人が本気だとわかってしまった。

「なぜだ？　なぜ、おまえ達が邪魔をする？」

「白の書」

ぞっとするような声で、ポポルが言った。

「裏切りの輩《やから》よ。おまえに詰問される筋合いはないわ」

不意《ふい》に、デボルとポポルが呪文の詠唱《えいしょう》を始めた。二人の杖がニーアにではなく、白の書へと向けられる。二人の手許が光り、白の書が同じ色に光る。白の書が呻《うめ》き声《ごえ》を上げる。

「シロ！」

光が消えた。

「大丈夫か⁉」

「力を……写し取られた」

その言葉が終わるか終わらないかのうちに、ポポルの手から魔法の弾丸が飛んでくる。目を疑った。あまりにも見慣れた魔法だった。

「封印されし言葉を使えるのか⁉」

デボルが魔力の腕を出す。

「それはもともと、あたし達の力だからな」

「あなたはそれを分け与えられたにすぎない」

巨大な拳《こぶし》が頭上から降ってくる。

「なぜなんだ⁉　なぜ、マモノの味方なんかするんだ！」

デボルが笑った。

「全ての謎《なぞ》の答えは、魔王の御心《みこころ》にある」

魔王？　御心？　その言い方はまるで……。

「仲間なのか？　ずっと仲間だったのか⁉」

「答えは、あなたが探してちょうだい」

「己の真実と向き合う為に」

魔法攻撃が止んだ。デボルとポポルの身体を赤みを帯びた光が包む。飛行能力を持つマモノが使う魔法と同じ色だ。

「魔王の城に入りなさい」

赤い光に包まれて、二人の身体が空高く舞い上がる。ニーアは呆然《ぼうぜん》として、それを見送った。

4

中庭を抜けると、またも廊下だった。肩越しに振り返ると、ニーアが俯《うつむ》いて歩いている。子供の頃から信じてきたデボルとポポルに、問答無用とばかりに攻撃されたのだ。混乱しないほうがどうかしている。ずっと「いけ好かない女達」と冷ややかな視線を向けていたならまだしも、とカイネは思った。……自分の事だ。

いずれにしても、あの双子は疫病神《やくびょうがみ》だった。ニーアを混乱させたばかりか、白の書まで不調にさせた。奇妙な魔法で「封印されし言葉」を写し取られた後、白の書の様子がおかしい。呂律《ろれつ》が怪しいのだ。喋る本が喋れなくなったなど、笑い話にもならない。

薄暗い廊下の半ばに差し掛かった時だった。妙な音が聞こえた。

「音楽？」

エミールが首を傾《かし》げる。それで、自分には「妙な音」にしか聞こえなかったのかとカイネは納得した。音楽は全く嗜《たしな》まないから、わからない。それに対して、音楽の素養があるエミールは、曲の種類まで聞き取れたらしい。

「ワルツが聞こえます」

扉に近づくにつれて、カイネにもそれが曲であると理解できるようになった。扉を開けると、音量の大きさに閉口した。はっきり言って、うるさい。

「舞踏会《ぶとうかい》とは豪勢であるな」

白の書の言葉を聞き流す。それどころではなかった。大広間では、白い影法師のような男女が組になって踊っていた。

「こいつら……」

左半身がざわざわする。テュランは何も言わないが、にやりと笑ったのがわかる。流れている音楽が歪《ゆが》んだ気がした。踊っていた白い影法師が一組、消えた。同時に現れたのは、黒い……。

「マモノだ！」

ニーアの叫びと同時に、マモノも叫ぶ。巨大な棍棒《こんぼう》を振り上げながら。

『ここはヒトの聖域。ヒトでないモノは失せろ！』

ひとつ、またひとつと、白い影法師がマモノに変わる。

『おまえ達は人間ではない！』

聞きたくもない言葉が耳に飛び込んでくる。マモノが増えていく。一旦《いったん》、退《ひ》いたほうがいいのではないかという考えが脳裏《のうり》をよぎる。

「閉じ込められたみたいです！」

やはり一時撤退を考えていたらしいエミールが扉の前で叫ぶ。

「いいさ！　戻る気なんか、ない！」

「そうだな！」

仮に大広間から廊下へ戻れたとしても、中庭へ戻る扉は閉ざされているに違いない。魔王の城は、おそらく後戻りができない構造になっている。

『ここは私達の守るべき場所。私達の最後の砦《とりで》。私達の愛するモノの為に、破壊させる訳にはいかない』

増え続けるマモノ達が、鬱陶《うっとう》しい言葉を吐き散らしている。もう……うんざりだ。

「くそっ！　これじゃあキリがない！」

ニーアの声に、焦りとも苛立《いらだ》ちともつかないものが滲《にじ》む。マモノはまだまだ増えていく。白い影法師が全てマモノに変わった後は、どこからともなくマモノが湧《わ》いて出てきた。棍棒を持ったマモノだけではない。飛行するマモノもいる。

「私が次の部屋への扉を開ける！　援護してくれ！」

これまで、後戻りはできなくても、前へ進む事は可能だった。奥の扉なら開くのではないか。

群がるマモノを踏みつけ、蹴り飛ばし、カイネは強引に大広間の奥へと向かった。

『そっちはダメ！　行かせない！　行かせない！』

背後からマモノの声がしたが、カイネはお構いなしに扉に手をかけた。だが、施錠されている。

カイネは扉を蹴りつけた。

「バカ者！　何をしておる！」

「めんどくさいもんは、ぶっ壊す！」

「やめろ！　そんな無茶をして万が一……」

白の書の忠告など、聞き入れるつもりはない。カイネは扉を力任せに蹴り続けた。靴の踵と扉が鈍い音をたて、蝶番《ちょうつがい》が激しく軋《きし》む。何かが割れるような音がして、扉が開いた。

「開いたぞ」

小うるさい事を言っていた白の書を振り返って見る。こんなものは、力業でどうにでもできるのだ。

「おい。カイネ、後ろ！」

白の書が何やら喚《わめ》いていたが、知った事じゃない。先に進むぞ、と扉に向き直った時だった。

「なっ……」

全開になった扉の向こうが真っ暗闇になっているように見えた。闇ではないのは、すぐにわかった。蠢《うごめ》いていた。マモノの群れだった。球体のマモノが一斉に扉から転がり出してくる。避けようがなかった。巻き込まれて、頭からひっくり返った。後頭部を強かに打ち付けたせいか、起き上がれない。

ニーア達が転がり回るマモノを片っ端から斬っていくのが見える。自分も起き上がって加勢しなければと思うのに、身体が言う事をきかなかった。

『やめて！　やめて！　この子達は赤ん坊なのよ！　何も知らない赤ん坊なの！』

赤ん坊？　あの黒い球体が？　ああ、本当だ。笑い声が聞こえる。泣き声も聞こえる。マモノに赤ん坊なんていたのか、とぼんやり考える。

『せめて、この子達は助けてあげて！　長いこと待ってやっと再生できるのに……。お願い。お願いします』

さっきから話しかけてきているのは、あの赤ん坊マモノの母親らしい。

『おい、起きろよ。楽しい楽しい殺し合いの始まりだろ？　なあ、カイネ』

うるさい。言われなくても、起きる。

ようやく手足に力が戻ってきた。まだ頭がふらついたが、剣で身体を支えて立ち上がる。

「カイネ！　大丈夫か？」

「ああ。それよりもマモノが合体しようとしてる」

あの母マモノが赤ん坊マモノを呼び寄せているのが聞こえたのだ。みんな、こっちにいらっしゃい、と。

「これは……まずいですよ」

エミールにもわかるのだろう。合体したマモノの手強さは、崖の村で思い知らされている。しかし、マモノ達の動きは止まらなかった。

母マモノと赤ん坊マモノに加えて、大広間を埋め尽くしていた他のマモノも集結し始めていた。それらは、押し合いへし合いしながら一カ所に集まっていく。ひとつひとつの輪郭がぼやけ、黒い塊《かたまり》になったかと思うと、再びくっきりとした輪郭が現れた。

獣の姿だった。北平原に出没する巨大なイノシシそっくりの姿をしたマモノが、唸り声を上げている。

『罪のない者を殺すおまえ達が正義だなんて、私は認めない！』

イノシシそっくりのマモノは怒っていた。さっき、ニーアは赤ん坊マモノを何体も斬った。それを憤《いきどお》っているのだ。

『無垢《むく》な者を惨殺するケダモノめ！　許すものか！』

無抵抗の祖母を殺したマモノは、カイネから見ればケダモノだった。許すものか、とも思った。仮面の王から見れば、マモノ狼《おおかみ》はまさにケダモノだった。マモノ狼から見れば、人間は仲間を大量虐殺したケダモノだった。どちらも、互いを許せないと思っていたに違いない。殺される側は殺す側を絶対に許さない。どんな理由があろうとも。そういうものだ。

マモノの声が聞こえるから、いつも後ろめたかった。自我があり、知性がある相手を殺すのは、やりきれない時もあった。なんて傲慢《ごうまん》だったのだろうと思う。罪の意識を感じながらも、結局、殺したのだから。

『許さない！　許さない！　許さない！』

そうだろうな、と思った。心の底から思った。イノシシそっくりのマモノに向かって叫ぶ。

「許してほしいなどと思ってはいない！」

殺しておきながら、許してくれなんて言わない。もう、血で汚れた己の手から目を逸《そ》らしたりしない。

『何だ？　今のおまえの心……』

知るか、と吐き捨てる。今は、テュランの戯《ざ》れ言《ごと》に付き合っている暇はない。

「カイネさん、大丈夫ですか？」

エミールが心配そうに近くまで飛んでくる。マモノの声が聞こえないエミールには、そして、ニーアにも、カイネが妙な独り言を言っているようにしか見えなかったのだろう。

「大丈夫だ。こいつを蹴散らして、先へ進むぞ！」

巨大イノシシそっくりの合体マモノが突進してくる。ぎりぎりで躱《かわ》し、魔法を撃つ。

『面白い！　実に面白い！』

うるさい、と今度は声に出さずに言った。うるさい。黙れ。今はこいつを倒す時間だ。何度でも魔法を撃って、何度でも斬ってやる……。

「くそっ！　図体がデカいくせに、動きが速い！」

走る速さまでイノシシ並みとは。突進してくる最中では、狙いをつける事すらできない。おまけに、体表の硬さときたら。

だが、野生のイノシシと同じで、細かい動きは苦手らしい。勢い余って壁に衝突しては、ノビている。

そのやり方は効いた。何度か繰り返すと、ついに巨大マモノは黒い塵《ちり》を撒《ま》き散らすようにして消えた。

敢《あ》えて壁際に立って突進させ、ぎりぎりで躱して衝突させる。倒れたところを集中的に攻撃する。

「倒れているところを狙え！」


カイネは荒い息をつく。これでやっと先へ進めると思った。

「おい……！」

白の書に言われて、背後を振り返る。そこには、もう一体の巨大マモノがいた。

「どうして⁉」

イノシシそっくりの外見に加えて、今度は鎧《よろい》のようなものを纏《まと》っている。

「あんなのを相手にしておったら、いつまで経《た》ってもヨナの許《もと》へは辿《たど》り着《つ》けぬぞ！」

「ここは先を急いだほうが良さそうですね」

同感だった。さっき、カイネが蹴り開けた扉はまだ開いたままになっている。うなずき合い、扉に向かって走る。

扉の外は螺旋階段《らせんかいだん》だった。駆け上がる。幾らも経たないうちに、背後から地響きのような音がした。巨大マモノが追いかけてきているのだ。

「あんなの相手にしていらレレレるか！」

白の書の呂律が怪しい。時折、雑音めいた音が混じるのも気になる。だが、今はそれに構っていられなかった。

『怒ってるぞ！　怒ってるぞ！　仲間を殺されて怒ってるぞ！』

テュランが笑っている。

『おまえと同じだ！　憎しみに塗《まみ》れた存在……俺の大好物だ！』

そっちも同じだろ、と心の中で返す。返しながら、走った。

『あ？』

憎しみに逃げ込んでるだけだ。寂しくて苦しくて孤独だから、暴力で自分を誤魔化《ごまか》してるだけだ。

『俺は、そんなんじゃねえっ！』

いいんだ。

『何だと⁉』

私も……そうだから。

『俺……は……』

テュランが言い淀《よど》む。わかっているのだろう、テュランにも。

さっき、マモノの叫びを聞きながら、気づいた。許されたいなどと虫の良い事を考える自分に、殺しておきながら罪の意識に怯《おび》える自分に、そのくせ暴力で全てを紛らわせずにいられない自分に、そんな自分自身を持て余している自分に。だが、気づいたところで何になるというのか？

もう……手遅れなんだよ、私達は。今更《いまさら》、引き返せない……。

いや、と思う。汚れていて、呪《のろ》われていて、間違っている自分を、ニーアは受け入れてくれた。赦《ゆる》しを与えてくれた。それだけで十分だ。

螺旋階段を駆け上がる。終わりが見えない。猛《たけ》るマモノの気配がすぐ後ろまで迫る。

「こっちに扉が！　早く！」

先行していたエミールが叫んだ。螺旋階段の横にある扉へと飛び込む。巨大マモノは曲がりきれずに上へと進んでいった。

5

助かった、と思ったのも束の間だった。奥の扉から先へ進もうとしたが、開かない。カイネの真似《まね》ではないが、力任せに蹴りつけてみる。……開かない。

「ニーアさん！」

エミールの声で振り返ると、いつの間にか部屋の中に、さっきの巨大マモノがいた。どうやってここに入ってきたのかと思ったが、それ以上、考えている余裕はなかった。逃げ切れないなら、倒すしかない。ニーアは剣を構える。

さっきと同じように、壁に衝突させ、その隙に攻撃するというやり方を繰り返した。ただ、鎧を身に纏っているからだろう、たいして効いているようには見えない。

「攻撃が効かないぞ！」

「魔法も効きません！」

跳躍し、剣を突き立てる。北平原のイノシシなら致命傷となる場所、後頭部に。だが、このマモノはそんな生易しい敵ではなかった。

マモノがぶるりと身体を震わせる。突き立てていた剣が嫌な音をたてる。跳ね飛ばされ、床に叩きつけられた。咄嗟《とっさ》に受け身をとったが、背中一面に激痛が走り、息が止まる。

マモノが牙《きば》を剝《む》き、大きく口を開けた。咆哮《ほうこう》と共に、毒々しい色の霧が吐き出される。エミールが叫ぶ。

「この霧……まずいです！」

急いで口と鼻を覆《おお》う。間に合わない。不快な臭いが鼻の奥を直撃した。毒の霧だった。視界が大きく揺らぎ、暗くなる。

「しっかりしろ！　カイネ！」

白の書の声につられて傍《かたわ》らを見ると、カイネが膝《ひざ》をついている。いつの間にか、ニーア自身も同じように膝をついていた。立ち上がれないのだ。逃げられない。巨大マモノが迫ってくる。ここまでか、と思った時だった。

突然、巨大マモノが横倒しになった。その背に、何本もの槍《やり》が刺さっている。さらに、数人の兵士が槍を手に突撃していく。

（まさか、この程度のマモノに苦労しているとはね！）

仮面の王の声だった。開け放った扉から吹き込む風が、毒の霧を吹き散らす。

（出口を開けよ！　恩人がたをお通しするのだ！）

仮面の副官の声だった。

（我等《われら》「仮面の人」が貴殿に受けし大恩を、今こそ返す時！）

仮面の兵士数人が奥の扉へと向かっていく。

（みんな、固いねえ！）

朗らかな声で王が笑う。

「どうして、ここに⁉」

（街の人から聞いた）

ニーアが村を出る時点で、村人達の全員がヨナを取り戻しに行く事を知っていた。噂が広まるのは早い。今は交易船で行き来があるから、尚更《なおさら》だ。

（ここは、マモノの王の城だろう？）

然《しか》り、と白の書が答える。

（じゃあ、我等とて無関係ではない。あの日、我はフィーアの墓に誓ったのだ。マモノから人々を守る立派な王になる、と）

「でも……」

口を開きかけたニーアを仮面の副官が遮《さえぎ》った。

（ここは我々が食い止めます。皆さんは先へ進んでください）

王が手にしていた槍を高く掲げる。

（我等は「仮面の人」！）

副官が続ける。

（どんな時も、決して退いたりしない！）

兵士達が両脇からニーアの腕を摑《つか》んだ。見れば、カイネもエミールも、同じように両側から抱え込まれている。

「おいっ！ やめろ！ 放せっ！」

兵士達が何をしようとしているのか、王が何を命じたのかを察して、ニーアは腕を振りほどこうとした。だが、兵士達の力は存外強い。その場に踏み留《とど》まろうとした足が床から浮き上がる程に。逆らっても、藻掻《もが》いても、兵士達は無言のまま、ニーア達を引きずっていく。

（行け！ 行って、大切な人を取り戻せ！）

半ば突き飛ばされるようにして、外へと押し出された。

「王！」

それじゃ、後で、と王が白い歯を見せる。子供の頃から変わらない笑顔だ。

（全部、片づいたら、また遊ぼう！）

扉が閉まる。ニーアは立ち上がり、扉を拳で叩く。

「開けろ！ おまえ達だけじゃ無理だ！」

いいから、と声がした。

（おまえは進め！ 魔王を倒し、大切な妹を取り戻せ！ 愛する者がそばにいる幸せを取り戻せ！）

「王！ 開けろ！ 開けてくれ！」

扉を叩き続けるニーアを止めたのは、カイネだった。襟首を摑まれ、扉から引き剝《は》がされ、殴りつけられた。目の前に火花が散る。

「グズグズするなっ！　行くぞ！」

頭から水をかけられたような気がした。

「ヤツの戦いを無駄にするな」

いつになく静かな声で、カイネが続けた。

「フィーアの為にも」

殴られた時より強く、胸に響いた。カイネが先に立って歩いて行く。

王を助けた時、自分達はそういう巡り合わせなのだと思った。だが、違う。そんなものではなかった。王が示してくれた友情は、そんな言葉ひとつで説明がつくものではなかった。

生き延びてくれ、と願う。魔王を倒して戻ってくるまで、保ちこたえてくれ、と。両の拳を握りしめ、ニーアはカイネの後を追った。

6

幾つもの通路を抜け、幾つもの階段を上った。数え切れないほどのマモノを倒した。

そろそろ終わりだろう、この扉を開けたら、魔王がいる筈だと思った。或《あ》いは、これまでに倒してきたマモノよりも凶悪で、巨大なマモノが。そんな思わせぶりな扉が目の前にあった。

開けると、中は大広間ほどではないものの、それなりに広さのある部屋だった。大きなガラス窓の向こうに上階への通路らしき橋が見えた。ここが終着点という訳ではなかった。まだ先がある。

その証拠に、魔王がいない。凶悪なマモノもいない。待ち受けていたのは、二人。

「デボルさん！　ポポルさん！」

会わずに済むなら、会いたくない二人だった。

「やっと来たね」

「待ちくたびれたわ」

どうして、とつぶやく自分の声が遠い。答えはあなたが見つけてちょうだい、というポポルの声が耳に蘇《よみがえ》る。……そんなもの、見つけられなかった。

「どうしてなんだ⁉」

思えば、白の書はずっと二人を疑っていた。「封印されし言葉」を探していた時も、鍵となる石片を集めていた時も、誰かに集めさせられているようだと白の書は言った。ニーアが否定したから自説を引っ込めたにすぎなかった。

白の書は慎重ではあるが、無闇に相手を疑ったりはしない。その白の書がはっきりと疑念を口にした。その意味をもっと重く受け止めるべきだった。

「一三〇〇年前……」

デボルの言葉をポポルが継いだ。

「滅びかけた人類がとった最後の手段、ゲシュタルト計画」

「ゲしゅ……タるト……？」

白の書の口調がおかしい。いや、ずっとおかしかった。デボルとポポルに「力を写し取られた」

その時から。

「白の書、思い出せないの？」

ポポルの声が冷たく響く。

「なら、思い出させてやる」

デボルの口許《くちもと》に、今まで見た事のない笑みが浮かぶ。と、その口が小刻みに震え始める。……違う。何か、音を発しているのだ。金属の表面に刃を走らせているような、甲高く、耳障りな音だった。

ぐうっ、と白の書が呻《うめ》く。

「シロ！　大丈夫か⁉」

それには答えず、白の書が空中で固まっている。

「アタマの……中がガガガッ」

村の図書館で、黒の書に襲われた時、こんなふうに白の書が動きを止めた事があった。カイネもエミールも、それを思い出したのだろう。

「クソ紙！」

「シロさん！」

狼狽《ろうばい》した様子で二人が呼びかける。あの時は、カイネの罵倒が白の書を呼び戻したんだった、と五年前の光景を思い出す。だが、今回、罵倒は不要だった。

「思い……出したぞ……」

白の書が切れ切れに言った。いつの間にか、デボルとポポルの発する音が止《や》んでいる。

「シロ、大丈夫なのか？」

「案ずるな」

白の書がデボルとポポルに向き直る。

「デボル、ポポル、汝等《なんじら》は人間にあらず！」

それは、二人が魔王の側にいると知った時の衝撃に比べれば、まだ冷静に受け止められる事実だった。

「そして……」

白の書が口ごもった。くすりとデボルが笑う。

「言いづらいかい？　ポポル、代わりに言ってやんなよ」

ポポルと視線がぶつかった。いつも、ニーアを見送りながら、「気をつけてね」と言ってくれた時と同じ眼差《まなざ》しだった。

「わたし達だけじゃないわ。今、ここにいる全員が、人間に作られた『人間モドキ』なの」

「何を言って……」

「まだわからないかなあ？」

苛立ちを含んだ言葉がニーアを遮った。

「おまえ達は人間じゃないんだよ！」

返す言葉が見つからない。いや、意味が理解できない。

「じゃあ、この世界に『人間』は存在しないんですか？」

今にも泣き出しそうなエミールの問いに答えたのは、白の書だった。

「否《いな》。我等がマモノと呼んでいるアレが……人間だ。人間だったモノのなれの果ての姿だ」

「マモノが人間？　何を言ってるんだ？」

心の底から憎み、蔑《さげす》んできたマモノが人間で、自分達が人間ではない？　馬鹿《ばか》げている。驚く事すらできない。笑ってしまいそうだ。

確かに、初めてマモノを斬った時、人間に似ていると思った。斬れば血を流すから似ていると言ったら、羊や山羊《やぎ》も同じだろうと言われた。そうだ、マモノは羊や山羊程度のものだと、その時は思った……。

「あなた達のカラダには、持ち主がいるの。魂だけの存在、ゲシュタルトとなった人間が。いつの日か、彼らが再生する為に、レプリカントは生かされている」

「レプリカント？」

「あなた達の事よ。人類は、肉体という器を切り離して魂だけの存在になった。蔓延《まんえん》する白塩化症《はくえんかしょう》候群《こうぐん》から生き延びる為に。それがゲシュタルト計画」

不意に、あの白い小鳥の言葉が思い出された。

『人は何故、世界からいなくなったのか？』

『人はその命をいかに長らえるのか？』

『魂のゆく先は何処《いずこ》か？』

あの、一連の問答。黒き病が故に、と白の書は答えていた。その身と魂を別つべし、写し身となる傀儡に収めん、とも。あれは、魂と肉体を分離し、然《しか》る後《のち》に元に戻して再生する、というゲシュタルト計画を意味していた……。

「所詮《しょせん》は道具なんだ。おまえ達は魂の容《い》れ物にすぎない。ゲシュタルトの為の道具なんだ。そして、あたし達も……」

デボルが心なしか寂しそうな表情を浮かべる。

「あたし達の永い人生は、ニンゲン達の意思に沿って他人の人生を制御する為にしか存在しない」

村で行われる様々な儀式を司る司祭として、村人達の相談役として、皆に慕われ、信頼されてきたデボルとポポル。賢く、優しく、温かかった二人の行動は、全て、村人達を管理する為だったというのか……。

「お喋りは終わり。あたし達は仕事に戻る」

デボルの顔から表情が消えた。

「おまえのそのカラダを返してもらおう。本来の持ち主である人間に」

そうだったのか、と心のどこかで納得していた。魔王の城の場所をニーアに教え、鍵を集めさせたのも、ここへ誘導する為だったのだ。一方的に所有権を主張する「ニンゲン」とやらの為に。

「悪く思わないでね。それが、持ち主のいないカラダを持たされた、わたし達の仕事なの」

「持ち主のいないカラダ？」

もうポポルは答えてくれなかった。ニーアの問いかけを無視して、ポポルが杖を構える。

「あなた達には、あなた達の理由がある」

デボルが杖を振り上げる。

「あたし達には、あたし達の理由がある。そういう事だ」

白の書が苛立ったように空中で身動《みじろ》ぎをする。

「格好つけるな、ババババババーカ!」

子供じみた言葉だった。うまく口が回っていない。なのに、デボルが伏し目がちに言った。そうだな、と。

杖を振り上げ、デボルとポポルが魔法の槍を放ってくる。「封印されし言葉」の魔法と寸分違わぬ魔法だった。

「デボルさん! ポポルさん! やめてくれ!」

母親を亡くした後、何くれとなく力になってくれたデボルとポポル。その二人と、なぜ戦わなければならない? ヨナに絵本を読んでくれたポポル、挫《くじ》けそうになっていた時に励ましてくれたデボル。自分達兄妹《きょうだい》は、二人に育てられたようなものなのに。

「くそっ! なんで二人と戦わなきゃならない⁉」

「彼奴《あやつ》らは、年も取らずに、ずっと見てきたのだ。長い、長すぎる歴史を……真実を」

「でも……だからって……」

足許から無数の棘《とげ》が突き出してくる。これも、白の書の魔法と同じ。ニーア自身がマモノとの戦いで幾度となく使ってきたものだった。

咄嗟《とっさ》に魔法で防壁を張り、事なきを得た。が、次の瞬間にはもう、魔力の拳が頭上から降ってくる。

「防御だけでは殺《や》られるぞ！」

二人は本気だ。本気で戦い、本気で自分達を殺そうとしているのだと……やっと思った。

「わかってる！」

ニーアは、二人めがけて魔力の槍を放ち、魔力の弾丸を撃った。しかし、デボルもポポルも顔色ひとつ変えない。歌うように呪文を詠唱し、踊るように魔法を放つ。遊んでいるかのように。人間を相手にしているのではなく、獣やマモノを駆除しているかのように。

所詮は道具なんだ、というデボルの声が思い出された。

「違う！　俺は、おまえ達とは違う！」

道具なんかじゃない。容れ物なんかじゃない。家族を愛し、仲間を思い、明日に希望を抱いて生きていく、人間だ。

ニーアの声に応えるように、エミールが魔法を放ち、カイネが双剣を繰り出す。

「剣を止めるな！　進みたいなら倒せ！　倒すしかないんだっ！」

カイネの声に応えて、剣を振る。

俺には仲間がいる。俺達は、俺達のものなんだ。誰にも渡さない。奪わせはしない。

白の書と共に魔法を放つ。白の書も道具なんかじゃない、と思う。ずっと一緒に戦ってきた、相棒だ。

悲鳴を聞いた。

叫んだのは、ポポルだった。魔力の一撃に貫かれて倒れたのは、デボルだった。

「デボルッ！」

床に叩きつけられ、勢い余って転がったデボルに、ポポルが駆け寄る。

「デボルッ！　デボルッ！」

ぐったりしている身体を抱き起こし、必死で揺さぶる様子に、ニーアのほうが胸塞《むねふさ》がれる思いだった。

攻撃されたから、応戦した。殺されると思ったから、本気で反撃した。本気だったから……致命傷になった。

「デボル……ッ！」

泣いているのか、と答えるデボルの声が酷く掠《かす》れている。

「デボル！　死んではダメ！」

ポポルの涙がデボルの顔に零《こぼ》れ落ちた。あたかもデボルが泣いているかのように、それは頬《ほお》を伝い、流れていく。

「あたし達が……」

「デボル？」

「なぜ、双子に作られたか……。今、わかった。魂のない……あたし達が……」

「喋らないでっ！　血が……血が止まらない！　デボル！」

「一人で生きるには、この世界は寂しすぎるんだ。時間が永すぎるんだ……」

ひっきりなしに流れるポポルの涙を、デボルが震える指先で拭《ぬぐ》う。

「涙は流せるのに……魂がないなんて……本当……に……おかしな話だよ」

「いやっ！　デボル！　置いていかないで！」

「ごめんな……ポ…ポル……」

涙を拭っていた手が胸の上に落ちる。

「わたしを一人にしないでッ！」

デボルの瞼《まぶた》が閉じ、動かなくなった。

「いやだっ！　いやだあああああああっ！」

デボルの亡骸《なきがら》を揺さぶり、ポポルが泣き叫ぶ。いつも穏やかな表情を浮かべているポポルが感情を露《あら》わにするのも、子供のように泣きじゃくるのも、見た事がなかった。……見たくなかった。

「ポポルさん……もう、やめよう」

ニーアは剣を下ろした。本気で戦えば、必ずどちらかが死ぬ。死にたくない。それ以上に、死なせたくない。もう、たくさんだ。

「やめよう？　やめよう？　やめようって？」

ポポルが顔を上げる。涙と洟《はな》でぐしゃぐしゃになった顔に、両の目だけが異様にぎらぎらと光っている。

「オマエにそんな自由があると思ッテルの？」

ポポルの口調は、尋常ではなかった。

「デボルを……デボルを殺シテおきながら、ヨクモそんな……」

睨《にら》み付《つ》けてくる目には、明らかに狂気の色がある。ポポルの喉《のど》が音をたてた。泣いているのとも、笑っているのとも違う、奇妙な音だった。

「みんな殺す……！　コロしてやる……！」

ポポルの周囲で魔力が渦を巻く。魔力が猛《たけ》り狂《くる》っている。

「やめてください！」

エミールが声を張り上げる。このままでは、ポポル自身が保《も》たないとわかったのだろう。

「今ならまだ……」

「もう遅ェンだよッ！　何もかもッ！」

「ポポルさん！　頼むから、やめてくれっ！」

しかし、ニーアの声はポポルのけたたましい笑い声にかき消された。暴走した魔力が膨れ上がり、部屋全体を揺さぶっている。足許《あしもと》に亀裂が走る。窓ガラスが一斉に砕ける。

「まずい！」

上階へと続く橋が崩れ落ちるのが見えた。

「ススス進めなくなるルルぞ！」

天井がばらばらと落ちてくる。

「ぼくが何とかします！」

エミールが杖を振る。魔力がニーア達を包む。強力な魔力は、すぐに透き通った繭《まゆ》へと変容した。

荒れ狂うポポルの魔力の中を、エミールの魔力がゆっくりと浮上していく。

「オマエ……ラ……コロス……ッ！」

凄《すさ》まじい力と執念とを感じた。さっきまでの魔法攻撃が、ほんのお遊びに思えるほど。ポポルが両腕を広げるのが見えた。そこから触手のように伸びてきた黒い力が、ニーア達を包む繭を捕らえた。

「だめか！」

エミールが「いいえ」と穏やかな声で答えた。

「いいえ。大丈夫です」

エミールがカイネを、そして、ニーアをまっすぐに見つめてくる。

「ぼく……少年だった頃の石化させてしまう日も、この醜い身体になってからの姿も、本当に嫌でした。だけど、同時に誇りでした。だって、この姿のおかげで、みんなと……仲間になれたもの」

一息に喋った後、エミールはもう一度、順繰りにニーア達を見た。

「みなさん、ありがとうございます」

「エミール？」

「今、人を守る為の兵器になれる事、本当に感謝しています」

エミールが何をしようとしているか、わかった。止めなければ、と思った。ニーアよりも先に、カイネがエミールに手を伸ばす。

「よせっ！」

しかし、カイネの指先は徒《いたずら》に空を摑むばかりだった。

「さあ、行ってください！」

ふっ、と魔力の繭が揺らいだ。がくり、と縦揺れが来た。

「エミール！」

いつの間にか、エミールが繭の外にいた。その周囲に黒い触手が絡みついている。

「ぼくなら、大丈夫ですから」

エミールが杖を振る。ニーア達を包む繭が押し上げられていく。ポポルに捕らえられたエミールが遠ざかる。

「エミール！」

白の書があらん限りの声を振り絞る。カイネが内側から繭を蹴る。

ニーアも必死で繭を叩いた。叩いてどうなるものでもないとわかっていたが、そうせずにはいられなかった。

だが、究極兵器の魔力はその程度で破られるものではなかった。叩こうが蹴ろうが微動《びどう》だにせず、繭は上昇していく。やがて、繭は隣の建物の上階へと達した。それでも諦《あきら》めきれなくて、でも、手をこまねいているしかできなくて、ニーアはただただ叫ぶ。

ポポルの哄笑《こうしょう》を聞いたような気がした。同時に、何か黒いものが膨れ上がってくるのが見えた。

魔力だ。ポポルが全ての魔力を放出している。真っ黒な魔力が丘状にせり上がり、建物全体を包むかのように広がったかと思うと、急速に萎《しぼ》んでいった。

そして、魔力の気配が消え失せた後には何も残らなかった。ポポルがいて、デボルの亡骸が横たわっていて、引き寄せられたエミールがいた筈の場所は、すり鉢状に抉《えぐ》れているばかりだった。

7

「西暦一九九九年。トウキョウ上空に赤い竜が、シンジュクに白い巨人が出現した。それが発端だった」

長い通路だった。襲いかかる敵が途切れるたびに、白の書は『ゲシュタルト計画』について話してくれた。ニーアはそれを黙って聞いた。エミールを失った痛手は耐え難く、言葉を発する気になれなかった。カイネも同じだったのだろう。黙ったまま、前を歩いている。

「白い巨人は赤い竜に倒され、赤い竜はジエイタイに撃墜された。赤い電波塔に突き刺さった竜の死骸《しがい》を回収するのは、膨大な費用を要したらしい」

赤い、塔。脳裏をよぎる光景があった。剣に似た、奇妙な形の塔をどこかで見たと思った。あれは夢？　それとも？

「どうした？」

「何でもない。続けてくれ」

気のせいだ。或《ある》いは、神話の森辺りでマモノに見せられた幻だろう。

「赤い竜は、この世界に未知の物質、魔素を撒き散らした。その結果、ふたつのものがもたらされた。ひとつは魔法。もうひとつは、白塩化症候群」

ポポルの言葉を思い出した。蔓延《まんえん》する白塩化症候群から生き延びる為に、という言葉を。

「白塩化症候群とは、文字通り、人間が塩に変わるという病。治療法も予防法もなく、人々は次々に塩に変わっていった……」

辺り一面に降り積もる塩。その光景を知っていると思った。もしかしたら、当時、この身体の持ち主であった者の記憶なのかもしれない。生まれる以前の記憶を引き継ぐなどという事が、果たして可能なのかどうかは定かではないが。

「稀《まれ》に、塩にならずに生き延びる人間もいた。ただし、自我を失ったバケモノとなってしまった。見境なく人を襲う、レギオンというバケモノにな」

見境なく人を襲うなんて、マモノみたいだと思った。だとすれば、当時の人々はその対策に苦慮したに違いない。マモノの害に悩まされてきた自分達のように。

「白塩化症候群とレギオン。これらを駆逐する為、当時、様々な研究機関が設立された。ゲシュタルト計画を提唱する一派もその中のひとつだが、最初はたいして発言力も影響力もなかった。何しろ、研究そのものが暗礁《あんしょう》に乗り上げておったのでな」

魂と肉体の分離は技術的には可能になっていた。しかし、分離した魂《ゲシュタルト》が自我を失ってしまうという現象がどうしても克服できなかったのだという。自我を失ったゲシュタルトは「崩壊体《ほうかいたい》」と呼ばれるが、そうなっては肉体に戻す意味がない。

研究者達は極秘裏に人体実験を繰り返し、ついに肉体から分離した後も崩壊体にならない個体を発見した。

「ただし、その成功例は一例のみ。実験はその後も繰り返されたが、その者以外は全員、崩壊体になってしまった。また、彼の血縁者も非常に進行が遅く、崩壊体化には至っていない。どちらも珍しいケースであるから、何らかの遺伝的な要因があるのやもしれぬ」

「ちょっと待った。崩壊体化には至っていないって言ったよな？」

至っていなかった、ではなく。過去形ではないという事は。

「然り。今も、彼女は崩壊体化が途上のままで保管されている」

「彼女？」

「冷凍睡眠によって保管されているのは、成功例の妹だ。妹を助けたい一心で、兄は、ただ一人の成功例である兄は、研究機関と取引をした」

彼が唯一の成功例たり得た理由は、どうやら、特殊な「魔素」というものを保有していた為らしい。その魔素を定期的に摂取する事によって、他の個体も崩壊体化を予防できると判明した。研究機関が彼に提示した条件は、その魔素の採取・提供であった。

見返りとして、莫大《ばくだい》な資金と優秀な人材を投入して、崩壊体化の途上にあるゲシュタルトを元に戻す研究を進める。遠い未来の話になるが、白塩化症候群もレギオンもなくなった世界で、人類は再生し、彼も妹も再び共に暮らしていける……。

「こうして、ゲシュタルト計画は動き出した。彼の魔素によって生き延びたゲシュタルト達は、やがて彼を崇《あが》めるようになった」

実際、全ゲシュタルトの命運は、彼の手に握られていた。「魔素」というものは、採取された後も、提供者の精神状態と分かち難く結びついているのだという。状態が良い時に採取したから、ずっと良い状態を保ち続けるというものでもないらしい。

提供者の精神状態が不安定になれば、他のゲシュタルト達が摂取した魔素も不安定になる。万が一、彼が正気でなくなれば、彼の魔素を摂取したゲシュタルト達全員が自我を失い、崩壊体になってしまう。

「彼らにとって、崩壊体となる事だけは避けねばならぬ」

「どうして？」

「崩壊体となったゲシュタルトは、人間に戻れない」

崖の村を覚えているか、と問われて、ニーアはうなずいた。あの悲劇を、マモノに身体を乗っ取られた村人達を忘れられる筈がない。ごく普通に話していた村人の身体を黒い靄《もや》が包み、たちまちマモノに変貌《へんぼう》する様子は、何ともおぞましいものだった。

「要するに、そういう事だ。崩壊体化した魂を、肉体は受け入れない。無理にひとつになろうとしても、すぐに分離してしまう」

故に、研究機関は、魔素の採取・提供のみならず、彼に「精神を正常に保ったまま、長く生き続ける事」を要求した。ゲシュタルト達が彼を崇めたのは、これから先も正常なまま生き続けて欲しいと願っていたからだ。自分達が生き続ける為に。

「しかし、そう都合良くはいかなかった。千年の時はあまりに長い。最愛の妹と引き離され、ひたすら待ち続けるには長すぎる。その孤独が彼の精神を蝕《むしば》んだとて、誰が責められよう？　何を以《もっ》てしても、最愛の者が傍らにない寂しさを埋める事などできぬのだ」

「たとえ、王と崇められたとしても？」

左様、と白の書がうなずいた。ゲシュタルト達の王、マモノの王。魔王。唯一の成功例とは、魔王だったのだ。

「ここ数年で、魔王の精神状態は急速に悪化したのであろう。彼の魔素を摂取したゲシュタルト達が次々に崩壊体となっていったのが、その証左《しょうさ》」

五年前のあの日から、マモノ達は目に見えて増加し、凶悪化していった……。そこまで考えて、気づいた。心臓が跳ねるのを感じた。

「魔王には妹がいた……」

「もう気づいておろうが、名をヨナという」

これで、つながった。魔王がヨナを連れ去ったのは、妹の「カラダ」だからだ。そして、デボルとポポルがニーアに「そのカラダ、返してもらおう」と言ったのは、ニーアが魔王の……。

「魔王は、妹と共に人間に戻ろうとしている？」

「おそらく、な」

「そうだったんだ……。デボルさんとポポルさんは、何もかも知ってたんだな。必死になってヨナを捜し回る俺を、心の中で笑ってたって事か。この五年間、ずっと」

ヨナがなぜ連れ去られたのか、どこでどうしているのか、何もかも知っていて黙っていた……。

打ちのめされる思いだった。

「そうとも限らぬぞ。五年前の事件は、魔王の暴走であって、あの双子には与《あずか》り知らぬ事やもしれぬ。でなければ、もっと早く、我等はここへ誘導されていたであろう。人類再生の条件は、すでに揃《そろ》っておったのだからな」

「再生の……条件？」

「白塩化症候群が終息し、レギオン殲滅《せんめつ》が為《な》されれば、人類にとっての生存条件が整う。そうなった時、ゲシュタルト化した人間達を一斉に肉体に戻すというプログラムを起動するのが、我と黒の書の役割であった」

そんな事が可能なのだろうか。いや、可能だと判断されたからこそ、ゲシュタルト計画は動き出したのだろう。千年前の人間達によって。魔王が正気を失い、同胞達が次々に自我《じが》を喪失《そうしつ》していくなどとは思いもせずに。

「ちょっと待った！」

崩壊体となったゲシュタルトは人間に戻れない、と白の書は言った。だとすれば……。

「ゲシュタルトが崩壊体ってやつになってしまえば、カラダに戻れなくなるんだよな？　そうなったら、俺達は……ええと」

ニーアは慎重に言葉を選んだ。自分達をレプリカントと呼び、ゲシュタルトを持ち主と呼ぶのは、どうしても抵抗があった。

「そうは行かぬ。ゲシュタルトが崩壊体になれば、レプリカントも死ぬ。黒文病でな」

「黒文病⁉」

「ゲシュタルトとレプリカントは、本来、ひとつのもの。故にゲシュタルトが崩壊体化すれば、レプリカントは黒文病を発症する。ここ最近、急激にマモノが凶暴化し、増殖した。同じ頃から、黒文病を発症する者が増えた。両者の因果関係は明白であろう?」

言われてみれば、ヨナが発症した頃はまだ、黒文病は「珍しい病」だった。ニーア達の母親や、灯台守の老婆、先代の仮面の王という発症者もいるにはいたが、それでも、頻繁に見かけるものではなかった。

それが最近では、どの村や街にも必ず一人や二人は患者がいる。死に至る恐ろしい病であるのに変わりはないが、珍しい病ではなくなった。

「記憶を失っていたが故に気づかなかった。黒文病増加の本当の意味を、な」

「そうか。魔王の妹は、崩壊体になりかかっていた……進行は止められていたけど」

だから、ヨナは黒文病を発症してしまったのか。

「ちょっと待った。じゃあ、ヨナの黒文病は治らないのか?」

魔王の妹が崩壊体化を免れない限り、ヨナは黒文病のままなのだろうか。

「いや、そんな事はない筈だ。何か方法がある筈。考えれば、きっと」

白の書は答えない。代わりにカイネが口を開いた。

「そこまでにしておけ。マモノの気配が近い。それも、とびきりデカくて、強そうな奴がいる。その先に」

カイネが扉を指さした。魔王に違いない。

「そうだな。今は、魔王を倒す。それだけだ」

他の事は後で考えればいい。魔王を倒して、ヨナを取り戻した、その後に。

8

広々とした、奇妙な部屋だった。いい加減、広い部屋には食傷気味だとカイネは思う。ただ、ここは今までに見たどの部屋とも異なっていた。

壁には天井から床までの長いカーテンが掛かっている。時折、ゆらゆらと揺れているところを見ると、カーテンの向こうは壁ではなく窓なのだろう。外の風がカーテンを揺らしているのだ。だが、外の光は全く室内に射し込んでいない。よほど分厚いカーテンらしい。

そして、部屋の奥には、小さな寝台が置かれていた。その上に、誰かが横たわっている。

「ヨナ!」

ニーアが駆け出していく。やっと妹を見つけたのだ。しかし、マモノの気配が濃い。カイネは用心深く周囲を見回した。

突然、床に影が差した。ヨナの許へニーアを行かせまいとするかのように。影は急速に濃さを増し、渦を巻いた。ニーアが足を止め、剣を抜く。カイネも身構えた。来る、と思った直後、渦の中から魔王が現れた。その傍らには、黒の書もいる。

「道具の分際で、我等が王に刃向かうとは!」

忘れもしない黒の書の声だった。白の書が「愚か者が！」と怒りの声を上げる。

「我等、ではない。我とおまえは違う！　ひとくくりにするな！」

そして、白の書はニーアに言った。

「派手にぶちかませ！」

「ああ。何もかも、終わらせてやる！」

ニーアが魔王に斬りかかっていく。黒の書がその行く手を阻《はば》む。開いたページの中から魔力が溢《あふ》れ出し、無数の刃となって襲いかかる。それを斬り払っているニーアだったが、全てを斬り、躱《かわ》せるものでもない。

カイネは跳んだ。ニーアに襲いかかろうとしている刃を双剣で斬り払う。

「気をつけろ！」

「わかってる！」

こんな時、援護してくれるのはエミールだった。ニーアとカイネが無謀な突っ込み方をしても、エミールが魔法で守ってくれた。傷を負えば、すぐに治癒魔法をかけてくれた。それが当たり前のようになっていたから、いつの間にか、無茶な戦い方をするようになっていた。いや、無茶な戦い方をしなければ生き延びられなかった……。

黒の書の周囲に張り巡らされた魔法障壁に向かって、双剣を振るう。壊れた障壁めがけて、ニーアと白の書が攻撃魔法を撃つ。

「クソ……ッ！　おまえ……ら……ッ！」

怒りの声を上げる黒の書に、二度、三度と剣を振り下ろす。ニーアが剣を振るう時には、カイネが魔法で援護した。

改めて思う。エミールはもういない……。

『カイネ……面白いな。おまえの心の中は、実に面白く進化した。複雑怪奇だ』

進化？　そんなものはどうでもいい。

テュランの声を半ば聞き流しながら、カイネは双剣を縦横に振るう。

『憎しみでもなく、悲しみでもなく、ただ白く光る波が、さらさらと流れてくるぞ。何だ、この感情は？』

わからないか？　テュラン。

口許に笑みが浮かぶのがわかった。

私は様々な『声』を聞いてきた。同情も、恐怖も、憎悪も、経験した。

黒の書の周囲に巡らされた障壁が崩れる。

私は知っている。私は汚れている。私は間違っている。私は呪われている。

黒の書を守る刃が消える。

だが、あいつはそんな私を受け入れてくれた。赦してくれた。だから……！

『アイツの為に、か？』

うなずき、黒の書本体めがけて双剣を振り下ろす。

この狂った世界で過ごす時間がまだ少しでもあるのなら。奴の刃になって死んでやる！

黒の書に刃がめり込むのを見た。続けて、ニーアの放つ魔法が黒の書を押し潰《つぶ》す。獣のような声で黒の書が吼え、四散した。ばらばらになったページが舞い散り、消えた。

これで、残る敵は一体のみとなった。

9

見上げる先に、闇と炎の色をした羽が揺らめいていた。

「魔王……」

影絵にも似た、マモノ特有の輪郭《りんかく》が蠢《うごめ》く。魔王の視線を感じた。目鼻すら定かではないのに、魔王の視線がわかる。確かに自分を見下ろしている。

攻撃魔法を放ったのは同時だった。魔力と魔力がぶつかり合い、その衝撃が辺りを震わせる。剣で斬りかかっていくと、受け止められた。いつの間にか、魔王の手にも剣がある。よく似た動きで攻撃し、よく似た姿勢で防御している。嫌な相手だ。認めたくはないが、自分と同一のモノだと感じた。

自在に滑空《かっくう》する魔王に向けて、カイネが魔法を放った。わずかに高度を下げたところへ、ニーアは跳んだ。剣を叩き込みながら、ばら撒かれる魔法弾を躱す。

五年前には圧倒的に感じた魔力の差がさほど気にならなくなっている。あの壁にも似た圧はもう感じない。魔王が弱くなった訳ではない事をニーアは知っている。白の書なら、こう言うだろう。おまえが強くなったのだ、と。

その強さに至るまでの日々を思った。それは、ヨナと引き離された時間そのものだった。強さと引き換えに失ってきた大切なもの、それを思うと、憤怒《ふんぬ》と憎悪とがさらに膨れ上がった。

ヨナの為に、魔王を殺す。その結果が何を引き起こそうと構わない。かつて人間だった者達がどうなろうと、世界がどうなろうと、知った事ではない。

ただ、ヨナの為だけに。

土砂降り雨のように降り注ぐ魔法弾を掻《か》い潜《くぐ》り、ニーアはただ一点を目指した。赤と黒の羽を切り裂き、黒い文様が蠢く身体に剣を叩きつける。

魔王の身体がぐらりと揺れる。さらに斬る。止められても、避けられても、執拗《しつよう》に追い、攻撃を繰り返す。

ついに魔王が膝を折った。あと一撃。あと一撃で止《とど》めを刺せる。剣を握る手に力を込めた時だった。

「やめてっ！」

聞き覚えのある声だった。思わず手が止まる。振り返ると、ヨナが上体を起こしている。寝台を降り、よろめきながら、それでも、一歩一歩を踏みしめて歩いてくる。

「おにいちゃん」

耳に懐かしく響く言葉。何度、夢に見た事か。

「ヨナ……」

背が伸びたな、と思う。髪も長くなった。あどけない子供の顔から、少女らしい顔へと変わっている。

手を差し伸べる。まっすぐにヨナが歩いてくる。おにいちゃん、と胸に飛び込んできたヨナを抱きしめたのは、いつだっただろう？

ヨナを受け止めようと、さらに腕を伸ばした時、予想外の事が起きた。ヨナが腕の中に飛び込んでこなかった。ニーアは目を見開く。空っぽの手を見、ヨナを見る。

ヨナはニーアのすぐ横をすり抜けて、さらに歩いていく。

「おにいちゃん……」

ヨナが呼びかけたのは、魔王だった。

「やめよう、おにいちゃん。ヨナ、もういいの」

深手を負い、惨めに這《は》い蹲《つくば》っている魔王に、ヨナが語りかけている。

「他の人のカラダ、いらない。ほしくない」

その言葉で理解した。今、話しているのは、ヨナではなく「魔王の妹」だ。

「このカラダの中にはもう、別の女の子がいるよ。ずっと泣いてるの。おにいちゃんに会いたいって」

泣いているのは、ヨナだ。ずっと捜し続けてきた、かけがえのない妹。

「この子も、おにいちゃんが大好きみたい。ヨナといっしょだよ。会えないの、かわいそう」

ここでようやく、「魔王の妹」がニーアを見た。

「あなたが、おにいちゃん？」

ニーアは剣を納めた。もう一人のヨナを怖がらせたくなかった。それがたとえ、「魔王の妹」だったとしても。

魔王が吼えた。何かを叫んでいるようだが、その言葉はニーアにはわからない。

「そうだよ。一緒に帰ろう」

そっと手を差し伸べると、もう一人のヨナはうなずいた。それが何を意味しているのか、はっきりと自覚している顔だった。

もう一人のヨナが歩き始める。窓辺へ向かって。カーテンが風に吹かれて揺れている。小さな手がカーテンを摑む。

魔王がまた吼えた。必死に手を伸ばしているようだが、動けない。妹を止めたいのだろう。言葉が通じなくても、それくらいはわかる。

もう一人のヨナが振り返った。

「ごめんね。ごめんね。おにいちゃん……ごめんね」

カーテンが開く。光が溢れる。か細い身体から、黒い靄《もや》が立ち上る。

「ゴメンね。おニイちゃ……ン、だい……す…キ……」

一瞬、黒い靄は人の形となったが、すぐに輪郭を失い、四散した。カイネが叫ぶ。

「妹に憑《つ》いていたマモノは消えた！」

もう一人のヨナ。「魔王の妹」は陽の光を浴びて死んだ。魔王の絶叫が響き渡る。ヨナの身体がゆっくりと倒れる。手を伸ばし、抱き止める。驚くほど細く、軽い。

絶叫はまだ続いている。床に手をつき、膝をついて、声を絞り出している。魔王の周囲で魔力が渦を巻き始める。それは、死に際のポポルが放った気配とよく似ていた。だとすれば、危険だ。エミールがいない今、手の打ちようがない。

「カイネ！　ヨナを頼む！」

魔力が暴走する前に止めなければ。ニーアは再び剣を抜く。今度こそ、止めを刺す。

「おまえの苦しみがわかるだなんて、そんな都合のいい事は言わない」

魔王が身体を弓なりに反らして叫んでいる。号泣しているのだ。苦しみは共有できなくても、魔王の行動は推測がつく。

魔王がゆらりと立ち上がった。さっきまで、身動きすら取れなかったというのに、ふらつきながらも歩いている。赤く光る双眸《そうぼう》がニーアに向けられる。違う。ニーアの背後にいるヨナを見ているのだ。

白の書と共に攻撃魔法を放つ。魔王の身体が吹っ飛ぶ。それでも、魔王は立ち上がる。咆哮を上げ、歩いてくる。何を言っているのかわからない。ただ、ヨナを狙っているのは、わかる。自分が妹を奪われたから、ニーアからもヨナを奪おうとしているのだ。

魔力の拳で魔王を叩きのめした。

「俺はただ、仲間と妹を守るだけだ！」

しつこく魔王が立ち上がってくる。足許も覚束《おぼつか》ないというのに、向かってくる。身体を妙な具合に傾けたまま、歩いてくる。

「仲間と妹を危険に晒《さら》す者がいれば……倒すだけだッ！」

何度、魔法を放っても、魔王は倒れない。

不意に、魔王の周囲だけ色が変わった。魔法陣だ。赤と黒の魔法陣が展開している。折れていた筈の背中の翼が不快な音をたてて広がった。捻《ねじ》れて歪んだ翼を羽ばたかせて、魔王が飛ぶ。この高さなら届かないだろうと言わんばかりに。

傍らで、グギギギと耳慣れない音がした。

「シロ⁉　大丈夫か⁉」

音ではなく、白の書の呻《うめ》き声《ごえ》だった。

「ゴ……しンぱい……ギゴゴゴ……ムヨう……」

「様子がおかしいぞ、シロ！」

降り注いでくる魔法弾を避けながら、白の書をかばう。

「グググ……何…やって……おル！　ここまできて……倒さな……グギ……いでどうすルルルルル！」

精一杯の叱責《しっせき》だとわかった。だが、大量の魔法弾を弾《はじ》き返すのがやっとで、攻撃に転じる事ができない。

まずい、このままでは……と思った瞬間、白の書から光が広がった。

「シロ⁉」

白の書が床に落ちる。

「いたた……。どこかの馬鹿者に乗せられて、無茶をしすぎたようだ」

白の書に無茶をさせすぎたのはわかっていた。ずっと、様子がおかしかった。

「ごめん、シロ……ごめん。俺……」

「おい、真に受けるな。冗談だ」

白の書が再び浮き上がる。

「突っ立ってないで、そこをどけ。我には最後の大任があるのだ」

「何を……？」

それには答えず、ニーアと魔王の間に割り込むように、白の書が移動した。広がる光と共に。

「彼奴《あやつ》の動きを止める」

光が強さを増していく。気がつけば、大量の魔法弾が光に吸い込まれている。

「あとは任せた。この先は、おまえ一人の戦いだ。しっかり頑張るのだぞ」

「……嫌だ」

かけがえのない仲間を失い、姉のように慕っていた二人を失った。この上、白の書まで失いたくなかった。この長い長い戦いの始まりから、ずっと行動を共にしてきた相棒を。

「嫌だ！　俺はまだ、シロと……」

「まったく。我はおまえのそういう単純なところが……」

白の書がニーアの言葉を遮った。

「好きであった」

悲壮感など欠片《かけら》もない、いつもの口調だった。

「楽しかったな。おまえといると、本当に楽しかった」

俺だって、と思う。常に危険と背中合わせだった。少年だった自分にとって、白の書は本当に頼りになる仲間だった。ヨナを奪われた後の、憤怒と憎悪だけに突き動かされた旅の間、どうにか人間らしい喜怒哀楽を保っていられたのは、白の書がそばにいてくれたからだ。

「しかし、ここでお別れだ」

「シロ！」

白の書の放つ光がまた強くなった。

「そうそう。ひとつ、言い忘れておった」

目映《まばゆ》い光の中、白の書が小刻みに揺れている。

「シロという名、本当はけっこう気に入っていたのだぞ」

最期の時が近いのだと、引き留める事などできないのだと、悟った。

「……知ってた」

無理矢理に口角を上げ、笑顔を作る。うまくできたかどうかは、わからない。

「ふん。生意気な奴め」

いつもと変わらない口調だった。船の上での何気ない会話や、村や街の中を歩いている時と同じ……およそ最期の言葉とは思えない、そんな普段通りの言葉だった。

目を開けていられないほどの強烈な光の後、白の書が四散した。ばらばらになったページが奔流となって魔王に襲いかかる。

絶叫と共に、魔王が床に叩きつけられる。今だ、と白の書が叫んだ気がした。

剣を手に跳ぶ。

「俺には守るものがある！　生きる意味があるんだッ！」

道具なんかじゃない。この身体は、魂の容れ物なんかじゃない。これからも、生きていく為のもの……。

鋒《きっさき》が黒い身体を捉えた。幾度となく殺してきたマモノと寸分違わぬ手応えの後、凄まじい衝撃が返ってくる。黒い翼がぼろぼろと崩れ落ち、周囲を取り巻いていた魔法陣が跡形もなく消える。残ったのは、両膝をつき、肩を震わせている魔王、もう一人のニーアだった。

まっすぐに剣を振り下ろす。血が噴き出す。黒い身体が塵となって消えた。

10

何度も何度も名を呼び続けた後、再びヨナが目を開けた。

「おにい……ちゃん？」

今度こそ、ヨナだ。カイネの腕の中で身を起こしたヨナに、手を差し伸べる。そっと立ち上がらせる。背が伸びたな、とまた思った。

「これ……ヨナの身体？」

視線の高さの違いに戸惑ったのか、不思議そうに下を見て、手を上げ、足を上げ、首を傾げた。

「そうだよ。おまえだけの身体だ」

ゲシュタルトの為の器ではない。その身体の持ち主は、ヨナ自身なのだ。

「おにいちゃん？」

ヨナがニーアを見上げてくる。

「大きくなってる。オトナの人みたい」

「ああ。あれから、少し時間が経《た》ったんだ」

ヨナが連れ去られて五年。あの日々を「少し」と言ってしまえるのが嬉《うれ》しい。

「ヨナはずっと眠っていたの？」

「ああ」

「物語のおひめさまになったみたいね」

楽しげに笑うヨナを抱きしめる。取り戻したのだと、実感が湧いた。夢にまで見た、この瞬間を、ニーアは噛《か》み締める。

密《ひそ》やかな靴の音を聞いた気がした。顔を上げると、カイネが背を向けて歩いている。

「カイネ？」

呼びかけると、カイネは足を止めた。だが、振り向かない。背を向けたまま、カイネは「妹と仲良く平和に暮らせ」と言った。

「カイネはどうするんだ？　もしよかったら、俺達と……」

一緒に暮らさないか、という誘いは口に出せなかった。カイネの強い口調がそれを遮った。

「遠慮しておこう。私にはまだ片づけなければならない問題があるからな」

「問題って？」

「個人的な事だ。元気でな」

肩越しに少し振り返っただけで、カイネは歩き始めた。マモノ憑きだという事を気にしているのだろうか？　今更、そんな些細《ささい》な事を気にする必要がどこにある？　それに、村への出入りを禁じたデボルとポポルはもういない。

カイネを呼び止めようとした時だった。強く腕を引っ張られた。

「おにいちゃん、見て！」

ヨナが窓の外を指さす。

「きれい！」

窓の外は快晴だった。雲ひとつない青空に、煌《きら》めく陽射し。

ヨナを捜している間、青空があまり好きではなかった。マモノ狩りに最適なのは、曇りの日だ。非効率な晴れの日には苛立ちを覚えた。魔王が飛び去った空も青かったから、尚更だった。

今、晴れた空を見て、素直に美しいと思える。今になって、やっと。

束の間、ニーアはカイネを忘れた。ヨナと二人、窓の外に広がる景色に見入っていた。もしも、背後で異変を告げる音がしなければ、思い出しもしなかったかもしれない。何とも薄情な話だ。

だが、音が聞こえた。ぐうという呻き声と、どさりという音と。あわてて振り向くと、カイネが倒れている。

「カイネ！」

左半身を震わせながら、カイネが両手を床についている。身体を起こそうとしているらしいが、床の上を徒《いたずら》に手が滑るばかりだった。

「どうしたんだ⁉」

駆け寄り、抱き起こす。カイネの息が荒い。

「マモノの……領域が、広がってる。もうすぐ……私は……暴走してしまう」

その言葉を裏付けるかのように、カイネの身体に黒い文様が広がっていく。石の神殿で、マモノと化して暴走した時と同じだ。

「そんな……」

「いいから聞けっ！」

黒い文様が顔にまで広がっている。

「もうエミールはいない。私を止める方法はないんだ……お願いだ。そうなる……前に」

カイネの声が苦しげに途切れる。

「私を……殺……せ」

「嫌だ！」

魔王を倒した。ヨナを取り戻した。これからだ。これからなのに。

「カイネがいたから！」

真っ黒になった手を握りしめる。エミールがいないからこそ、自分が止めなければと思う。白の書もいない今、カイネはたった一人、残った仲間だ。

「おまえに出会えたから、今の俺が在るんだ！　絶対に諦めたりしないからな！」

黒い文様が全身を覆い尽くしている。その身体を抱きしめ、「俺が必ず助ける！」と叫んだ時だった。

『助ける方法なら、ある』

声が聞こえた。

「誰だ⁉」

『時間がない。いいか、よく聞け』

切迫した声だった。頭の中に直接響いているような気がしたが、触れている文様から聞こえているようにも思えた。

「おまえは、まさかカイネの？」

『いいから、聞け！』

カイネに憑いていたマモノだと確信した。

『助ける方法は、ある。だが、おまえにとって、それは辛《つら》い選択になるだろう』

「構わない！　助ける方法があるなら、さっさと言ってくれ！」

『ひとつは、カイネの胸に剣を突き立てる方法。カイネの望み、この業苦《ごうく》からの解放』

「もうひとつは？」

『おまえという存在と引き換えに、カイネを元の人間に戻す方法』

「できるのか⁉」

カイネを人間に戻す。そんな事ができるのだろうか？　崩壊体化したゲシュタルトを元に戻す方法はないと白の書は言った。黒文病の治療法がないのと同じく。

『できる。ただし、おまえはこの世から消える。おまえの妹、友人、そのほか全ての人々から、おまえは忘れ去られる。おまえも、おまえの生きてきた証《あかし》も、全て消える』

なんだ、そんな事か。それがどうした、と思う。

ずっと、死ぬ覚悟はできていた。その覚悟なしには続けられない旅だった。エミールを失い、白の書を失い……そして、残される辛さを知った。もしも、自分の生きた証が全て消えて、誰からも覚えていられないとしても、構わない。むしろ、忘れて欲しい。ヨナを、カイネを、悲しませずに済む。

「カイネを人間に戻してくれ」

『即答か』

呆れたような、笑っているような、そんな声だった。

「おまえは、カイネに憑いているマモノだろう？　なぜ、カイネを助けようとする？」

『マモノのくせに、か？　そうだな。長年、カイネを苦しめ続けてきた張本人。だが、まあ……おまえと同じ理由だろう。おそらくな』

それよりも、とマモノの声が疑わしげなものになる。

『そんなに簡単に信じていいのか？　俺を疑わないのか？』

「ああ。信じる」

『なぜだ？』

長年、カイネを苦しめ続けてきたとマモノは言ったが、ただそれだけではなかった筈だ。苦痛しかもたらさない相手なら、カイネは左半身に包帯を巻いて陽の光を遮ったりしなかっただろう。力が欲しいという動機ひとつで、何年もマモノと共存し続けられるとは思えない。

カイネとマモノの間には、利害では説明のつかない「何か」があった。おそらく。そういう相手なら、信じてもいい。たとえマモノでも、カイネが共に在る事を許した相手だ。

信じる、とニーアはもう一度繰り返した。

「たぶん、おまえと同じ理由だ」

NieR Replicant

ver.1.22474487139...

《ゲシュタルト計画回想録》

File02

解放ノ章

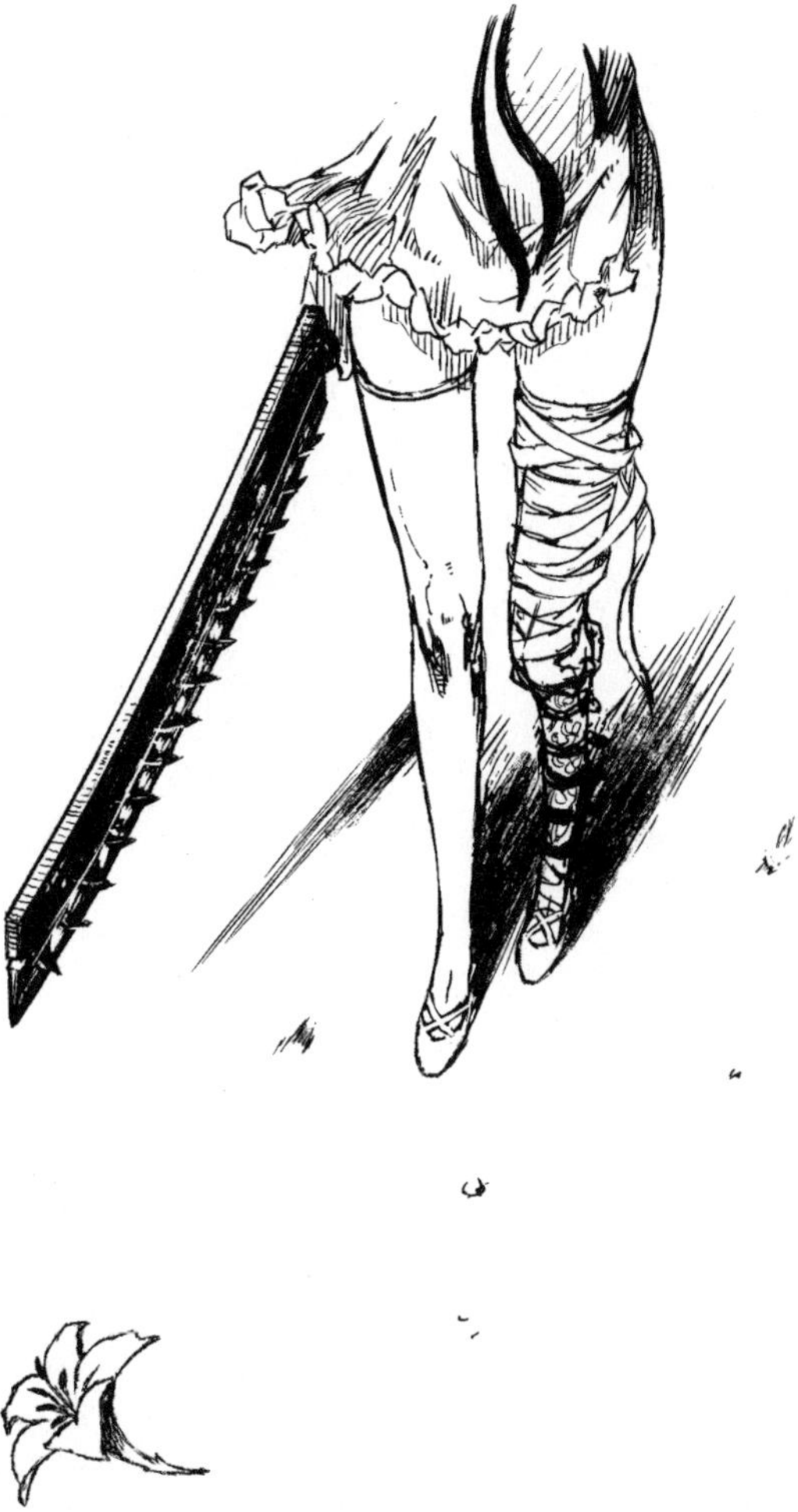

光が溢《あふ》れていた。目を閉じていても、瞼《まぶた》を通してわかるほど、辺りは明るい。目を開けてみれば、痛いほどに眩《まぶ》しい。

カイネはゆっくりと身体を起こす。起き上がってしまうと、思ったほどには明るくなかった。急に目を開けたせいで眩しかっただけだ。

ここはどこだろう？

そういえば、以前にも似たような事があったな、と思う。天井がなくなった建物の中で目を覚ました。そう、図書館だった。こんなふうに、目を開けて……。

だめだ、頭がうまく働かない。どこかに強くぶつけたのだろうか。

ぺたり、ぺたりと小さな音が聞こえた。足音だ。裸足《はだし》で歩く音。誰だろう、と振り返る前に声をかけられた。

「大丈夫ですか？」

少女が心配そうに覗《のぞ》き込んでくる。知っている顔だった。ええと、名前は……と、カイネはまともに動こうとしない脳味噌《のうみそ》を必死に絞り上げる。

「……ヨナ？」

名前はどうにか思い出せたが、なぜ、自分がこの子の事を知っているのかは思い出せなかった。

「あなたが、助けてくれた……のよね？」

助けた？　ヨナを？　どうして？　何から？

魔王に連れ去られたヨナを助け出した。そうだ、ここは魔王の城だった。魔王は倒した……筈《はず》だ。

周囲に視線を巡らせてみる。マモノの気配はない。大丈夫だ。魔王は確かに倒した。ただ、今ひとつ実感が持てないだけだ。やはり、頭をぶつけたのだろう。記憶がどうにも曖昧《あいまい》なのは。

覚えているのは、無茶苦茶にばら撒《ま》かれた魔法弾と、翼を広げて滑空《かっくう》する魔王と……。

「怪我《けが》はないか？」

ヨナは首を横に振った。少し幼さの残る動作が、何とも愛らしい。

「ありがとう！」

心配そうな表情が笑顔に変わると、まるで花が開いたようだ。この笑顔の為なら、何でもしてやりたいと思うのもわかる。

「……無事で良かった」

なるほど、あいつもこんな気持ちだったんだな、と思った瞬間、濃霧の真《ま》っ只中《ただなか》に放り込まれたような感覚に陥った。

今、自分は誰を思い出そうとしていたのだろう？　いや、「誰」なのか、「何」なのか、そこもはっきりしない。思い出そうとすればするほど、記憶が逃げていってしまう。

「どうしたの？」

ヨナがまた心配そうに、カイネの顔を覗き込んでくる。おや？　と思った。誰かに似ている……。

ような気がした。

「せっかく魔王を倒したのに、ちっとも嬉《うれ》しそうじゃないのね」

「そうか？　まあ、人助けなんて柄じゃないからな」

笑えるねぇ、と茶々《ちゃちゃ》を入れてくる声がない事に気づいて、愕然《がくぜん》とする。ここに至って、ようやく。

改めて左半身に目をやるまでもなかった。テュランが消えていた。左腕や左足に巻いた包帯の下に、いつも蠢《うごめ》いていた黒い感触は跡形もなかった。

すぐに気づかなかったのは、テュランの消失が全く不快ではなかったからだろう。寝ている間も悩まされていた違和感や鈍い痛み、そういったもの全てがなくなっていた。これが逆に不快感を伴うものだとしたら、目覚めた瞬間に気づいた筈《はず》だ。

なぜ、テュランは出て行ったのだろう？　この場所の明るさを思えば、カイネの身体から出ていくのは、テュランにとって死を意味する。自殺のような真似《まね》をするマモノではないし、無理矢理追い出そうとしても追い出されるようなタマじゃない。

いや、それ以前に、テュランはもはや自らの意思を以《もっ》てしても、出て行けなくなっていた。あまりにも長く、カイネの中に居座り続けたせいで。

何かが起きた。おそらく、あり得ないような出来事が。その結果、テュランは消えた。けれども、その「何か」が思い出せない。魔王を倒した前後の記憶だけではない。ここへやってくるまでの出来事も、ところどころ思い出せなくなっていた。それ以前の記憶にも、虫食いのような部分がある……。

「月の涙だわ。すてき！」

ヨナの声で我《われ》に返った。ヨナが床に落ちた髪飾りを拾い上げて、歓声を上げている。

願い事が叶《かな》うという伝説のある花、月の涙。昔、祖母が村はずれで咲いていたのを摘んできて、よく乾かして髪飾りを作ってくれた。これは、祖母の作ってくれた髪飾りではない。少し歪《ゆが》んで、不格好で。でも、懸命に作ってくれたのはわかる……。

不意に、白い花の輪郭が歪んだ。透明な滴《しずく》が花の上に落ちる。

「泣いてるの？」

「そうらしい……なぜだろう？」

思い出せない。なのに、涙だけがひっきりなしに流れる。髪飾りにまつわる記憶は全て消え失せているのに、カイネの両目だけはそれを覚えているらしい。

「何か大切なモノを……貰った気がするんだ。とても大切な、何かを……」

どうしようもなく心細かった。何かを貰ったような気がするのに、何かを失ったような気もする。マモノ憑《つ》きの身体からは解放されたのに、別の何かが自分を縛り付けている……。

カイネは立ち上がった。少しふらついたが、怪我はしていない。

「どうしたの？」

見れば、ヨナもどこか不安そうな表情を浮かべている。もしや、ヨナも異変に見舞われているのだろうか？　どうしたのかと尋ねようとして、止《や》めた。徒《いたずら》に不安を煽《あお》りたくなかった。こんな顔をさせてはならないのだ、この子にだけは。

カイネは、そっとヨナの手を取った。

「帰ろう」

まずはヨナを家へ帰す。そうしなければならない。それが、自分に託された事だから。

無事に村へ送り届けたら、その足で探しに行こう。何処に行けばいいのか、何を探すのかもわからないけれども。

行かなければ。早く。手遅れにならないうちに。

小さな手をしっかりと握りしめて、カイネは歩き始めた。

[報告書 xx1]

管理地区＊＊＊＊に於《お》けるアンドロイド暴走事故により、オリジナル・ゲシュタルト「ニーア」及び融合《ゆうごう》プログラム起動装置「白の書」「黒の書」は消滅。結果、ゲシュタルト計画は遂行不能となった。

当該地区のデボル・ポポル型アンドロイドが暴走に至った理由は不明。プログラムの不具合、若しくは初期不良と思われ、他の同型モデルにも同様の現象が生じる可能性が指摘されている。以後、デボル・ポポル型アンドロイドは全個体を活動停止、処分保留状態として、経過観察とする。

また、当該地区のレプリカント廃棄処分については現在保留中。他の各地区に於いても、崩壊体《ほうかいたい》増加数について経過観察を行いつつ、積極的関与は控える事。ゲシュタルト計画立て直しについては、別途資料に記載。以上。

(記録者・デボル)

NieR Replicant

ver.1.22474487139...

《ゲシュタルト計画回想録》

File02

再生ノ章

1

カイネ、と呼ぶ声を聞いた。＊＊＊の声と共に、光が射し込んでくる。

「諦《あきら》めちゃダメだよ！　生きるんだ！」

生き……る……？　生きるって……？

「絶対に、諦めちゃダメだ！」

この声。どうして、懐かしいなんて思うんだろう？

温かな何かが近づいてくる。それはとても心地良さそうで、触れてみたくなって、カイネは思わず手を伸ばす。「まったく……手間の掛かる女だ」と声がする。喋《しゃべ》る本だ、と思った瞬間……消えた。

また、あの夢を見た。

覚醒《かくせい》は唐突だった。あの夢を見た時は、いつもそうだ。カイネは頬《ほお》に手をやった。濡《ぬ》れている。涙が流れていた。理由はわからない。いや、悲しい夢を見たせいだ。それは、わかる。だが、それがどんな夢で、どう悲しかったのかはわからない。思い出せない。抗《あらが》いようのない苦痛と悲しみが襲う夢、としか。

上体を起こし、辺りを見回してみる。代わり映えのしない塒《ねぐら》。すぐ手の届くところに置いた剣と、放置したままの剣。かつて愛用していた双剣だ。後者は刀身が真ん中から折れていた。魔王との壮絶な戦いの最中に折れた……のだと思う。これもまた、うまく思い出せなかった。

それから、杖《つえ》。魔王を倒して帰還する途中に落ちていた、形見の品。

「エミール……」

身体を張って仲間を守ろうとした……ああ、これも曖昧《あいまい》だ。守ってもらって、命を拾った。それは確かなのに、なぜ、こんなにもぼんやりした記憶なのだろう？

ヨナという少女を救い出したあの日も、気がつけば泣いていた。理由もわからず、ただ涙だけが勝手に流れていた。

なぜ？　なぜ、私は泣いていたのか？

この三年の間、カイネはずっとその問いの答えを探していた。

マモノを殺しに行くか、とカイネはつぶやき、剣を手に取った。塒《ねぐら》から出て見上げれば、空が青い。岩の壁に囲まれたここでは、空は切り取ったような一部しか見えない。だが、今日は風がさらさらと乾いている。半日は晴天が続くだろう。マモノを狩るのに最適な天気だ。こんな日に出るのは、甲冑《かっちゅう》を着込んだ強いマモノだけで、陽《ひ》の光に弱い雑魚《ざこ》はいない。

あの夢を見た後は、マモノを狩るに限る。それも、無心で剣を振るわねばならないほど強いマモノを。少なくとも、塒の中でぐずぐずしていてはならない。じっとしていたら、気が滅入る。嫌でも考えてしまう。私は何か大切な事を忘れているのではないか、と。

たとえば、祖母が死んだ直後からずっと左半身に憑《つ》いていたマモノ、テュランが消滅した理由。テュランが存在していたのは確かだ。左半身の違和感や不快感、鈍い痛みを覚えている。ただ、テユランの言葉の幾つかが思い出せなくなっていた。消える直前に、何か深刻な話をしたような気がする。なのに、覚えているのは耳障りな笑い声だけだった。

それから、魔王の城で、誰かを蹴《け》り上げて胸ぐらを摑《つか》んだような気がするのだが、それが実際にあったのか、野営の最中に見た夢なのか、定かではない。

まだ、ある。ヨナを連れて魔王の城を脱出する際、仮面の兵士の死体が幾つも転がっている場所を通った。ヨナを怖がらせてはならないから、足早に通りすぎてしまったけれども、その死体のひとつを見た瞬間、胸が締め付けられた。他の死体と違って、仮面が外れかけていて、素顔を見てしまったせいかもしれないが。いや、ただそれだけで、あんな気持ちになるだろうか？　わからない。

それらの謎《なぞ》は、三年経《た》っても解けなかった。いっそ、何もかも忘れてしまえれば楽なのに、それも叶《かな》わなかった。頭の中がぼんやりする感じや、繰り返し見る夢は、三年経っても少しも薄れてくれない。時が経てば消えるのが、記憶というものではないのか？

思い出したいのに思い出せない記憶。忘れたいのに忘れられない記憶。その両者が、今もしつこくカイネにつきまとっていた……。

いざ北平原に出てみると、思ったほどにマモノの姿はなかった。雑魚がいないのは当然として、甲冑のマモノもいなかった。

まあ、こんな日もあるか。マモノにしても、律儀《りちぎ》に出てくる義務も義理もないのだ。

「機械共をブチ壊しに行くか」

ロボット山なら、天候に関係なく機械が徘徊《はいかい》している。ついでに素材でも拾って、武器屋に売れば幾ばくかの金になる。

テュランが消滅してから、人間にあるまじき回復力や治癒力を失った。また、魔法も使えなくなっていた。遠距離での攻撃ができなくなっていたし、またうっかり爆発に巻き込まれたら即死しかねないから、今の身体でロボット山に入るのは実は危ない。ただ、機械から採れる素材は、いい金になる。一撃で急所を破壊し、急いで距離を取れば、さほどの危険はない。

私はなぜ、このやり方を知っている？　誰に教わった？

また頭の中に霧が出た。肝心な何かが、するりと抜け落ちて霧の中へと消えていく。

「くそっ！」

カイネは力任せに木箱を叩《たた》き割った。いつの間にか、ロボット山の手前にある鉄橋まで来ていた。マモノがいなければ、北平原の移動は速い。

梯子《はしご》をよじ登り、木箱を乗り越え、また梯子を上る。面倒な手順だったが、仕方がない。鉄橋を渡ると、金網の扉が見えてくる。ところが、今日はいつもと少しばかり様子が違った。

「貼り紙？」

閉鎖のお知らせ、と殴り書きのような文字で書かれている。

『ロボット山にて生産されていた防衛ロボットが年々増加傾向にある事を発見いたしました。これより先は危険な為、立ち入りを禁止します。

ロボット山の武器屋』

金網の扉には鍵が掛かっていた。

「入れないのか。無駄足だったな」

あの店主も他所《よそ》へ引っ越していったのだろうか。行くたびに目つきがおかしくなっていって、最後に素材を買い取ってもらった時には、いきなり奇声を発したりしていた……。

悉《ことごと》く外れを引くと決められているようだった。北平原の船着き場に行ってみたら、船は使えないと言われた。

「済まない。水路にもマモノの被害が出ていてな」

係留中の船の手入れをしながら、船頭は顔をしかめた。

「水路にまでマモノが出るようになったのか……」

「そうなんだよ。もう整備する人員も割けないし。面倒だろうが、陸路で移動してくれないか」

陸路と違って、水路にマモノは出なかった筈《はず》だ。だから、乗っているだけで目的地に着く。こんなに楽な移動手段はないと、笑いながらアイツが……アイツ？　アイツって……誰だ？

「おい、大丈夫か？」

心配そうに顔を覗《のぞ》き込まれて、我に返った。

「ああ。ありがとう」

短く答えて、カイネは急いでその場を立ち去った。

悪い事ばかりではなかった。船着き場から北平原に戻ると、マモノが徘徊し始めていた。さっきは、たまたま姿を消していただけだったらしい。晴天の日らしく、いるのは強いマモノばかりだ。

一気に距離を詰めて突きを食らわせ、足を斬《き》り払う。うまく転倒させられれば、滅多《めった》斬りにして殺す。転倒しなければ、一度距離を取って、また突きを食らわせる。

魔法は使えなくなったが、覚えた剣技はそのまま残った。日々の戦いで鍛えられたからか、筋力も人並み以上にある。テュランがいなくなっても、マモノを狩るのに不自由はなかった。

目に付く限りのマモノを殺した。マモノは妙な音を発しながら、黒い塵《ちり》になって消えていく。そういえば、ヨナを助ける時にも夥《おびただ》しい数のマモノを殺したな、と思う。

だが、マモノは悪いヤツばかりではなかった……気がする。おかしい。なぜ、そんな事を知っているのか?

ロボットと小さなマモノ、石像、狼《おおかみ》。何の脈絡もなく、脳裏をよぎっていく。

それだけだった。まとわりつく不快感を振り払いたくて、カイネはひたすらマモノを斬り続けた。


ふと思いついて、ヨナの村まで足を運んだ。北平原に面した村は、マモノに襲われやすい。それでなくても、マモノの数は増加傾向にある。

魔王を倒してしまったせいだ。これもまた、部分的にしか思い出せない記憶のひとつ。覚えているのは、魔王を倒した事によって「ゲシュタルト計画」が破綻《はたん》し、王を失ったマモノ達は次々に自我を失い、見境なくレプリカント……ヒトに襲いかかるようになった、という事。ヨナという少女一人を救い出す為に、とんでもない犠牲を払う結果になった、という事。

そこまでして助けた少女が、気に掛からない筈がなかった。いや、そこまでしなくても、気に掛けてやらなければならない。理由は覚えていないけれども、誰かに託されたような気がするのだ。

マモノを狩りながら北平原を横切り、ヨナの村まで行き、北門の外から様子を窺《うかが》った。

「無事……みたいだな」

悲鳴も聞こえなければ、煙も上がっていない。子供達の遊ぶ声も聞こえてくる。ただ、あの子供達の中にヨナはいない。外を走り回ったりできないのだ。ヨナは病弱だから……いや、黒文病《こくもんびょう》を患っているから。

幸い、親切な村人達が交代で世話をしてくれているらしい。なぜか、彼らは「恩返しをしなきゃいけない気がして」などと言いながら、せっせとヨナに食べ物を運んだり、花を届けてやったりしている。

もっとも、黒文病で余命幾ばくもない子供に冷たく当たれば、寝覚めが悪い。後々まで罪の意識に苛《さいな》まれるのは避けたいというのが、彼らの本音かもしれないが。

そんな訳で、村の様子を見る限り、心配は要らなかった。カイネはそのまま踵《きびす》を返した。マモノの血の臭いが付いた服でヨナに会う訳にはいかないからだ。魔王の事を思い出させて、ヨナを怖がらせたくなかった。

村を出たところで、マモノに襲われている衛兵に出会した。ヨナの村の衛兵なのだろう。衛兵が一人でも減れば、村の安全が脅かされる。マモノを蹴散らすべく、カイネは即座に参戦した。

「おい、あんた！　危ないぞ！」

「自分の心配だけしてろ！」

笠《かさ》をかぶった小型のマモノが数匹いる。小さいくせに、ちょこまかと鬱陶《うっとう》しく動く奴等《やつら》だ。それから、棍棒《こんぼう》を持って甲冑《かっちゅう》を纏《まと》った、大人の背丈ほどのマモノが四、五体。こいつらは防御が固いし、攻撃力もある。衛兵が「危ない」と言ったのは、こっちだろう。

今日のように快晴の日、複数のマモノに取り囲まれたら、まずは笠や甲冑を剝《は》ぎ取る事だ。幾ら俊敏でも、攻撃力が高くても、陽の光を遮《さえぎ》る笠や甲冑がなくなってしまえば、マモノはたちまち弱っていく。

一掃するまでに、たいして時間は掛からなかった。

「ありがとう。助かったよ」

衛兵は、ほっとした様子でカイネに礼を言った。見れば、若い兵士である。まだ経験が浅いのだろう。

「ここらはマモノが増えていて危ない。帰れ」

衛兵とはいえ、近頃では素人《しろうと》に毛が生えた程度である。マモノの襲撃で命を落とす兵士も多く、補充が追いついていないのだ。新入りの兵士には、この辺りのマモノは荷が重い筈だ。

「そうしたいが……仕事があってね」

「仕事？」

「神話の森の住民と連絡がつかないんだ。もう一ヶ月になる。誰かが様子を見に行かないと……」

ここから神話の森まで、それなりの距離がある。何より、まだまだマモノが出る。おまけに、衛兵は負傷していた。右の袖《そで》が大きく裂け、血が滲《にじ》んでいる。利き腕の怪我は致命的だ。

「その怪我じゃ無理だろう。私が様子を見てきてやる」

「え？　いいのかい？」

自分でも無理だと思っていたらしく、衛兵は嬉《うれ》しそうに「助かるよ」と言った。

「そうだ。これ、良かったら使ってくれ」

差し出された小さな革袋を受け取る。中身は薬草だった。遠慮なく使わせてもらう事にする。薬草は幾らあってもいい。

「俺はここで待たせてもらうから、済まんが、よろしく頼む」

わかったと答えて、カイネは走り出した。

2

神話の森の住民は、お喋《しゃべ》り好きで気の良い人々だと聞いている。凡《およ》そ自分とは正反対の人々の集まりだな、とカイネは思う。

だからという訳ではないが、神話の森の場所は知っていても、村の中にまで入った事はなかった。カイネが知っているのは、石の門の手前までである。神話の森はいつも、薄く霧が出ていたから、中の様子はほとんどわからなかった。

石の門の前に立ってみると、強烈な既視感が襲った。ここを知っている。石の門にもたれて、誰かを待っていた。それも、結構な時間、待たされた。それから、やたらと鮮やかな色をした木の実。美味だったから、もっと寄越《よこ》せと言ったら呆《あき》れられた……。

あれは誰だ？　誰を待っていた？　誰に木の実を貰った？

「くそっ。またか……」

思い出せない。気持ちが悪い。

カイネは舌打ちをして歩き出した。こんなところで愚図愚図《ぐずぐず》していた自分が悪い。さっさと用事を済ませて帰ろうと思った。

入ってすぐに郵便ポストを見つけた。これが少し前なら、一ヶ月も連絡がつかないなどという事はなかっただろう。配達員が差し出された郵便物を回収しにやってくるからだ。今は、マモノが凶暴化したせいで、配達員が海岸の街から出る回数も激減してしまった。

「やけに静かだな」

つい、声に出して言いたくなるほど、辺りは静まりかえっていた。今日も薄く霧が出ていて、村の奥の様子はわからない。

「おい。誰かいないか？」

耳を澄ませてみる。お喋り好きな住民なのだから、話し声のひとつでも聞こえて然《しか》るべきだ。だが、聞こえてくるのは自分の足音ばかり。いや、聞こえた。足音以外の音が。

「機械の音？」

それは、ロボット山にいた機械が動き回る音に似ていた。音のほうへと歩く。ほんの数歩で良かった。それだけで、静けさの理由がわかった。

村人が倒れていた。駆け寄ってみたが、すでに事切れている。それも、一人二人ではない。道沿いに数人分の死体があった。誰もがカイネのほう、つまり石の門のほうへ向かって倒れている。村から逃げ出そうとしているところをやられたのだ。

少し進むと、死体の向きがまちまちになった。この辺りにいた住民は、逃げる暇もなく殺された、という事か。

立ち上がって、剣を構える。数体の機械が向かってきている。箱のような形に金属の腕がついた、可動式の機械。ロボット山の機械と同型のものだ。

「機械共がなぜ、こんなところに？」

ここととロボット山とでは、距離がある。間に山もあれば、川もある。いったい、どこをどう通って機械共は神話の森までやって来たのだろう？

だが、それ以上は考えていられなかった。機械が攻撃を開始したのである。もっとも、動作も強さもロボット山の機械と変わらない。それに、ついさっきまで、ロボット山の機械をぶち壊しに行くつもりでいたのだ。

「これで、予定どおり……だなっ！」

装甲の隙間に剣を突き立てる。機械が、がくりと傾いて動きを止める。後ろに飛び退《の》く。爆発が近くにいた機械を巻き込んだ。

横に跳んで、別の機械を狙う。他の機械が寄ってくるまで待ってから、剣を突き立てる。爆発の巻き添えにしたほうが効率がいい。剣が油塗《あぶらまみ》れにならずに済む。

一通り倒したと思ったところで、新手が現れた。

「まだいるのか！」

複数の機械が集まったところで、手近な一体を爆発させるというやり方を繰り返した。幸い、ここは足許《あしもと》が滑らない。カイネにとっては、ロボット山より戦いやすかった。それに対して、機械のほうは動きが鈍い。木の根があちこちに張り出している森の中は走りにくいのだろう。

機械を全て残骸《ざんがい》に変えると、森の中は再び静かになった。耳を澄ませても、機械の音は聞こえない。もうこの辺で引き揚げるべきだろうか。機械はあらかた破壊したし、この様子では生存者は皆無に違いない。

それでも奥へと進んでみたのは、どこかに身を潜めて機械をやりすごした者がいるかもしれないと思ったからだ。限りなくゼロに近い可能性ではあるけれども。

なるべく足音を立てないように、ゆっくりと進んだ。さっきの機械共は、カイネが大声を出した直後に現れた。人の気配を察知して襲ってきているのかもしれない。

やがて、行く手に巨大な樹が見えてくる。太い幹は妙な具合に捻《ねじ》れていて、見た目に美しいとは言い難い。古い樹だ。首が痛くなるほど見上げても、どこに梢《こずえ》があるのかわからない。

どうやら、ここで集落は終わりのようだった。巨木の幹が道を塞《ふさ》いで、それ以上は進めなくなっていた。引き返そうとしたところで、気づいた。倒れている村人が身動《みじろ》ぎをした。死体だとばかり思っていたが、生存者だったのだ。急いで駆け寄り、抱き起こす。

「しっかりしろ」

耳許で呼びかけると、その村人はうっすらと目を開けた。

「突然、神の樹から……機械……が……出て……」

「神の樹？　何だ、それは？」

訊《き》き返してみたが、返事はない。村人はすでに息絶えていた。カイネは村人の身体をその場に横たえ、立ち上がった。

村人は、神の樹から機械が出てきた、と言いたかったのだろう。この森の中で、「神の樹」といえば、あの巨木しか考えられない。

巨木の幹に大きな洞《ほこら》があるのは気づいていた。洞など、古い樹木にはつきものだったから、別に気にも留めなかったが、あの中から機械が出てきたのだとすれば、話は別だ。確かに、洞の大きさは、箱形機械が楽に通れるだけの幅がある。

近づいてみると、微《かす》かに機械油の臭いがした。しかも、洞は思いのほか深いようだ。中を覗き込んで驚いた。洞の中は、かなり広い。

足を踏み入れてみる。洞の中は、緩やかな下りの通路になっていた。なぜ、樹の中にこんな場所があるのだろう？　この通路は、ロボット山へつながっているのだろうか？

静かだった。機械の音は聞こえない。奥へと歩いてみる。通路は広く、上も下も、左右も、木の根が絡み合っていた。人の手で作られたものとは思えないが、自然にできたものとも思えない。

木の青臭さと土の臭い、機械油の臭い、ゴムの臭いが混ざり合っている。それから、今まで嗅《か》いだ事がない奇妙な臭いも。

ところどころに、金属片や機械の部品が転がっていた。元は何だったのか、わからない残骸もあった。それらを眺めているうちに、通路の中が暗闇でない事に気づいた。金属片が識別できる程度の明るさがある。

立ち止まる。耳を欹《そばだ》てる。機械の音だ。通路の端に身を寄せ、様子を窺う。機械の音が近づいてくる。じっと待つ。箱形機械特有の、ふたつ並んだ明かりが見えた。

ぎりぎりまで引きつけ、一撃で仕留めた。急いで離れ、全力で走る。背後で機械が爆発した。一機だけだったのは幸いだった。この狭い通路で複数の箱形に襲われたら、間違いなく爆発に巻き込まれていた。

機械の群れに出会《でくわ》す前に、引き返したほうがいいのかもしれない。この通路がどこに続いているのか、知りたくないと言えば嘘になるが……。

その時だった。

「ようこそ、人類の海へ」

少年の声だった。カイネは辺りを見回す。誰もいない。すぐ近くから聞こえたような気がしたのに。

「ようこそ、罪罰の墓場へ」

今度は少女の声だった。やはり、近くに人影はない。

「君は……レプリカント」

「……作られた存在」

剣を構え、薄闇に目を凝らす。少年と少女の声は、すぐ近くのようでいて、通路の奥から響いているようにも聞こえた。

「誰だ⁉　どこにいる⁉」

カイネの声が通路に反響した。少年と少女の声は、こんなふうに反響しなかった。彼らはいったい、どこから話しかけているのか。

「個体名は……カイネ」

「個体名は……カイネ」

カイネは目を見開いた。なぜ、名前を知っている？

「落ち着いて」

「急がないで」

やはり、声は奥から聞こえている気がする。カイネは走り出した。

「すぐに会える」

「すぐに会える」

薄気味の悪い奴等だ、と思いながら走る。不意《ふい》に、足音が変わった。何か硬いモノを踏みつけている感触がある。木の根だけが絡み合っていた筈の通路に、黒っぽい蔓《つる》が何本も転がっていた。ロボット山で採取できたケーブルに似ている。ただ、ロボット山のケーブルは切れて短くなっていたが、ここのは長い。

これも機械の部品なのだろうか？　そこで、また少年と少女の声がした。疑問に答えてくれるのかと思ったが、違った。

「これは、植物を模した統合情報管理データベース」

「記憶ユニットに現象を記録し、伝達している」

ブツブツと訳のわからない事を、と思う。クソの役にも立たない。

「もちろん、君の情報も観測されている」

「君は……ゲシュタルト計画を阻んだ」

「オリジナル・ゲシュタルトを殺したせいで、行き場を失ったゲシュタルト達が暴走」

「大勢のレプリカントが犠牲になっている」

その言い方が、妙に癇《かん》に障《さわ》った。年端のいかないクソガキに小馬鹿《こばか》にされているようで、ムカッ腹が立つ。

「さっさと顔を見せろ！」

また足音が変わった。足許は、金属片だらけになっている。

「急がなくても、もうすぐ会える」

「もうすぐ、会える」

金属片を蹴りながら走る。甲高い音が鬱陶《うっとう》しい。金属片が再び黒い蔓に変わった。ただ、木の根はなく、黒い蔓だけが絡み合っている。太い蔓もあれば、細い蔓もあった。

不意に視界が開けた。床が円形になっているのは、ロボット山に似ている。黒い蔓、緑の蔓、金属の色をした蔓、太い蔓、細い蔓、それらが床を這《は》い、壁を這い、天井を這っている。奇妙な場所だった。

床を這っていた蔓が蠢《うごめ》いた。咄嗟《とっさ》に飛《と》び退《の》く。蔓は蠢きながら盛り上がり、二つに分かれ、子供の背丈ほどの高さになった。そして、少年と少女の形に変わった。

「やあ、よく来てくれたね」

「やあ、よくも来てくれたな」

呼びかけてきた声はコイツらか、と思う。上半身は人間の少年少女だが、下半身は黒や緑の蔓の束である。生き物ではない。

「私達は……」

その先を言わせずに、剣で薙《な》ぎ払《はら》う。これが人間なら、確実に首が飛んでいる。だが、彼らは人間ではない。彼らの上半身が爆発し、四散した。金属と油の臭いがした。

「君は元気だね」

「これでは会話にならない」

声のほうを振り向くと、そこには砕け散った筈の少年少女がいた。最初から、会話なんかするつもりはない。コイツらは問答無用《もんどうむよう》で殺す。そう思っていた。

「では、戦おう」

「では、戦おう」

少年少女が元の黒や緑の蔓に戻る。再び蔓が集まり始める。少年少女の時よりも太い蔓や金属の棒が、寄り集まっていく。それも大量に。瞬《まばた》きをするほどの後に現れたのは、巨大なロボットだった。

ロボットが、歪《いびつ》で不格好な脚を踏み鳴らすと、立っていられないほどに地面が揺れた。振動はやがて衝撃波となり、カイネに襲いかかった。跳んで回避すると、着地先に腕が振り下ろされた。金属の棒を継ぎ接《つ》ぎ《は》した、みっともない腕だ。

「私は＊＊＊＊」

「私は＊＊＊＊」

少年少女が名乗りを上げているようだが、聞き取れない。聞く気もなかった。衝撃波を避けながら、脚に斬りつける。

脚を狙って倒しましょう、というエミールの言葉が耳に蘇《よみがえ》った。そういえば、ロボット山で巨大ロボットと戦った。そうだった、脚の継ぎ目に剣を突き立て、動きを止めたんだった、とカイネは記憶そのままの攻撃を試みる。

一時的に動きは鈍くなったものの、それだけだった。目の前の敵はロボットの形をしているが、構造や弱点はロボットと異なるらしい。

「私達は管理人」

「この森の管理人」

無視したが、少年少女の声は止まらない。一方的に垂れ流される声が鬱陶しい。

「僕達はずっと見ていた」

「私達はずっと聞いていた」

「繰り返す器の物語を」

「繰り返される世界の声を」

ロボットもどきの動きが速い。脚だけを狙っていられなくて、無茶苦茶に斬りつけた。

「君は何を見せてくれる？」

「君の可能性を見せて？」

何を言っている？　黙ってろ！　うるさい！

怒鳴りつけてやりたかったが、自重《じちょう》した。口を開けば舌を噛んでしまいそうだ。

「楽しませて」

「楽しませて」

高みの見物を決め込む気満々の言い方に腹が立った。

「このクソガキ共がっ！」

腹立ちをそのまま剣に乗せて、ロボットもどきに叩きつける。跳躍して、頭部を叩き割る。……割れなかったが。

さらに叩く。何度も叩く。寄り集まった金属の棒が歪み、火花が散った。ロボットもどきの動きがぎくしゃくし始める。

不自然な動きで振り下ろされてくる腕を掻《か》い潜《くぐ》り、そのまま下から斬り上げる。ロボットもどきが大きく傾く。何かが焦げる臭いがする。

「消し飛べッ！」

渾身《こんしん》の突きを放った。ロボットもどきは不規則に身体を揺らした後、爆発した。本当は、あのクソ生意気なガキ共を爆発させてやりたかった。楽しませて、などとふざけた事を二度と言えないように。

ロボットもどきが瓦礫《がれき》に変わると、また黒と緑の蔓が蠢き、少年少女の姿に変わった。

「君は本当に興味深いね」

「君は本当に期待通りだね」

ガキのくせに、偉そうな物言いだった。気に食わない。だが、カイネが斬り飛ばすより先に、少年少女は姿を消した。

「こっちに来て」

「こっちに来て」

彼らが立っていた背後の壁が崩れ、さらに奥へと続く通路が現れる。

上等だ。今すぐ行ってやる。行って、ブチ殺してやる！

通路に入ると、ロボット山と似たような臭いがした。嫌な場所だ。全身の毛を逆立てる猫の気持ちがよくわかる……と思ったところで、ロボット山で全く同じ事を考えたと気づく。だが、前後の記憶は欠落している。

通路のところどころに花が咲いていた。花も枝も不自然に白い。少しも綺麗《きれい》だとは思わなかった。

また、開けた場所に出た。少年少女が立っている。

床の上をのたくっていた灰色の蔓が蠢く。何か出てくるな、とカイネは身構える。何カ所にも分かれて蔓が集まり始める。複数の敵が出てくるのだろう。芸がない。もういい加減、飽きてきた。

「君は強い。その強さをサンプリングさせてもらった」

寄り集まった灰色の蔓が人の形に変わっていく。女だ。

「君が旅をしていた頃、一番強かった時を再現した」

両手にそれぞれ剣を持っている、その姿。

「これが……私だと⁉」

似ても似つかない、と言いたかったが、そこそこ似ていると感じられるのが腹立たしい。

「これは、機械によって模した君の模型」

「植物をベースにした微小な駆動ユニットを魔素《まそ》によって結合させている」

双剣を手にした、「模型」とやらが一斉に襲いかかってきた。ロボットもどきとは比べものにならないほど速い。

囲まれたら、まずい。カイネは走った。走って距離を取る。一度に相手にできるのは、せいぜい二体だ。

「この森と同じ」

「量子力学と魔素研究の成果が融合した、巨大な記憶の森。世界の全てを記録している、森」

「訳がわからないんだよ！　黙れ！　黙りやがれッ！」

自分自身の「模型」にムカつく。自分が戦う姿は自分から見えないが、こんな案配なのだろうと思える。それが余計にムカつく。

「理解する必要は、ない」

「貴女《あなた》は殺す事を愛しているから……そうでしょう?」

横薙《よこな》ぎに剣を払う。「模型」の上半身が吹っ飛んだ。

「脆《もろ》いな。私はこんなにヤワじゃないぞ!」

頭を叩き潰《つぶ》す。「模型」が倒れる。だが、そこで終わりにはならなかった。「模型」の残骸が溶けるように消え、また新たな「模型」が現れた。

「君のコピーを幾ら破壊しても無駄だよ」

「破壊されても分解し、再構成するから」

うるさい! うるさい! うるさい!

「まだまだ、楽しめるね」

「いよいよ、終わりだね」

走っても、跳んでも、息ひとつ乱さない「模型」に腹が立つ。

「うるせえんだよ! バラバラに解体してキンタマ潰してやる!」

怒鳴り声が掠《かす》れた。息が上がっているのが悔しい。

「そろそろ終わり?」

「そろそろ限界?」

まともに蹴りを食らって、地面に叩きつけられた。身体を起こすが、すぐには立ち上がれない。

次の蹴りが来る。転がって避ける。

「残念だね……」

「残念だね……」

囲まれた。逃げられない。

「クソッタレが……ッ」

ここまで、だ。カイネは奥歯を噛み締め、目を閉じる。

「たあっ！」

目を見開く。信じられない声を聞いた。

「カイネさん、大丈夫ですか？」

真っ白な魔法陣があった。それを展開していたのは、あまりにも懐かしい……。

はい、と答える声は幽霊ではなく、まして複製などではない正真正銘のエミールだった。

「エミール……」

「とりあえず、何とかしますね。やーっ！」

このかけ声。エミールだ。魔法陣の向こう側にいた「模型」の群れがまとめて吹っ飛ぶ。

「ご無事で何よりです！」

エミールが手を差し出してくる。その手がなぜか四本に増えていた。どれを掴むか、一瞬迷ったが、どれでもいいと思い直した。エミールの手につかまって立ち上がる。四本に増えていても、エミールの手の感触だった。

生きていたのか。三年もの間、どこにいたんだ、その四本の手は何なんだ、と尋ねたかったが、その暇はなかった。新手の「模型」共が現れたのだ。

「あそこから強い魔力を感じます」

たぶんエネルギーの源になっていると、エミールが奥の壁際に展開している魔法陣を指さした。

「あれを壊せば、カイネさん達も消える筈です！」

「わかった」

「ぼくが魔法陣を壊すので、カイネさんはカイネさん達を壊してください。あ、今のカイネさんを壊すっていうのは、本物のカイネさんを壊すっていう意味じゃなくて……」

「わかってる。集中しろ！」

温かい笑いがこみ上げてくる。相変わらず疲れきっていて、「模型」共は容赦なく襲いかかってくるというのに。

それでも、エミールがいる。その事実は疲れ切った手足に力を与えてくれた。カイネはまた走った。また走って、また斬った。不意《ふい》に身体が軽くなる。エミールが回復魔法を掛けてくれたのだ。

「7号……人類に作られた実験兵器」

「6号の魔力を吸収し、人類の限界を超えた存在」

クソガキ共の声がまた聞こえてくると、魔法陣に向かって魔力をぶつけていたエミールが、不思議そうに訊いた。

「誰……なんですか、あの人達は」

「犬のクソだ」

本当は犬のクソ以下だと思うが、それ以下となると何に喩《たと》えていいのかわからない。

「久しぶりですね！　こうやって一緒に戦うのは！」

エミールが大声で言った。そうだな、と答えようとして、気づいた。この感じ、覚えがある……。

戦いの記憶が蘇る。エミールに援護してもらって、敵に向かっていく時、必ず隣に誰かがいた。

誰かと一緒に戦っていた。その誰かと、もう一人が……一人？

「特殊な事象振動《じしょうしんどう》を観測」

「彼女に特異点兆候《とくいてんちょうこう》を確認」

「興味深いね」

「本当に彼女は興味深い」

うるさい！　黙れ！　邪魔をするな！　あと少し、あと少しで記憶が……。

「カイネさん、大丈夫ですか⁉」

いつの間にか、動きが止まっていたらしい。大丈夫だ、と答えてカイネは目の前の「模型」の破壊に集中した。と、「模型」が唐突に消えた。

「カイネさん！　やりました！」

エミールが魔法陣の破壊に成功したのだ。見れば、魔法陣の消えた場所に穴がある。新たな通路だった。

中に入ってみると、これまでとは違う。蔓だの棒だのはなく、大きさや高さの違う箱を乱雑に並べたような床だった。

「あれは……扉でしょうか？」

通路の突き当たりは、積み木を重ねたようになっていた。扉にしては少々変わった形だが、少なくとも壁ではなさそうだ。

目の前に、またあの少年少女が現れた。

「失ったモノはこの先にある」

「君が取り戻す、最後の希望が」

胡散臭《うさんくさ》い事この上ない言葉を吐いて、少年少女は消えた。

「カイネさん……」

戸惑い気味のエミールに、うなずいてみせる。

「後戻りはしない。全部に……ケリをつけてやる」

カイネは扉を開けた。

3

白かった。扉の先は、白い空と白い構造物でできた白い空間だった。

「な、なんでしょう、ここは……」

「私に訊くな」

辺りを見回してみる。意味不明の場所だ。

「敵は……いないみたいですが」

目の前には、真っ白な橋が続いていた。どこまで続いているのか見えないほど長い橋だった。とりあえず、行き先は決まった。この橋の向こう、だ。

「エミール。さっきは騒がしくて話せなかったが」

橋を渡りながら、カイネは知りたくてたまらなかった事を訊いてみる。

「あの後、いったい何があった？　何処《どこ》にいた？　今まで何をしてた？　それに、なんで……腕が四本もあるんだ？」

「カイネさん、そんなにいっぱい話しきれませんよ！」

「……わかってる」

多すぎると自分でも思った。思ったが、問わずにいられなかった。

「……心配したんだぞ」

落ちていた杖《つえ》を見て、エミールは死んだのだと思っていた。あの暴走に巻き込まれて、生きている筈がないと思った。

「でも、また会えました」

「ああ。そうだな」

また会えて、良かった。また会えて、嬉しい。一歩歩くごとに、その思いは強くなる。隣にエミールがいる。少し高いところに浮かんでいる。その事実が泣きたいほど嬉しい。

「カイネさん、ぼく……」

エミールがふと言い淀《よど》んだ。言おうか言うまいか、躊躇《ためら》っている様子に、カイネは先を促した。

「どうした？」

「何か、大切な事を忘れてるような気がするんです」

「エミールもか」

カイネさんも？と、エミールが驚きの声を上げる。気のせいではなかった、自分だけではなかった、という驚きと安堵感《あんどかん》とが胸の中に広がった。

「何だか知らないが、頭の中にモヤみたいなモノがかかっていて……」

「ぼくもです！　ただ……」

「ただ？」

「ぼく、誰かと約束したような気がするんです。何か……美味《おい》しいものを食べるような」

笑いが零《こぼ》れた。エミールらしい。

「じゃあ、取り戻さないとな」

「はい！」

エミールと一緒に、長い橋をひたすら渡る。いつの間にか橋が終わっていた。いつ、渡りきったのだろうか、と言おうとして驚く。口をついて出てきたのは、別の言葉だった。

「魔王の城……」

石の神殿から入ってすぐのところにあった庭園だ。ただ、ここには色彩がない。石敷の小径《こみち》も、樹木も、草花も、真っ白だった。それに、小鳥がいない。合い言葉を要求してきた二羽の小鳥が……

合い言葉？　何だ、それは？

「何なんでしょう、ここ」

「わからない」

庭園の奥にあった筈の扉はなく、そのまま廊下へと続いていた。そして、突き当たりには、見覚えのある扉。

「この先に……膨大な魔力を感じます」

確かに、魔王の城でも庭園から続く廊下の先に、裏切り者の司祭がいた。

「エミール。無茶な事はするな。絶対だ」

わかっています、とエミールがうなずく。

「カイネさんもですよ？」

うなずき返す。お互い、同じ事を考えているのがよくわかった。

「……もう、一人になりたくありませんから」

強くうなずいて、扉を押し開ける。魔王の城であれば、そこは中庭の筈だった。だが、違った。

魔王と戦った場所、だ。

「この場所は、特別な場所」

「あなたにとっても、世界にとっても」

また、あの声だ。今度は何を斬ればいい？　何をぶった斬ってやったら、コイツらは沈黙するのだろう？

「あそこ……強い魔力を感じます」

エミールの示す先には、大きな箱があった。きっちり測って作られたかのような、真四角の箱だった。それが浮かんでいる。淡い光を放ちながら、微《かす》かに揺れている。魔力の感知はできないカイネだったが、あの箱が怪しいのはわかった。

「アレが元凶に違いありません。ブッ壊しましょう！」

エミールに言われるまでもなく、カイネは駆け出していた。アレは壊したほうがいいと本能的に思った。

「そこは、様々な情報を保存している、この森のフレーム」

「世界の全て、君の失った記憶も存在する」

「記憶……というより『世界』と言うべきか」

「いずれにせよ、それは君の目指すべき答えだろう」

うるさい、と叫んで剣を叩きつける。壊す。とにかく壊す。壊れるまでブッ叩いてやる……と思った瞬間、跳ね飛ばされた。

『死んだほうがいいなんて、勝手に決めちゃダメだよ』

少年少女とは違う、声がした。知っている声だった。

「この声……夢と同じ」

「聞いた事があるような……」

エミールも知っているのだ。この声を。剣を握り直し、箱へと向かう。驚いた事に、箱は攻撃魔法を放ってきた。魔王と同じ魔法だ。

「これは、君達の記憶」

「何度も繰り返し縋《すが》った記憶」

「何度も繰り返し綴《つづ》った記憶」

聞き流して走る。攻撃魔法を掻い潜り、四角い箱へと跳ぶ。剣を突き立てる。また跳ね飛ばされた。

『カイネがいたから！　おまえに出会えたから、今の俺が在るんだ！』

夢とは異なる声だった。けれども、知っている。この声を知っている。夢で聞いたのと同じ人物の声なのだと、わかっている。

「苦しい？」

「痛い？」

少年少女の声が腹立たしい。声を粉砕する剣が欲しいと痛切に思った。立ち上がって、また走る。

あの箱を破壊しなければならない。世界だか何だか知らないが、壊す。世界が壊れても、壊す。

まっすぐに箱へと向かった。攻撃魔法をまともに食らったが、構わず進んだ。

「壊れろ……ッ！」

渾身の一撃を放つ。剣と箱とがぶつかった瞬間に、腕にびりびりした痺《しび》れが走る。箱に亀裂が走る。光が弾け、目の前が白くなる。

一瞬の後、視界が戻った。

「なんだ……ここは？」

視界は戻ったが、魔王の城ではなかった。白というより、淡い灰色の空間だった。直線だけで形作られ、複雑な形状のものは何もない。線を引いただけのような道が続いている。

エミールがいない。自分一人がここに飛ばされてしまった、という事か？

「ここは、君の記憶」

「ここは、君の記録」

「ここは、君の世界」

「ここは、君の世界」

あのクソッタレな声だけは変わらずにある。おまえらのほうが消えろ、と言ってやろうとして口を噤《つぐ》む。剣を叩きつける。マモノがいたのだ。マモノが何匹も。

「マモノ。ゲシュタルト化された人間の魂」

「これは、記録によって再現されたデータ」

「君が殺してきた本物の人類」

「君が殺してきた本物の人類」

そんなの、知ってる。本物だろうがニセモノだろうが、どうでもいい。マモノは殺すと決めたから殺した。それだけだ。

目の前のマモノを全て殺すと、また箱が現れた。黒い箱だったが、形はさっきのものと同じ。迷わず斬った。

『ピーちゃん、もうやめて！　もういいよ！』

『キミがいなくなったら、ボクはどうすればいいの？』

『またひとりぼっちになるよ！　寂しいよ！』

また知っている声だった。大きなロボットが倒れている。その傍らに小さなマモノが。

「クソッ！　悪趣味な事しやがって」

小さなマモノが向かってくる。斬った。ロボットも斬った。

「君は、様々な声を聞いた」

「恐怖、憎悪、激高《げきこう》、業苦《ごうく》」

少年少女が嫌みったらしい台詞《せりふ》を吐くたびに、マモノが現れ、箱が現れた。殺すたびに、壊すたびに、知っている声が聞こえた。知っている敵が現れた。

「それらには、意味がある」

「それらには、意味がある」

全て、知っている声だった。二度と聞きたくない声だった。意味があろうとなかろうと。

「うるさい！　うるさい！　うるさい！」

剣を握る手が痺れるほど強く斬った。

「マモノは殺す！　殺すだけだ！」

目の前のマモノが消えるまで、斬った。不思議な事に、疲労感はなかった。マモノの攻撃を食らえば、痛みはあったが、走り回っても疲れは感じない。奇妙な場所だ。

「君はこの世界にとっての異分子」

つかれてムカついた。

「記憶と記録の相違がエラーを起こす」

胸くそ悪い声に向かって怒鳴る。

「おまえらの話す事は訳わからないんだよ！　このクソッタレのクソガキが！」

顔を上げると、少年少女が空中に浮かんでいた。黒い箱と共に。高い場所から見下ろされてムカついた。

……

「君の記憶の一番深い場所」

「君が閉じ込めていた記憶」

嫌な事を言いやがる、と思った。

「これは君の……最悪の記憶」

「これは君の……最悪の記憶」

最悪と言われて、身構えた。少年少女が黒い箱に触れた。箱が粉々になり、霧が溢れ出す。霧の中から現れたのは、巨大なマモノ。

「オマエは……」

祖母を殺したマモノがそこにいた。カイネが殺した筈のマモノが。

「何度でも殺してやるよ！」

斬りつける。ギッタギタに斬り刻んでやる。

「君の記憶から再現したデータをアップグレードした」

「あなたに、この悪夢が倒せる？」

クソガキ共は無視して剣を振るう。コイツだけは倒す。何度でも倒す。コイツは……そうだ。誰かがいた。コイツをぶっ飛ばした時、誰かがいた筈なんだ。止《とど》めを刺した誰かが。

「クソッ！　思い出せない！」

まともに攻撃を食らって、吹っ飛ばされた。起き上がると、くらくらした。頭を振る。と、目の前にいたのはマモノではなかった。人間。それも……崖の村の連中だ。

『忌《い》まわしき娘は去れ！』

『オマエがマモノを呼んだんだろう？』

『オマエは呪《のろ》われてるんだ！』

村人達が一斉に襲ってくる。陰口を叩くしか能がない連中だった筈なのに、カイネに向かってくる。

「クソ共がッ！　私は……おまえらなんかに……」

やられるものか、と叫んだつもりだった。村人の姿が消え、巨大マモノが鉤爪《かぎづめ》のついた尾を振り立てている。避《よ》けきれなかった。身体が痺れたようになって、起き上がれない。起き上がっても、走れない。まっすぐに歩く事すら難しい。

また攻撃が来る。避けるどころか、無様《ぶざま》に転んだ。手も足も、まるで言う事を聞いてくれなかった。

『オマエなど、人間じゃない！』

『寄るな！　バケモノ！』

『さっさと出て行け！』

村の連中が石を投げてくる。罵倒《ばとう》の言葉と共に投げつけられる。痛い。石をぶつけられるのと同じ痛みで、言葉がぶつけられる。そのたびにカイネは呻《うめ》く。

「黙れ黙れ黙れ黙れ黙れ！　私は……私は……ッ！」

粘つく泥が両目を塞いだ。灼《や》けるような痛みと共に、闇がやって来た。

目を開ける。明るい。カイネは飛び起きた。辺りを見回す。
カイネ：なんだ!?　一体何が……私はマモノと戦っていた筈……。
右手は無意識に剣を探している。だが、その目に入ってきたのは、さっきまでいた場所とは全く違う風景。風見鶏《かざみどり》、吊《つ》り橋、タンク型の家。何を寝ぼけているのかと言いたげな顔で、村人達がカイネを見ていた。見間違えようのない自分の故郷。崖の村だった。
祖母：なんだい、どうかしたのかい？
聞き覚えのある声に振り向くと、そこには腰の曲がった小さな身体。何年も使っているボロボロのショールを羽織っている、その姿。
カイネ：本当に……おばあちゃんなの……か？
祖母：なんだいカイネ……夢でも見てるのかい？
これは夢なのだろうか？　心配そうな顔。風に揺れるショール。夢とは思えない。しかし祖母は……マモノに殺されてしまった筈。もしかして、と思った。
カイネ：そうか……私は死んだのか。
祖母：変な事言うんじゃないよ！
祖母がげんこつを振り上げ、カイネは反射的に目を閉じる。しかし、想像した痛みが走る事はなく、祖母の手がカイネの頬に触れる。しわくちゃな手から伝わる温かさが、全身へと広がっていく。
カイネ：変な事言ってごめん。もう大丈夫。
祖母：そうかい？
ここが夢でも、死後の世界でも、いい。おばあちゃんがいてくれるなら、それでいい。カイネの心がゆっくりと解《ほど》けていく。
祖母：帰ろうか。これを持っておくれ。
祖母が差し出した袋には、野菜や果物が詰め込んである。たまにはいいもの食べないとね、と祖母が笑う。どうやら、食料の買い出しに出ていたらしい。いい顔はされないが、物だけは売ってもらえる。向こうも商売だからだ。
祖母：しまった。薬を買い忘れたね。
カイネ：私が買ってくる。先に帰ってて。
祖母：本当に大丈夫かい？
心配そうな顔で祖母が訊いてくる。さっきの事が気になっているようだ。
カイネ：私なら大丈夫。

祖母の手に握られていた財布を、半ば強引に預かる。心配をかけたくなかった。
カイネ：それに、言い出したら聞かないのは、よく知ってるだろ？
祖母：ふん。そうだね。誰に似たんだか。
呆れたように笑って帰っていく祖母の背中を見送り、薬屋へと向かった。
薬屋：いらっしゃい。カーリーの薬か？
薬屋の店主と祖母は昔なじみだ。だからだろう、店主はカイネに優しい。
カイネ：ああ、頼む。
店主は慣れた手付きで薬の調合に取りかかる。懐かしい、独特な香りが店内に広がる。ほどなくして、店主は薬の入った袋をカイネに手渡した。
薬屋：そういえば、あんたが描いた似顔絵、とても喜んでいたよ。店にまで持ってきて自慢してきた。
あの絵は、気まぐれで描いてみただけだ。とても人に見せられるものではない。
薬屋：とてもいい絵だった。
カイネは戸惑う。気を遣ってくれているのだろうか？　カイネの気持ちを察してか、店主は言葉を重ねる。
薬屋：一生懸命な気持ちのこもった、いい絵だったよ。
褒《ほ》められ慣れていなくて、どうにも居心地が悪い。感謝しておく、とだけ言って、カイネは店を出た。祖母に、絵を持ち出さないように言っておかねば。そう思いながら、扉に手をかけると、背後で大きな音がした。振り返ると、店主がうずくまっている。
カイネ：どうした、大丈夫か？
薬屋：ああ！　足が！　俺の足が！
駆け寄ると、店主の足がなくなっていた。
薬屋：た、たすけてくれ！
カイネに取りすがる店主の指が、一本、また一本と崩れ落ちていく。
薬屋：て、手が……たすけ……
店主の顔は、助けを求める口許もろともボロボロと崩れ始めていた。目玉が転がり落ち、首に亀裂が走り、やがて全身が崩れて粉々になっていく。カイネは声も出せずに後ずさる。外から悲鳴が聞こえてくる。店を飛び出すと、悪夢のような光景が広がっていた。
崖にへばりついていたタンクが次々に崩れ落ちていく。逃げ惑う村人達が次々に崩れて灰になり、四散していく。持ち主を失った服が風に舞う。
カイネ：おばあちゃんは!?
壊れていく村の中、カイネは走った。早く家に帰らなければ。風に吹かれて舞い上がった灰に視界を遮《さえぎ》られても、走った。灰、灰、灰。人も建物も、全てが灰になっていく。
カイネ：おばあちゃん！
すでに家はなかった。祖母と共に過ごした家は灰に変わっていた。
祖母：カ……イネ……

おばあちゃんはまだ生きてる！　灰をかき分けて祖母を掘り起こす。

カイネ：おばあちゃん！　逃げるぞ！

祖母を抱きかかえて走る。崩壊から逃げるように走り続ける。背後に灰の津波が迫る。足がもつれて、転んだ。カイネの右足は膝《ひざ》から下が灰になっていた。

カイネ：足が一本ないくらいで……！

おばあちゃんを両腕に抱え、カイネは左足だけで駆け出そうとする。

カイネ：絶対に、生きてここから……

不意に腕から重さが消えた。灰が零《こぼ》れ落ちる。

カイネ：そんな！　おばあちゃん！　おばあちゃん！

灰をかき集める。だが、もはやどれが祖母だったのか、わからない。

カイネ：ここは私が居る場所なんだ！

灰を掘り続けるカイネの手が何かを捉えた。祖母のショールだった。

カイネ：やめてくれ！

この場所が嘘だとわかっていた。でも、何もできなかった。逃げる事も、助ける事も。この安らぎに浸っていたかった。だから、何もなくなった。生きる理由も、目的も。だから、私は……。

？？？：おい
声が聞こえたような気がする。

？？？：おい、聞こえているか？

また声が聞こえる。今度ははっきりと。聞き覚えのある声だ。

???：彼奴《あやつ》を取り戻すのであろう？

カイネ：あい……つ……誰だ？

???：まったく手間の掛かる女だ。

引っかかる物言いがいちいち癪《しゃく》に障《さわ》る。でも、なぜか心が温かい。

???：共に旅をした仲間、であろう？

記憶の奥底から、何かが湧《わ》き上がってくる。

カイネ：そうだ……私には仲間がいた。私は……取り戻す為に戦っていたんだ！

灰に埋まる世界の中に、光が射し込む。カイネは光に向かって手を伸ばす。

???：とっとと戻ってこい！　この腐れ下着女！

目の前に、あのクソッタレな巨大マモノがいる。勢いよく振り下ろされた尾が迫る。尾が止まった。見れば、黒い槍《やり》のようなものが突き刺さっている。魔力の槍だ。この魔法を知っている。尾を串刺しにされた巨大マモノが身を反《そ》らして吼《ほ》える。のたうち回っている。この魔法を放ったのは……。

振り返ると、本が浮かんでいた。顔のついた表紙の本が、ふわふわと。

「どうした？　まだ思い出せぬか？」

思わず手を差し伸べた時だった。のたうち回っていた巨大マモノが起き上がり、しつこく尾を振り下ろそうとしてきた。

「思い出に浸っている暇はないぞ」

「ああ。あいつを取り戻す！」

痺れていた筈の手足に力が戻った。

「我の魔法を使え。使い方はわかるな？」

うなずく。テュランが消えるまで、当たり前のように魔法を使っていた。……下手くそではあったが。

「派手にやってくれ」

言われなくても、と思う。知っている。白の書の魔法は仰々《ぎょうぎょう》しいほど派手で、やかましくて、途《と》轍《てっ》もなく強い。何度も見てきたから……知ってる。

「シロ……」

白の書がいなかったら、自分はあのまま、偽りの故郷に取り込まれ、幻覚に溺《おぼ》れて消えていたに違いない。

「ありがとう」

「悪いモノでも食べたのか？」

変わっていない。口が悪くて、説教ばかりで、いろいろと面倒くさくて……。だから、カイネもかつてと同じ言葉を返す。

「ぶっ飛ばすぞ。クソ拭き紙！」

「その調子だ」

魔力の弾丸を放った。槍を放った。巨大マモノが放ってくる魔法弾を吸収し、撃ち返した。どれもこれも、よく知っている魔法だ。

調子に乗って魔法を撃っていたからか、防御がおろそかになった。うっかり魔法弾を食らって、カイネはひっくり返った。急いで起き上がる。……村人達がいた。

「また幻覚に惑わされるんじゃないぞ、下着女！」

「わかってる！　もう迷わない！」

距離を詰めて、横薙《よこな》ぎに払う。一人、二人、三人、と続けて斬った。こいつらは人間じゃない。巨大マモノが見せた幻影だ。幻を見せて惑わすという姑息《こそく》なやり方はアイツの得意技だった。それを忘れて騙《だま》されたが、二度目はない。

村人の姿が消えた。弱り始めた巨大マモノに向けて、魔力の槍を放った。おい、と白の書が思い出したように言った。

「……下着女、わかっておるのか？　おまえがやろうとしている事は……」

わかっている。記憶だの世界だのと眠たい事を言われるのがムカついて、気づかないふりをしていたが、もう知っていた。ここが記憶の世界であり、世界の記憶である事を。ここで戦った敵は、あの少年少女に若干の操作をされていたが、自分自身の記憶にある敵だった。

もう理解していた。失われた記憶を取り戻すのは、「何か」に反する事だと。大きな危険が伴う事だと。全部、わかっていたから、カイネは怒鳴った。

「知るか！　私はもう決めたんだ！」

槍が束になって巨大マモノへと飛んでいく。

「そうか……」

巨大マモノが尾をばたつかせる。効いてる、と白の書に向かって叫んだ。

「一気に畳みかけるぞ！」

「ああ、全部終わりにしてやる！」

魔力の腕が巨大マモノへと向かう。あの日、崖の村で目にしたのと寸分違わぬ攻撃が巨大マモノを襲う。腕が掴み上げ、捻《ひね》り上げ、投げ飛ばす。さらに魔法を放つ。少年少女がカイネと白の書の放つ光の中に溶けていく。

「これがレプリカントの可能性！」

「可能性の未来と現実の時間とが交錯《こうさく》している！」

「光と……」

「歌が聞こえ……」

なぜだか嬉しそうな顔で、少年少女は消えていった。最後の最後まで、訳のわからない連中だった。そして、目の前では、巨大マモノがぐったりと倒れている。トドメだ、と叫んだ時だった。声が聞こえた。

『……カイネ……だめだ……』

夢と同じ、少年の声がした。思い出した。はっきりと。崖の村で出会い、マモノと勘違いされて剣を交え、復讐《ふくしゅう》に手を貸してもらい、仲間になった。彼の妹を救う旅に同行した。村が襲われ、石になって、石化が解けて再会して……また旅をした。

覚えている。辛《つら》い事も苦しい事もあった。それ以上に、楽しい事があった。仲間だから。共に旅をしているだけで、楽しかった。

『戻って……。これ以上は……いけない……』

いけない？　いけない、だと？　これ以上は？　眠たい事抜かすんじゃねえぞ！

「私は決めたんだ！　誰の指図も受けない！　私は刃になるって決めたんだ！　おまえの刃になるって決めたんだ！　絶対に絶対に取り戻してみせる！　ふざけんな！　勝手に消えて！　勝手に消えて！　どういうつもりなんだ！　自分が生きてる意味は自分が決める！　この命も私が勝手に使う！　だから！」

一息に吐き出し、魔法を叩きつける。もう自分では何の魔法を使ったのか、わからない。けれども、それは巨大マモノを締め上げ、押し潰していく。

「とっとと戻ってこい！　この……」

轟音《ごうおん》がその先をかき消した。だが、カイネは確かに「それ」を掴んでいた。世界の記憶の断片。取り戻そうとしていた欠片《かけら》。今、取り戻した……大切な人。

「あとは……頼んだぞ。下着女」

消えていく白の書にうなずいてみせると、カイネはその名を叫んだ。

4

強い魔力を感じる箱だった。あの箱が元凶だと思った。カイネのニセモノを動かしていたのも、通路を塞《ふさ》いでいた魔法陣も、あの箱の魔力を使っていたのだと思った。だから、破壊しましょうと提案した。

間違えてしまったのだろうか、とエミールは泣きそうになりながら、考える。

カイネが何度か斬りつけると、白い箱に亀裂が走り、魔王の城が崩壊を始めた。これで、あの「犬のクソ」がいなくなると思ったのに、いなくなったのは彼らではなかった。いや、彼らもいなくなってはいたのだが。

カイネが消えた。崩壊していく魔王の城からカイネと共に脱出しようとしたのに、その姿が跡形もなくなっていた。

崩れる壁や床を避けながら、必死に飛び回った。カイネの名を何度も呼んだ。

もう一人になりたくないって言ったのに。約束したのに。

三年前、魔王の城で、魔力の暴走に巻き込まれて飛ばされた後、ずっと一人だった……。

心細くなって、エミールは思わず「おねえさん」とつぶやく。泣きそうな声でつぶやいてしまってから、あわてて首をふるふると横に振った。

「大丈夫だよ。もう泣かない。約束したから」

笑っていてほしいの、というハルアの声を思い出す。あの日、凶悪な魔力に押し潰されかけていたエミールを守ってくれたのは、ハルアだった。

『エミール、起きて。起きなさい』

すでに身体は崩壊していて、意識も薄れていた。ハルアの声がなければ、エミールはそのまま死の眠りに身を委ねていただろう。

『約束を守りに来たの』

その声は、その姿は、地下の実験施設で融合を果たした時と同じ、優しく懐かしいものだった。

『言ったでしょ。ずっと見守ってるって。おねえさんなんだから、弟を守るのは当たり前』

しかし、その声も姿も、急速に薄れていった。

『ごめんね。もう魔力が保たないみたい。でも、ずっと一緒。ずっと見守ってる』

融合した後、会話こそできなかったものの、自分の中にはハルアがいると思えた。いつも見守られていると感じていた。だから、わかった。今、ハルアが全ての魔力を使い果たして、消えていこうとしている事が。

『エミール、泣かないで。笑っていてほしいの』

嫌だと駄々をこねて、泣きじゃくるしかできなかった。今度こそ、お別れだとわかっていたから。

『約束してね。私の分まで……生きて』

風に流されるように、ハルアの声が消えた。直後、エミールは魔王の城から放り出されていた。

身体をなくして、頭だけになって飛ばされて、気がつけば砂漠に落ちていた。

それでも、生き延びた。だから、旅に出た。代わりの身体を作って、もう一度、みんなに会いに行く。もう泣かない。ちゃんと笑って生きていく。……おねえさんとの約束だから。もう一度、みんなに会いたいから。

たった一人の旅を続けて三年。代わりの身体を作るのに成功して……頑張りすぎて、うっかり腕を四本も作ってしまったけれども、とにかく、また一緒に旅ができると思ったから、大切な人達の住む村を目指した。

神話の森で妙な魔力を感じて、様子を見に行ってみたら、カイネがいた。やっと会えて、忘れてしまった「誰か」を一緒に捜そうと……約束したのに。

「カイネさん……カイネさあああああん！」

どこをどう飛んだのか、わからなかった。気がついたら、外にいた。空が青かった。

「風が、震えてる？」

地鳴りが聞こえた。エミールは高く飛び上がった。何かが起きようとしているのがわかった。その異変の先へ、エミールは飛んだ。

森が揺れていた。森の木が激しく震え、一斉に鳥が飛び立つ。

「神話の森に何が？」

古い大木が音をたてて倒れる。地鳴りが激しくなる。めりめりと音をたてて木々が薙ぎ倒され、白い塔のようなものがせり上がってくる。白い塔はどんどん高さを増し、北平原の岩山よりも高くなった。

「何だろう、あれ」

もっとよく見ようと、エミールはその白い塔へと近づく。そうしている間にも、白い塔は伸びていき、雲に届きそうな高さにまで成長した。その頂めざして、エミールは飛ぶ。

不思議な形をしている。上のほうが尖《とが》っていて、まるで……そう、花の蕾《つぼみ》に似ていた。

不意に、先端に裂け目のようなものが走った。

「花だ！　花が咲いてる！」

白い花が開く。雲の高さにまで届く蕾《つぼみ》は、北平原と同じくらい大きな花になった。

「あれは……」

花の中心に人がいる。カイネだと、すぐにわかった。取り戻したのだ。大切な思い出を。大切な人を。遠くからでも見間違えたりしない。出会った頃の姿だったから、エミールにとっては初めて目にするものだったけれども、それでも、あの人だとわかる。

記憶が戻ってくる。忘れていた名前を思い出す。もしかしたら、これは許されない事なのかもしれない、と思う。何かに逆らったような、そんな感触がある。でも。

許されなくてもいい。間違っていてもいい。大切な人がそこにいるなら、それでいい。

……たとえ、この選択を悔いる日が来たとしても。

著者　映島　巡
Eishima Jun

福岡県出身。主な著書は『小説 ドラッグ オン ドラグーン3 ストーリーサイド』『FINAL FANTASY XIII Episode Zero』『小説 NieR: Automata』シリーズ、『FINAL FANTASY XV -The Dawn Of The Future-』『SINoALICE 黒ノ寓話』(以上、スクウェア・エニックス)など。また永嶋恵美名義の著書に『泥棒猫ヒナコの事件簿 あなたの恋人、強奪します。』(徳間文庫)などがある。2016年、「ババ抜き」で第69回日本推理作家協会賞(短編部門)を受賞。

GAME NOVELS
NieR Replicant ver.1.22474487139...
《ゲシュタルト計画回想録》File02
2021年6月28日　初版発行

原　　作　ゲーム『NieR Replicant ver.1.22474487139...』

著　　者　映島　巡
原　　案　ヨコオタロウ

発 行 人　松浦克義

発 行 所　株式会社スクウェア・エニックス
〒160-8430
東京都新宿区新宿6-27-30 新宿イーストサイドスクエア

<お問い合わせ>
スクウェア・エニックス サポートセンター
https://sqex.to/PUB

印 刷 所　凸版印刷株式会社

Printed in Japan
ISBN978-4-7575-7342-0 C0293